ARKANA

Buch

Liebe ist die mächtigste und geheimnisvollste Kraft im Universum, und nirgends offenbart sie ihre Schönheit und ihren Zauber mehr als in der Beziehung zweier Menschen. Wahre Liebe vermag Trennungen und Schwierigkeiten zu überwinden und sogar den Tod zu überdauern. Wird auch jeder von uns auf einzigartige Weise von ihr getroffen, so stehen wir doch nicht allein mit unseren Erfahrungen. Alle Geschichten dieses Buches haben Menschen geschrieben, die durch die Liebe geläutert wurden, und Läuterung erfährt auch der Leser durch ihre Lektüre. Die beglückenden Erfahrungen, von denen die Geschichten erzählen, verströmen Herzenswärme und regen an, uns auf die Liebe und Dankbarkeit gegenüber dem eigenen Partner zu besinnen. So schenkt dieses Buch nicht nur viele inspirierende Lesestunden, sondern befähigt uns, die eigene Beziehung zu bereichern.

Bei Goldmann ist von Jack Canfield und
Mark Victor Hansen bereits erschienen:
Hühnersuppe für die Seele (13209)
Mehr Hühnersuppe für die Seele (21588)
Noch mehr Hühnersuppe für die Seele (13239)
Hühnersuppe für die Seele – Für Frauen (21546)
Hühnersuppe für die Seele – Für Mütter (21564)
Hühnersuppe für die Seele – Für Tierfreunde (21563)
Hühnersuppe für die Seele – Für Kinder (21589)
Hühnersuppe für die Seele – Für Jugendliche (21590)
Hühnersüppchen für die Seele (16440)

Jack Canfield
Mark Victor Hansen
Barbara De Angelis
Mark Donnelly
Chrissy Donnelly

HÜHNERSUPPE FÜR DIE SEELE

FÜR PARTNER

Aus dem Amerikanischen
von Gabriele Räbiger

ARKANA
GOLDMANN

Die amerikanische Originalausgabe erschien 1999
unter dem Titel »Chicken Soup for the Couple's Soul«
bei Health Communications Inc., Deerfield Beach, Florida, USA

Umwelthinweis:
Alle bedruckten Materialien dieses Taschenbuches
sind chlorfrei und umweltschonend.

Vollständige Taschenbuchausgabe Juni 2000

Umschlaggestaltung: Design Team München
Umschlagabbildung: ZEFA/SIS
Satz: Uhl + Massopust, Aalen
Druck: Elsnerdruck, Berlin
Verlagsnummer: 21565
Redaktion: Daniela Weise
WL · Herstellung: Stefan Hansen
Made in Germany
ISBN 3-442-21565-X
www.goldmann-verlag.de

3. Auflage

Jeder von uns ist ein Engel mit einem Flügel,
und wir können nur dann fliegen,
wenn wir einander umarmen.

Luciano de Crescenzo

Von Herz zu Herz
widmen wir dieses Buch allen,
die einmal verliebt waren und sich wieder verlieben möchten.

Inhalt

Einleitung 11

1. Liebe und Nähe

Alicia von Stamwitz In Gedanken bei dir 16
Sharon Wajda Jemand, der auf mich Acht gibt 20
Herman und Roma Rosenblat, wie sie es Barbara De Angelis erzählten
Ich sehne mich nach deiner Liebe 24
Laura Jeanne Allen Shmily 28
George Target Eine irische Liebesgeschichte 31
T. Suzanne Eller Zartes Lila oder weiches Rot? 36
Daphna Renan Eine zarte Liebkosung 39
Barbara De Angelis Lieben, was bedeutet das? 41

2. Wahre Liebe finden

Bryan Smith Eine Glaubensprüfung 44
Joanna Slan Minderwertige Ware 51
Don Buehner Die Prophezeiung der Glücksbringer 54
Barbara De Angelis Willlenskraft 59
Carole Bellacera Provokation aus Liebe:
Nackt in der Öffentlichkeit 60
Justin R. Haskin
Limonade und eine Liebesgeschichte 62
Diana Chapman Eine zweite Chance 66

3. Über gegenseitige Verbundenheit

Mark und Chrissy Donnelly 50 Möglichkeiten, deinen Partner zu lieben 74
Lorraine Lengkeek, wie sie es Deborah Morris erzählte Wie ich meinem Ehemann das Leben rettete 76
Cynthia C. Muchnick Wähle nur 911 83
Lilian Kew Wie liebe ich dich? 85
Barbara De Angelis Bis dass der Tod uns scheidet 87
Katherine Byrne Die Gratulantin 89
Margie Parker Unausgesprochene Liebe 94
Susan Ager Unzertrennlich 95

4. Einander verstehen

Marquerite Murer Die Strichliste 100
Thom Hunter Verbunden werden 103
The Best of Bits & Pieces Vertauschte Rollen 105
Barbara D. Starkey Unangenehm eng 106
Barbara De Angelis Die reichste Frau der Welt 109
Nick Harrison Der Krieg um Mayonnaise 112
The Best of Bits and Pieces Hinter jedem bedeutenden Mann steht eine bedeutende Frau 114

5. Hindernisse überwinden

Diana Chapman Wo die Liebe hinfällt 118
Patsy Keech Derians Vermächtnis der Liebe 123
Elizabeth Songster In seinem Herzen eingraviert 127
Kim Lonette Trabucco Neue Leinentuchschuhe 130
Jacklyn Lee Lindstrom Love me tender 134
Diana Chapman Gibt es einen Märchenprinzen? 140

6. Über die Familie

LeAnn Thieman Eine Legende über die Liebe 148
Bob Welch Dazugehören 152
Maxine M. Davis Jemanden für sich haben 157
Ken Grote Fotos machen 159
Karen Culver Das Zwinkern 163
Jeannie S. Williams Die kleinen roten Stiefel 167
Jann Mitchell Ein unzertrennliches Band 169

7. Die Flamme, die noch brennt

David A. Manzi Mittwochs 176
Shari Cohen Ewig jung 178
Geoffrey Douglas Ich liebe dich immer noch 180
Dorothy Walker Nur ein ganz gewöhnlicher Dienstag 182
David L. Weatherford Schatz, du bist... 184
Maggie Bedrosian Unser 20. Hochzeitstag 186
Eileen Egan Strahlt die an, die ihr liebt 188

8. Ewige Liebe

Roxanne Willems Snopek Reisauflauf 190
Patricia Forbes Ein Zeichen seiner Liebe 194
Ann W. Compton Warten 196
Bonnie Furman Liebe nach der Scheidung 201
Thelda Bevens Der Tanz 204
Ray L. Lundy Sarahs letzter Wunsch 206
Laura Lagana Ein letzter Kuss von Rose 210
Cindy Landon mit Kathryn Casey
Leben ohne Michael 213
Karen Corkern Babb
Ein letztes Auf Wiedersehen 219

Danksagung 222
Schreiben Sie uns 227
Wer ist Jack Canfield? 228
Wer ist Mark Victor Hansen? 229
Wer ist Barbara De Angelis, Ph.D.? 232
Wer sind Mark und Chrissy Donnely? 234
Über die Autorinnen und Autoren 236
Abdruckgenehmigungen 250

Einleitung

Liebe ist die stärkste und geheimnisvollste Kraft im Universum, und nirgendwo zeigt sie ihre Schönheit und ihre wundervolle Seite mehr als in der engen Beziehung zwischen zwei Menschen. Wir schrieben *Hühnersuppe für die Seele – Für Partner* in der Hoffnung, dieses Geheimnis und dieses Wunder in Worte zu fassen, Worte, die Ihr Herz tief berühren und es öffnen werden, wenn Sie einmal verliebt waren oder sich gerne verlieben möchten. Dies ist ein Buch für Ehemänner und Ehefrauen, für Liebende und für alle, die davon träumen, ihren wahren Seelengefährten zu finden.

Manchmal hält die Liebe zwischen zwei Menschen ein Leben lang. In anderen Fällen ist sie dazu bestimmt, nur eine Weile anzudauern, sodass die zwei Liebenden entweder durch freie Wahl oder durch das Schicksal getrennt werden. Doch eines steht fest: Egal, wie eine Beziehung ausgeht, wenn Liebe in unser Leben tritt, verschwindet sie nicht wieder, ohne unser tiefstes, inneres Wesen zu verändern.

Jede Geschichte in diesem Buch wurde von einem Menschen geschrieben, der durch die Liebe verändert wurde. Wir wurden durch das Lesen der Geschichten verändert, und es ist unser Wunsch, dass Ihnen das auch so ergeht. Vielleicht werden einige der Geschichten Ihnen helfen, das Vertrauen und die Nähe in Ihrer Beziehung zu erneuern und zu vertiefen oder den Partner besser zu verstehen. Vielleicht werden andere Geschichten Ihnen helfen, all die verschiedenen Arten zu schätzen, wie Liebe Sie zu einem besseren Menschen werden lässt. Und wieder andere werden Sie daran erinnern und Ihnen versichern, dass Sie in dem, was Sie erleben, niemals allein sind, obwohl die Liebe jeden von uns in ganz einzigartiger Weise herausfordert und segnet.

Wodurch werden unsere engen Beziehungen bestimmt? Nach welchen Zeichen sollen wir Ausschau halten, um zu entdecken, wie die Liebe sich offenbart? Die Geschichten in diesem Buch beantworten diese Fragen einseitig und eloquent: Manchmal offenbart sich die Liebe in dem unübertroffenen Maß an Verständnis und Freundschaft, das wir mit unserem Partner und mit niemandem sonst teilen. Manchmal offenbart sie sich in dem, was gesagt wird, und manchmal in dem, was nicht gesagt, dafür aber tief gefühlt wird. Manchmal offenbart sie sich in den Hindernissen, die wir zusammen angehen müssen. Manchmal offenbart sie sich in der Freude, die wir mit unserem Partner zusammen auf unsere Kinder und unsere Familienmitglieder überspringen fühlen. Manchmal offenbart sie sich darin, dass unsere Beziehung uns ins Innere unseres Selbst führt – Orte, die wir niemals freiwillig erkunden würden. Doch für die Liebe werden wir alles tun.

Enge Beziehungen sind auch wirkungsvolle Lehrer, wie diese Geschichten so schön demonstrieren. Sie lehren uns Mitgefühl, Fürsorge und Vergeben. Sie lehren uns, wann wir stärker festhalten und wann wir loslassen müssen. Sie geben uns die Möglichkeit, große Tugenden wie Mut, Geduld, Loyalität und Glauben zu entwickeln. Wenn wir es zulassen, werden unsere Beziehungen uns all die zum Wachstum unserer Person erforderlichen Wege zeigen. Auf diese Weise wird die Liebe unser Leben nie betreten, ohne uns zum Besseren zu verändern.

Es gibt Augenblicke, in denen die Liebe als etwas sehr Alltägliches erfahren wird, das sich im zustimmenden Lächeln der oder des Herzallerliebsten ausdrückt. In anderen Momenten erscheint die Liebe äußerst erhebend und führt in neue Welten der Leidenschaft und Einheit, die nie zuvor entdeckt wurden. Wie die Liebe selbst, so spiegeln die Geschichten in diesem Buch jede Jahreszeit und Laune und jede Gefühlsregung wider: zartes Kennenlernen;

herausfordernde und vereinigende Nähe; Momente der Trauer, wenn wir dazu gezwungen sind, von unserem Seelenpartner Abschied zu nehmen; Erstaunen, wenn wir eine verloren geglaubte Liebe wieder entdecken.

Einige Geschichten werden Sie zum Lachen bringen, andere zum Weinen. Doch vor allem werden die Geschichten in *Hühnersuppe für die Seele – Für Partner* einer Fähigkeit der Liebe Tribut zollen, ihrer Fähigkeit anzudauern, über Jahre hinaus, über Hindernisse und über Entfernungen hinweg, sogar über den Tod hinaus.

Es gibt kein größeres Wunder als die Liebe. Sie ist Gottes wertvollstes Geschenk an uns. Unser Geschenk an Sie ist dieses Buch. Möge es Ihr Herz öffnen, Ihre Gedanken erheben, Ihren Geist inspirieren und Ihnen ein lieber Gefährte auf Ihrer Reise zu Ihrem eigenen Herzen sein. Möge Ihr Leben immer reich mit Liebe gesegnet sein.

1

Liebe und Nähe

Liebe ist eine Kraft, die größer ist als jede andere.
Sie ist unsichtbar – wir können sie nicht sehen
oder messen – und doch ist sie so kraftvoll, dass
sie uns in einem einzigen Moment verwandelt und
uns mehr Freude bereitet, als jeder materielle
Besitz es jemals könnte.

Barbara De Angelis

In Gedanken bei dir

> In Herzen zu leben, die wir
> zurückgelassen haben,
> heißt nicht zu sterben.
>
> *Thomas Campbell*

Sophies Gesicht verschwand im grauen Winterlicht des Wohnzimmers. Sie döste in dem Sessel, den Joe ihr zum 40. Hochzeitstag geschenkt hatte. Das Zimmer war warm und ruhig. Draußen rieselte der Schnee.

Um Viertel nach eins bog der Postbote eilig um die Ecke in die Allen Street. Er war später dran als gewöhnlich, nicht weil es schneite, sondern weil Valentinstag war und er mehr Post austragen musste als normalerweise. Er ging an Sophies Haus vorbei ohne aufzuschauen. Zwanzig Minuten später kletterte er wieder in seinen Wagen und fuhr davon.

Sophie schreckte auf, als sie das Postauto wegfahren hörte, nahm ihre Brille ab und wischte sich mit dem Taschentuch, das sie immer im Ärmelsaum trug, über Mund und Augen. Sie stützte sich auf die Sessellehne, stand langsam auf und strich die Schürze ihres dunkelgrünen Hauskleids glatt.

Ihre Hausschuhe schlurften weich über den nackten Fußboden, als sie in die Küche ging. An der Spüle hielt sie inne, um die zwei Teller zu spülen, die sie nach dem Mittagessen auf dem Tresen stehen gelassen hatte. Dann füllte sie einen Plastikbecher halb mit Wasser und nahm ihre Tabletten. Es war Viertel vor zwei.

Im Wohnzimmer stand neben dem Fenster, das nach vorn hinausging, ein Schaukelstuhl. Sophie ließ sich langsam hineinsinken. In einer halben Stunde würden die Kinder auf dem Heimweg von der Schule hier vorbeikommen. Sophie wartete, schaukelte und betrachtete den Schnee.

Zuerst kamen wie immer die Jungen. Sie rannten und schrien sich gegenseitig etwas zu, was Sophie nicht hören konnte. Heute formten sie Schneebälle, während sie liefen, und bewarfen sich damit. Ein Schneeball verfehlte sein Ziel und klatschte mit voller Wucht an Sophies Fensterscheibe. Sie schreckte zurück, und der Schaukelstuhl glitt über den Rand der alten ovalen Matte.

Die Mädchen trotteten zu zweit oder zu dritt hinter den Jungen her und kicherten. Dabei hielten sie tuschelnd ihre in Fäustlingen steckenden Hände vor den Mund. Sophie fragte sich, ob sie über die Valentinsgeschenke sprachen, die sie in der Schule bekommen hatten. Ein hübsches Mädchen mit langem braunem Haar blieb stehen und zeigte zu dem Fenster, an dem Sophie saß und hinausschaute. Sophie zog ihren Kopf hinter die Vorhänge zurück, sie war sich plötzlich ihrer selbst bewusst.

Als sie erneut hinausschaute, waren die Jungen und Mädchen verschwunden. Es war kalt am Fenster, doch sie blieb dort sitzen und beobachtete, wie die Schneeflocken langsam die Fußstapfen der Kinder bedeckten.

Der Wagen eines Blumenhändlers bog um die Ecke in die Allen Street. Sophie blickte ihm hinterher. Er fuhr langsam. Zweimal hielt er an und fuhr wieder los. Dann hielt der Fahrer vor Mrs. Masons Haus nebenan und parkte. *Wer schickte Mrs. Mason Blumen*? fragte Sophie sich. *Ihre Tochter aus Wisconsin? Oder ihr Bruder? Nein, ihr Bruder war sehr krank. Sie mussten von ihrer Tochter sein. Wie nett von ihr.*

Blumen erinnerten Sophie immer an Joe, und für einen Moment ließ sie es zu, dass die schmerzende Erinnerung sie überkam. Morgen war der 15. Vor acht Monaten war er gestorben.

Der Fahrer des Blumenladens klopfte an Mrs. Masons Haustür. Er hatte eine weiß-grüne Schachtel und eine Schreibplatte in der Hand. Es schien niemand daheim zu sein. Natürlich! Heute war Freitag, und freitagnachmittags war Mrs. Mason immer zum Handarbeiten in der Kirche. Der Lieferant schaute sich suchend um und kam dann auf Sophies Haus zu. Sophie sprang mit einem Satz aus dem Schaukelstuhl und stellte sich hinter die Gardine. Der Mann klopfte. Ihre Hände zitterten, als sie ihr Haar glatt strich. Beim dritten Klopfen war sie in der Diele. »Ja bitte?«, sagte sie und schaute aus der nur einen Spaltbreit geöffneten Tür.

»Guten Tag«, sagte der Mann laut, »könnten Sie eine Lieferung für Ihre Nachbarin entgegennehmen?«

»Ja«, erwiderte Sophie und öffnete die Tür.

»Wo soll ich sie hinstellen?«, fragte der Mann höflich, als er mit großen Schritten hereinkam.

»In die Küche, bitte. Auf den Tisch.« Der Mann erschien Sophie sehr groß. Sie konnte zwischen seiner grünen Mütze und dem Vollbart kaum sein Gesicht sehen. Sophie war froh, dass er sofort wieder ging, und schloss die Tür hinter ihm ab.

Die Schachtel war so lang wie der Küchentisch. Sophie näherte sich ihr und beugte sich vor, um die Aufschrift zu lesen: »NATALIES Blumen für jeden Anlass«. Der intensive Rosenduft hüllte sie ein. Sie schloss die Augen, sog den Duft langsam ein und stellte sich gelbe Rosen vor. Joe hatte immer gelbe ausgewählt. »Für meinen Sonnenschein«, pflegte er zu sagen, wenn er ihr das extravagante Bouquet überreichte. Dann lachte er fröhlich, küsste sie auf die Stirn, nahm ihre Hände in die seinen und sang für sie »Du bist mein Sonnenschein«.

Es war fünf Uhr nachmittags, als Mrs. Mason an Sophies Haustür klopfte. Sophie saß immer noch am Küchentisch, die Blumenschachtel war nun geöffnet, und Sophie hielt die Rosen im Schoß. Sie wiegte sich leicht von einer Seite zur anderen und streichelte die zarten gelben Blütenblätter. Mrs. Mason klopfte erneut, doch Sophie hörte es nicht, und nach einigen Minuten ging die Nachbarin wieder.

Sophie erhob sich kurz darauf und legte die Blumen auf den Küchentisch. Ihre Wangen waren gerötet. Sie bugsierte ein Trittbrett durch die Küche und holte eine weiße Porzellanvase vom Eckschrank herunter. Mit einem Wasserglas füllte sie die Vase, arrangierte zärtlich die Rosen und das Grün und brachte sie ins Wohnzimmer.

Sie lächelte, als sie die Mitte des Raumes erreichte. Sie drehte sich leicht und begann, in kleinen Kreisen langsam auf und ab zu tanzen. Sie lief leicht und anmutig durch das Wohnzimmer in die Küche, hinunter in die Diele und wieder zurück. Sie tanzte so lange, bis ihre Knie müde wurden, ließ sich dann in den Sessel fallen und schlief ein.

Um Viertel nach sechs wachte sie plötzlich auf. Jetzt klopfte es an der Hintertür. Es war Mrs. Mason. »Hallo, Sophie«, sagte Mrs. Mason. »Wie geht es dir? Ich war um fünf schon einmal hier und war etwas beunruhigt, als du nicht öffnetest. Hast du ein Nickerchen gemacht?« Während sie sprach, trat sie ihre schneebedeckten Stiefel auf der Matte ab und kam herein. »Ich hasse den Schnee. Im Radio sagten sie, dass es bis Mitternacht 6 Zentimeter schneien soll, aber darauf kann man ja nichts geben. Weißt du noch, als sie letzten Winter 4 Zentimeter angekündigt hatten, und es dann 21 wurden? 21! Und der Winter sollte dieses Jahr mild werden. Ha! Ich glaube nicht, dass das Thermometer in den letzten Wochen auch nur einmal über null Grad gestiegen ist. Habe ich dir erzählt, dass ich letzten Monat für mein kleines Haus eine Ölrechnung über 263 Dollar hatte?«

Sophie hörte nur mit halbem Ohr zu. Sie hatte sich plötzlich an die Rosen erinnert, und die Schamesröte schoss ihr ins Gesicht. Die leere Blumenschachtel lag hinter ihr auf dem Küchentisch. Was sollte sie Mrs. Mason sagen?

»Ich weiß nicht, wie lange ich die Rechnungen noch zahlen

kann. Wenn nur Alfred, Gott segne ihn, so umsichtig mit Geld umgegangen wäre wie dein Joseph. Gott im Himmel! Ich hätte fast die Rosen vergessen.«

Sophies Wangen glühten. Stammelnd suchte sie nach einer Entschuldigung und trat zur Seite, sodass die leere Schachtel ins Blickfeld rückte, als Mrs. Mason sie unterbrach. »Oh, sehr gut, du hast die Rosen ins Wasser gestellt. Dann hast du also die Karte gesehen. Ich hoffe, Josephs Handschrift hat dich nicht beunruhigt. Joseph bat mich, dir die Rosen im ersten Jahr zu bringen und dir an seiner Stelle alles zu erklären. Er wollte dich nicht erschrecken. Seinen ›Rosenbund‹ nannte er es, glaube ich. Im April arrangierte er alles mit dem Floristen. Das war ein so guter Mann, dein Joseph ...«

Doch Sophie hörte nicht mehr zu. Ihr Herz klopfte, als sie nach dem kleinen weißen Umschlag griff, den sie vorher übersehen hatte. Er hatte die ganze Zeit neben der Blumenschachtel gelegen. Mit zitternden Fingern nahm sie die Karte heraus. »Für meinen Sonnenschein«, stand darauf. »Ich liebe dich von ganzem Herzen. Versuch glücklich zu sein, wenn du an mich denkst. In Liebe, Joe.«

Alicia von Stamwitz

Jemand, der auf mich Acht gibt

Die Fahrgäste im Bus schauten sehr freundlich, als die attraktive junge Dame mit dem Blindenstock vorsichtig einstieg. Sie löste beim Fahrer eine Fahrkarte, tastete sich im Gang mit den Händen an den Sitzen entlang und fand den Platz, den der Busfahrer ihr genannt hatte. Dann setzte sie sich, nahm ihre Aktentasche auf den Schoß und lehnte den Stock an ihr Bein.

Seit einem Jahr war Susan, 34, blind. Sie erblindete infolge einer ärztlichen Fehldiagnose und fand sich plötzlich in einer dunklen Welt aus Ärger, Frustration und Selbstmitleid wieder. Susan, einst eine starke und unabhängige Frau, fühlte sich nun durch diesen schrecklichen Schicksalsschlag dazu verurteilt, eine schwache, hilflose Last für jeden Menschen um sie herum zu werden. »Wie konnte mir das nur passieren?«, fragte sie mit vor Ärger verschlossenem Herzen. Doch so viel sie auch jammerte, schimpfte oder betete, sie kannte die schmerzende Wahrheit: Sie würde nie wieder sehen können.

Eine tiefe Depression umhüllte Susans einst so optimistischen Geist. Jeder einzelne Tag wurde zu einer neuen frustrierenden und ermüdenden Aufgabe. Das Einzige, woran sie sich festhalten konnte, war ihr Mann Mark.

Mark war Luftwaffenoffizier und liebte Susan von ganzem Herzen. Als sie gerade ihr Augenlicht verloren hatte, sah er, wie sie in einen Abgrund der Verzweiflung stürzte, und es war seine Aufgabe, seiner Frau dabei zu helfen, die erforderliche Kraft und das nötige Vertrauen zu erlangen, um wieder unabhängig zu werden. Durch seinen militärischen Hintergrund war Mark gut auf den Umgang mit sensiblen Situationen vorbereitet, und doch wusste er, dass dies die schwierigste Schlacht war, die er jemals zu schlagen hatte.

Schließlich war Susan so weit, dass sie wieder arbeiten gehen konnte, doch die Frage war, wie sie dorthin kommen sollte. Normalerweise fuhr sie mit dem Bus, aber nun war sie zu ängstlich, um allein durch die Stadt zu fahren. Mark bot ihr an, sie jeden Tag zur Arbeit zu bringen, obwohl beide an verschiedenen Enden der Stadt arbeiteten. Das tröstete Susan eine Weile und befriedigte Marks Bedürfnis, seine blinde Frau zu beschützen, die auch bei der Ausführung der kleinsten Aufgaben sehr unsicher war. Mark erkannte jedoch bald, dass diese Regelung nicht funktionierte – sie war hektisch und kostspielig. *Susan muss langsam wieder anfangen, mit dem Bus zu fahren,* gestand er sich selbst ein. Doch allein der Gedanke, es ihr gegenüber anzudeuten, ließ ihn zusammenzucken. Sie war noch so zerbrechlich, so ärgerlich. Wie würde sie reagieren?

Susan war – wie Mark vorausgesehen hatte – von der Idee, wieder mit dem Bus zu fahren, geschockt. »Ich bin blind!«, rief sie erbittert. »Wie kann ich wissen, wo ich hingehe? Ich fühle mich, als würdest du mich verlassen.«

Diese Worte brachen Mark das Herz, aber er wusste, was zu tun war. Er versprach Susan, dass er jeden Morgen und jeden Abend zusammen mit ihr im Bus fahren würde, so lange, bis sie es gelernt hätte.

Und genau das geschah. Mark begleitete Susan zwei Wochen lang jeden Tag zur Arbeit und wieder zurück. Er zeigte ihr, wie sie sich auf ihre restlichen Sinne, besonders ihr Gehör, verlassen konnte, wie sie feststellen konnte, wo sie war, und wie sie sich an ihre neue Umgebung anpassen konnte. Er half ihr, sich mit den Busfahrern anzufreunden, damit diese auf sie achteten und ihr einen Platz zuwiesen. Er brachte sie sogar selbst an jenen nicht so erfreulichen Tagen zum Lachen, an denen sie aufgeregt gegen den Bus lief oder ihre Aktentasche voller Papiere mitten im Gang fallen ließ. So fuhren sie jeden Morgen zusammen mit dem Bus, und Mark nahm dann ein Taxi zurück ins Büro. Obwohl diese tägliche Fahrt noch teurer und ermüdender war als die vorherige Lösung, wusste Mark, dass es nur eine Frage der Zeit war, bis Susan allein mit dem Bus fahren könnte. Er glaubte an die Susan, die er kannte, bevor sie ihr Augenlicht verloren hatte, die sich vor keiner Herausforderung fürchtete und niemals aufgab.

Schließlich entschied Susan, dass sie es wagen könne, allein zu fahren. Als es so weit war, am Montagmorgen, schlang sie vor dem Verlassen des Hauses die Arme um Mark, ihren treuen Busfahrgefährten, ihren Ehemann und ihren besten Freund. Tränen der Dankbarkeit für seine Loyalität, seine Geduld und seine Liebe traten in ihre Augen. Sie verabschiedete sich, und sie gingen zum ersten Mal jeder seinen Weg.

Montag, Dienstag, Mittwoch, Donnerstag... An jedem Tag, an dem sie allein unterwegs war, klappte alles perfekt, und Susan lebte sichtlich auf. Sie schaffte es! Sie fuhr ganz allein zur Arbeit!

Am Freitagmorgen fuhr Susan wie gewöhnlich mit dem Bus zur Arbeit. Als sie aussteigen wollte, sagte der Fahrer: »Sie sind wirklich zu beneiden!«

Susan war sich nicht sicher, ob der Busfahrer mit ihr sprach oder nicht. Doch wer in aller Welt würde eine blinde Frau beneiden, die sich gerade einmal den Mut erkämpft hatte, das letzte Jahr zu überstehen. Neugierig fragte sie den Fahrer: »Warum meinen Sie, dass ich zu beneiden bin?«

Der Fahrer antwortete: »Es muss wirklich ein schönes Gefühl sein, so umsorgt und beschützt zu werden wie Sie.«

Susan wusste nicht, wovon er sprach und fragte erneut: »Was meinen Sie damit?«

Der Fahrer erwiderte: »Während der letzten Woche stand jeden Morgen ein gut aussehender Mann in Militäruniform an der gegenüberliegenden Straßenecke und beobachtete Sie, während Sie aus dem Bus stiegen. Er versicherte sich, dass Sie die Straße sicher überquerten und schaute so lange hinter Ihnen her, bis Sie das Bürogebäude betraten. Dann warf er Ihnen einen Handkuss zu, grüßte und ging davon. Sie sind wirklich eine glückliche Frau.«

Tränen der Freude liefen über Susans Wangen. Obwohl sie ihn physisch nicht sehen konnte, hatte sie Marks Anwesenheit die ganze Zeit über gespürt. Sie war froh, so froh, weil er ihr ein Geschenk gemacht hatte, das kraftvoller war als ihr Augenlicht, ein Geschenk, das sie nicht zu sehen brauchte, um daran zu glauben: das Geschenk der Liebe, das dorthin Licht bringt, wo vorher Dunkelheit war.

Sharon Wajda

Ich sehne mich nach deiner Liebe

Es ist kalt, so bitterkalt an diesem dunklen Wintertag 1942. Doch unterscheidet sich dieser Tag nicht von den anderen Tagen in diesem Konzentrationslager der Nazis. Ich zittere in meinen dünnen, zerschlissenen Kleidern und begreife immer noch nicht, dass dieser Albtraum Realität ist. Ich bin noch ein kleiner Junge. Ich sollte mit Freunden spielen; ich sollte zur Schule gehen; ich sollte einer Zukunft entgegensehen, erwachsen werden, heiraten und eine eigene Familie gründen. Doch das sind Träume der Lebenden, und ich weile nicht länger unter ihnen. Im Gegenteil, ich bin schon fast ins Reich der Toten eingegangen, überlebe nur noch von Tag zu Tag, von Stunde zu Stunde, seitdem ich mit zehntausenden anderen Juden von meinem Zuhause hierher gebracht wurde. *Werde ich morgen noch am Leben sein? Werde ich heute Nacht in die Gaskammer gebracht?*

Neben dem Stacheldrahtzaun laufe ich auf und ab und versuche, meinen ausgemergelten Körper aufzuwärmen. Ich habe Hunger, aber das ist hier ein Dauerzustand, und ich will nicht mehr daran denken. Ich habe immer Hunger. Etwas Essbares gibt es scheinbar nur im Traum. Die glückliche Vergangenheit scheint – je mehr von uns Tag für Tag verschwinden – ebenfalls ein bloßer Traum zu sein, und meine Verzweiflung wird jeden Tag größer und größer.

Plötzlich bemerke ich ein junges Mädchen, das auf der anderen Seite des Stacheldrahts herumläuft. Sie bleibt stehen und schaut mich mit traurigen Augen an, Augen, die zu sagen scheinen, dass sie versteht, dass auch sie nicht begreifen kann, warum ich hier bin. Ich möchte wegschauen, seltsam beschämt, dass diese Fremde mich so sieht, aber ich kann meinen Blick nicht von ihr abwenden.

Dann steckt sie die Hand in ihre Tasche und holt einen roten

Apfel hervor. Einen schönen, leuchtenden roten Apfel. *Wie lange mag es her sein, dass ich einen gesehen habe?* Sie schaut vorsichtig nach rechts und nach links und wirft den Apfel dann schnell mit einem triumphierenden Lächeln über den Zaun. Ich laufe, um ihn aufzuheben, und halte ihn in meinen zitternden, halb erfrorenen Händen. In meiner Welt des Todes ist dieser Apfel ein Ausdruck des Lebens, der Liebe. Als ich wieder aufschaue, sehe ich das Mädchen gerade noch in der Ferne verschwinden.

Am nächsten Tag werde ich automatisch zur gleichen Zeit wie am Vortag von derselben Stelle am Zaun angezogen. *Bin ich verrückt, zu hoffen, dass sie noch einmal wiederkommt? Natürlich, völlig verrückt.* Hier drin klammere ich mich an jeden auch noch so kleinen Hoffnungsschimmer. Sie hat mir Hoffnung gegeben, und ich muss stark daran festhalten.

Sie kommt tatsächlich wieder. Sie bringt mir tatsächlich wieder einen Apfel, wirft ihn mit dem gleichen süßen Lächeln über den Zaun.

Dieses Mal fange ich ihn und halte ihn für sie hoch. Ihre Augen strahlen. *Tue ich ihr Leid?* Vielleicht. Es würde mich aber nicht stören. Ich bin einfach froh, dass ich sie anschauen kann, und zum ersten Mal seit langer Zeit spüre ich wieder eine Regung in meinem Herzen.

Sieben Monate lang treffen wir uns auf diese Weise. Manchmal wechseln wir ein paar Worte. Manchmal nur einen Apfel. Doch sie nährt mehr als nur meinen Magen, dieses himmlische Geschöpf. Sie nährt meine Seele, und irgendwie weiß ich, dass auch ich die ihre nähre.

Eines Tages höre ich beängstigende Neuigkeiten: Wir werden in ein anderes Lager gebracht. Das könnte mein Ende sein; mit Sicherheit ist es für mich und meine Freundin das Ende.

Als ich sie am nächsten Tag begrüße, bricht mir das Herz, und es schnürt mir die Kehle zu, als ich ihr sage, was ich sagen muss: »Bring mir morgen keinen Apfel mehr. Ich werde in ein anderes

Lager geschickt. Wir werden uns nie wieder sehen.« Bevor ich jegliche Kontrolle über mich verliere, drehe ich mich um und laufe fort vom Zaun. Ich kann es nicht ertragen zurückzuschauen. Wenn ich es täte, würde sie mich mit tränenüberströmtem Gesicht stehen sehen.

Monate vergehen, und der Albtraum nimmt kein Ende. Doch die Erinnerung an dieses Mädchen gibt mir die Kraft, den Terror, den Schmerz und die Hoffnungslosigkeit durchzustehen. Im Geist sehe ich immer und immer wieder ihr Gesicht, ihre freundlichen Augen, höre ihre sanfte Stimme und schmecke jene Äpfel.

Eines Tages ist der Albtraum dann irgendwie vorbei. Der Krieg ist zu Ende. Jene von uns, die noch leben, werden befreit. Ich habe alles verloren, was mir teuer war – auch meine Familie. Doch ich habe noch die Erinnerung an dieses Mädchen, eine Erinnerung, die ich im Herzen trage und die mir den Willen zum Weitermachen gibt, als ich nach Amerika gehe, um ein neues Leben anzufangen.

Jahre vergehen. Es ist 1957. Ich lebe in New York City. Ein Freund drängt mich zu einer Verabredung mit einer Bekannten von ihm, die er mir noch nicht vorgestellt hat. Widerstrebend willige ich ein, doch sie ist nett, diese Frau namens Roma. Sie ist eingewandert, so wie ich, und somit haben wir wenigstens etwas gemeinsam.

»Wo warst du während des Krieges?«, fragt Roma mich sanft in dieser vorsichtigen Art, in der Einwanderer einander Fragen über jene Jahre stellen.

»Ich war in einem Konzentrationslager in Deutschland«, erwidere ich.

Romas Blick schweift in die Vergangenheit, so als erinnere sie sich an eine schmerzliche, aber auch schöne Begebenheit.

»Was ist?«, frage ich.

»Ich denke nur gerade an etwas aus meiner Vergangenheit, Herman«, erklärt Roma mit einer plötzlich sehr weichen Stimme.

»Weißt du, als ich ein kleines Mädchen war, lebte ich in der Nähe eines Konzentrationslagers. Es gab dort einen Jungen, einen Gefangenen, und lange Zeit besuchte ich ihn regelmäßig, jeden Tag. Ich erinnere mich daran, dass ich ihm immer Äpfel brachte. Ich warf den Apfel über den Zaun, und er freute sich sehr darüber.«

Roma seufzt tief und fährt fort: »Es ist schwer zu sagen, was wir füreinander empfanden – wir waren schließlich jung und wechselten nur ein paar Worte, wenn es möglich war –, aber ich kann dir sagen, wir waren sehr liebevoll zueinander. Ich nehme an, er wurde wie so viele andere ermordet. Doch ich kann diesen Gedanken nicht ertragen und versuche, mir den Jungen deshalb so vorzustellen, wie er in jenen Monaten war, die wir geschenkt bekommen haben.«

Mit laut klopfendem, fast zerspringendem Herzen schaue ich Roma direkt in die Augen und frage: »Sagte der Junge eines Tages zu dir: ›Bring mir morgen keinen Apfel mehr. Ich werde in ein anderes Lager geschickt?‹«

»Ja, warum?«, fragt Roma mit zitternder Stimme. »Aber, Herman, woher um Himmels willen weißt du das?«

Ich nehme ihre Hände in die meinen und erwidere: »Weil ich dieser Junge war, Roma.«

Lange Zeit herrscht Stille. Wir können unsere Augen nicht voneinander abwenden, und als der Vorhang der Zeit sich öffnet, erkennen wir die Seele des anderen: den lieben Freund, den wir einst so sehr liebten, den wir nicht aufhörten zu lieben, an den wir uns immer erinnerten.

Schließlich sage ich: »Schau, Roma, ich wurde einmal von dir getrennt, und das soll mir nicht noch einmal passieren. Ich bin jetzt frei, und ich möchte immer mit dir zusammen sein. Meine Liebe, willst du mich heiraten?«

Als sie antwortet, tritt dasselbe Strahlen wie früher in ihre Augen: »Ja, ich werde dich heiraten.« Dann umarmen wir uns, eine Umarmung, nach der wir uns so lange gesehnt haben, die aber durch den Stacheldraht verhindert worden ist. Nun kann uns nichts mehr trennen.

Fast 40 Jahre sind seit diesem Tag, an dem ich meine Roma wieder fand, vergangen. Das Schicksal hatte uns das erste Mal während des Krieges zusammengeführt, um mir einen viel versprechenden Hoffnungsschimmer zu geben, und uns nun wieder vereinigt, um dieses Versprechen einzulösen.

Valentinstag 1996. Ich arrangiere Roma zu Ehren eine Teilnahme an der Oprah Winfrey Show. Ich möchte ihr vor tausenden von Zuschauern im ganzen Land sagen, was ich jeden Tag in meinem Herzen fühle: »Liebling, du brachtest mir im Konzentrationslager etwas zu essen, als ich mich danach sehnte. Jetzt sehne ich mich immer noch nach etwas, von dem ich niemals genug bekommen werde: *Ich sehne mich nach deiner Liebe.*«

Herman und Roma Rosenblat,
so, wie sie es Barbara De Angelis erzählten.

Shmily

Meine Großeltern waren seit über einem halben Jahrhundert verheiratet und spielten, seitdem sie einander kennen gelernt hatten, ihr eigenes, ganz besonderes Spiel zusammen. Es bestand darin, das Wort »Shmily« an einen unbekannten Ort zu schreiben, den der andere finden musste. Abwechselnd verteilten sie ihr »Shmily« im ganzen Haus, und sobald einer es entdeckt hatte, musste er es für den anderen erneut verstecken.

Sie schrieben »Shmily« mit den Fingern ins Mehl und in den Zucker und warteten gespannt auf die Zubereitung der nächsten Mahlzeit. Sie malten es auf die mit Raureif bedeckten Fenster, die zum Innenhof lagen, in dem uns meine Großmutter immer mit warmem, selbst gemachtem Pudding speiste, der blaue Lebensmittelfarbe enthielt. »Shmily« war nach einer heißen Dusche auf dem beschlagenen Spiegel zu finden, wo es nach jedem Bad wieder auftauchte. Einmal wickelte meine Großmutter sogar eine ganze Klopapierrolle ab, um »Shmily« dann auf das letzte Blatt zu setzen.

Es gab keinen Ort, an dem »Shmily« nicht auftauchte. Kleine Notizzettel, auf die eilig »Shmily« gekritzelt worden war, lagen auf Armaturenbrett und Autositzen oder klebten am Lenkrad. Sie steckten in Schuhen oder wurden unter Kissen versteckt. »Shmily« stand im Staub auf dem Kaminsims oder wurde mit einem Stock in die Asche im Kamin geschrieben. Dieses geheimnisvolle Wort gehörte ebenso wie die Einrichtung zum Haus meiner Großeltern.

Ich brauchte lange Zeit, bis ich am Spiel meiner Großeltern wirklich Freude haben konnte. Skepsis hatte mich nicht an wahre Liebe glauben lassen – an reine und dauerhafte Liebe. Wie dem auch sei, ich zweifelte nie an der Beziehung meiner Großeltern. Ihre Liebe war tief. Sie bestand nicht nur aus amüsanten kleinen Spielen, sie war eine Art zu leben. Ihre Beziehung basierte auf Hingabe und leidenschaftlichem Gefühl – nicht jedermann kann sich glücklich schätzen, so etwas zu erleben.

Großmutter und Großvater hielten bei jeder Gelegenheit Händchen. Wenn sie in ihrer kleinen Küche aufeinander trafen, konnten sie nicht ohne einen Kuss weiter ihrer Wege gehen. Der eine beendete den Satz des anderen, und sie lösten die täglichen Kreuzworträtsel zusammen. Meine Großmutter flüsterte mir zu, wie süß mein Großvater und was für ein schöner alter Mann er doch geworden sei. Sie behauptete, dass sie »ihn wirklich zu nehmen« wisse. Vor jeder Mahlzeit senkten sie die Köpfe und bedankten sich, wobei sie des wunderbaren Segens gedachten, der ihnen zuteil geworden war: ihre Familie, ihr Glück und beider Zusammensein.

Doch es schwebte eine unheilvolle Wolke über dem Leben meiner Großeltern: Meine Großmutter hatte Brustkrebs. Die Krankheit war zum ersten Mal vor zehn Jahren ausgebrochen. Wie immer hat Großvater sie jeden Schritt des Weges begleitet. Er tröstete sie in ihrem gelben Raum, der für beide extra in dieser Farbe gestrichen wurde, damit sie immer von der Sonne umgeben war, auch wenn sie zu krank war, um das Haus zu verlassen.

Nun wurde ihr Körper erneut vom Krebs angegriffen. Mithilfe eines Stockes und der Stütze meines Großvaters gingen sie weiterhin jeden Morgen zur Kirche. Doch meine Großmutter wurde immer schwächer, bis sie schließlich das Haus nicht mehr verlassen konnte. Für eine Weile musste Großvater allein zur Kirche gehen, er bat Gott, über seine Frau zu wachen. Dann trat eines Tages schließlich das ein, was wir alle gefürchtet hatten: Großmutter starb.

»Shmily« war in gelber Schrift auf die rosa Schleifen der Blumen auf Großmutters Sarg gekritzelt. Als die Menge sich lichtete und sich die letzten Trauergäste zum Gehen wandten, traten meine Tanten, Onkel, Cousins und Cousinen und die anderen Familienmitglieder vor und versammelten sich zum letzten Mal um Großmutter. Großvater trat an Großmutters Sarg, atmete einmal tief und bewegt ein und begann dann, für sie zu singen. Sein Lied kam zwischen Tränen und Trauer hervor, ein tiefer und mit kehliger Stimme vorgetragener Kinderreim.

Von meinem eigenen Leid geschüttelt, werde ich diesen Augenblick nie vergessen. Damals verstand ich, dass ich das Glück gehabt hatte – obwohl ich die Tiefe ihrer Liebe zu jenem Zeitpunkt noch nicht begreifen konnte –, ihre unübertroffene Schönheit mit anzusehen.

S-h-m-i-l-y: Sieh her, wie sehr ich dich liebe.*

Großmutter und Großvater, danke schön, dass ihr mir das gezeigt habt.

Laura Jeanne Allen

* Im Original: See how much I love you.

Eine irische Liebesgeschichte

Schön ist immer, was geliebt wird.
Norwegisches Sprichwort

Nennen wir ihn Ian. Das ist nicht sein richtiger Name, aber in Nordirland muss man in dieser Zeit vorsichtig sein, wenn es darum geht, Namen zu nennen. Seit dem letzten Wiederaufflackern der alten Streitigkeiten zwischen Katholiken und Protestanten gab es mehr als 2400 Tote infolge von Anschlägen.

Abgesehen davon hatte das Pech Ian in den 24 Jahren seines Lebens genug verfolgt.

Er kam aus einer guten alten protestantischen Familie, die Art, die jeden Sonntag zweimal zur Kirche geht, so regelmäßig, dass man die Uhr danach stellen kann. Sein Vater war Schweißer bei den Belfaster Schiffswerften, ein sehr ruhiger Mann. Die Mutter führte einen sauberen und ordentlichen Haushalt, backte das beste Brot in der ganzen Nachbarschaft und hielt die Familie durch ihre scharfe Zunge im Griff. Dann gab es noch zwei ältere Brüder, beide Arbeiter und arbeitslos.

Ian war in der Schule fleißig gewesen und verdiente nun als Handwerker einer Produktionsfirma gutes Geld. Er war ruhig und gewissenhaft und mochte Spaziergänge in der Natur, das satte Grün am Abend und die goldenen Wochenenden des Sommers. Während der langen Einsamkeit des Winters las er am liebsten am prasselnden Kaminfeuer ein Buch. Mit Mädchen hatte er noch nie viel am Hut – doch muss dazu gesagt werden, dass Männer in Irland dazu neigen, spät zu heiraten.

Vor zwei Jahren, an seinem 22. Geburtstag, kam er gerade zu Fuß von der Arbeit, als ein Terrorist eine Bombe aus einem fahrenden Wagen schleuderte … und Ian konfus in einem Albtraum aus plötzlicher Blindheit zurückließ.

Er wurde mit Blaulicht ins Krankenhaus gebracht und wegen inneren Verletzungen und Knochenbrüchen sofort operiert, doch beide Augen waren nicht zu retten.

Die anderen Wunden heilten langsam, je nach Art der Wunde, aber ihre Narben würden ihn bis zum Ende seiner Tage entstellen. Obwohl unsichtbar, waren die Narben, die in seinem Gemüt zurückgeblieben waren, jedoch offensichtlicher.

Er sprach kaum ein Wort, er aß oder trank und schlief kaum. Er lag nur im Bett, blind und in sich gekehrt, fast vier Monate lang.

Es gab eine Krankenschwester, die offenbar in der Lage war, ihm den Funken einer menschlichen Regung zu entlocken. Nennen wir sie Bridget – ein schöner irischer Name. Gute katholische Familie, die Art, die sonntagmorgens zuerst einmal zur Lesung der Messe geht.

Ihr Vater, ein Schreiner, arbeitete in der Regel fern von zu Hause drüben in England. Ein anständiger Mann – er liebte seine Familie und verbrachte die Wochenenden mit ihnen, wann immer er sich eine Überfahrt leisten konnte. Sie liebten ihn so, wie nur ein häufig abwesender Vater geliebt werden kann.

Die Mutter führte einen sauberen, aber unordentlichen Haushalt, kochte den besten Eintopf in der ganzen Nachbarschaft und hielt die Familie mit einem weichen Herzen und einer schnell einmal ausrutschenden Hand im Zaum.

Es waren sechs Brüder und vier Schwestern, die kleinste von allen, Mary, 11, Vaters Liebling.

Bridget war in der Schule fleißig, hatte in einem bekannten Londoner Krankenhaus eine Ausbildung zur Krankenschwester abgeschlossen und gehörte nun mit 21 Jahren zum Personal von Belfasts größtem Krankenhaus.

Sie war lebhaft, doch grundsätzlich gewissenhaft, und sang mit einer weichen und freundlichen Stimme Volkslieder in einem ihr eigenen Stil. Mit Jungen hatte sie nicht viel am Hut, doch das lag keineswegs an mangelndem Interesse in ihrer Umgebung.

Nun wurde ihr Herz jedoch von Ian gerührt. Er hatte etwas von einem kleinen verlorenen Jungen an sich, was ihr Tränen in die Augen trieb. Er konnte ihre Tränen zwar nicht sehen, doch sie hatte Angst, dass ihre Stimme ihre Gefühle verraten könnte.

In gewisser Weise war ihre Befürchtung richtig, denn es waren ihre Sprachmelodie und ihr Lachen, die ihn aus der Tiefe seiner Depression und seinem Selbstmitleid holten, die Wärme und die Freundlichkeit und die Kraft ihrer Worte, die natürliche Selbstverständlichkeit, mit der sie ihm von der Liebe Jesu Christi erzählte.

So wartete er, als die lange Dunkelheit seiner Tage zu Wochen und Monaten wurde, auf ihre sich nähernden Schritte und wendete ihr sein blindes Antlitz zu wie eine Blume, die sich nach der Sonne streckt.

Am Ende dieser vier Monate im Krankenhaus stand fest, dass er sein Augenlicht nicht wiedererlangen würde, doch das, was er jetzt als ihre Liebe erkannte, gab ihm den Mut, sein Unglück zu akzeptieren. Denn sie liebten sich trotz allem, was gegen sie stand – trotz der Religion, der Politik und der Feindschaft ihrer beiden Familien –, und bewegten sich in der unbeschwerten und glücklichen Landschaft der Liebe.

Er wurde entlassen und musste sich nun einer mühseligen monatelangen Rehabilitation unterziehen: lernen, sich ohne Hilfe zu waschen, rasieren und anzuziehen; sich im Haus zu bewegen, ohne jedes Mal mit dem Schienbein gegen einen Stuhl zu stoßen; draußen in den Straßen mit dem Blindenstock zu laufen; Blindenschrift zu lesen. Außerdem musste er lernen, mit dem ihm regelrecht entgegenschlagenden Mitleid fertig zu werden, das er selbst in der Luft, die er atmete, spüren konnte. Ihre Liebe gab ihm die Hoffnung, weiterzuleben und es zu versuchen.

Das heißt aber nicht, dass sie viel Zeit zusammen verbringen konnten, manchmal einen Abend oder einen Nachmittag, wenn Bridgets Pflichten es erlaubten. Für diese kurzen Zusammenkünfte aber lebten sie und erkannten den Beginn eines tiefen Friedens und Glücks.

Ihre Familien waren entsetzt. An Heirat denken? Nichts Geringeres als das Gesetz Gottes verbot es.

»Was für eine Freundschaft verbindet die Kinder des Lichts mit den Kindern der Dunkelheit?«, brauste sein Vater auf. »Solange ich lebe, ist dieses Thema tabu.«

»Die römisch-katholische Kirche«, so der Priester, »steht gemischten Ehen ablehnend gegenüber, sodass du diese Idee wieder verwerfen kannst.«

Auf diese Weise wurden sie durch jeden erdenklichen Druck – ständige Streitereien, Drohungen, Versprechungen und sogar glatte Lügen – auseinander gebracht. Schließlich und endlich stritten sie miteinander und warfen sich in ihrer ausweglosen Situation verletzende Worte an den Kopf, und eines Abends, als es leicht nieselte und ihre Herzen sich verhärtet hatten, ließ sie ihn auf nasser Straße stehen und ging davon.

Er zog sich in seine endlose Nacht zurück, Tage und Wochen der Bitternis. »Auf lange Sicht wirst du es nicht bereuen«, wurde ihm gesagt. »Du hast die Probleme angezogen, als du dich mit einer Ungläubigen eingelassen hast.«

Sie zog sich in ihre Arbeit zurück und verschloss ihr verletztes Herz. Wochen und Monate tauber Agonie vergingen. »Du wirst Gott zu ehren leben«, wurde ihr gesagt. »Verdammt noch mal, es war ein Protestant, den du da heiraten wolltest!«

Aus den Monaten wurde ein Jahr und der Bombenterror, das Leid Irlands, ging weiter.

Eines Abends dann, als Ian allein zu Hause saß, klopfte es wild an der Tür. »Ian, komm schnell!«

An der Stimme, hysterisch und von Tränen erstickt, erkannte er die kleine Mary, Bridgets Schwester. »Ein Attentat. Sie sitzt in der Falle und ist schon halb tot, sie ist halb tot! Sie ruft nach dir, komm mit, Ian, in Gottes Namen, bitte komm mit.«

Ohne auch nur noch die Tür hinter sich zu schließen, nahm er ihre Hand, und sie führte ihn weinend und stolpernd durch die gnadenlosen Straßen.

Die Bombe hatte ein kleines Restaurant zerstört, in dem Bridget gerade mit drei anderen Krankenschwestern zu Abend gegessen hatte. Die anderen konnten sich aus den Trümmern befreien, aber ihre Beine saßen fest und das Feuer breitete sich aus und züngelte bereits nach ihr.

Sie konnten sie schreien hören, aber konnten die Vertiefung, in der sie lag, nicht erreichen. Feuerwehrmänner, Soldaten, helle Strahler und andere Spezialausrüstung waren auf dem Weg.

Ian ging in das Chaos. »Sie können dort nicht hineingehen«, rief der Dienst habende Offizier.

»Sie ist meine Freundin«, entgegnete Ian.

»Seien Sie kein verrückter Träumer«, rief der Offizier. »Sie werden in der Dunkelheit nicht die Hand vor Augen sehen.«

»Was macht das für einen Blinden für einen Unterschied?«, fragte Ian.

Er wandte sich in die Richtung, aus der ihre Stimme zu ihm drang, und bahnte sich einen Weg durch das schwarze Inferno mit all den Fähigkeiten und dem Instinkt eines Blinden und der Unbedingtheit der Liebe. »Ich komme, Bridget, ich bin gleich bei dir!«

Er fand sie, barg ihren Kopf in seinen sich seit langer Zeit nach ihr sehnenden Armen und küsste sie.

»Ian«, flüsterte sie, »Ian…«, und verlor das Bewusstsein wie ein müdes Kind, das in den Schlaf sinkt.

Das Feuer erreichte sie. Mit blutdurchtränkten Kleidern hielt er sie so lange, bis die Rettungsmannschaft sich einen Weg zu ihnen gebahnt hatte. Da er blind war, sah er nicht, dass die eine Seite ihres niedlichen Gesichts vom Feuer verbrannt worden war.

Nach langer, langer Zeit heilten ihre Wunden. Dennoch würde sie trotz Schönheitschirurgie immer Narben im Gesicht zurückbehalten. »Ach«, sagte sie, »der einzige Mann, den ich liebe, wird es sowieso nie sehen können, was für einen Unterschied macht es dann für mich?« So kehrten sie wieder an den Punkt ihrer Liebe zurück, den sie nie wirklich hinter sich gelassen hatten.

Doch beide Familien legten ihnen nach wie vor alle nur erdenklichen Steine in den Weg. Ein dramatischer Zusammenstoß führte fast zu einem Faustkampf. Es wurden Unhöflichkeiten, Beleidigungen und verzweifelte Drohungen ausgetauscht, aber mittendrin nahm Bridget Ians Hand, und zusammen verließen sie diesen Ort des Hasses.

Ja, sie heirateten. Die herkömmliche Weisheit warnte davor. Doch gibt es einen besseren Weg als die Liebe? Was sonst kann Heilung bringen?

George Target

Zartes Lila oder weiches Rot?

Er fand mich bitter weinend im Krankenhauszimmer vor. »Was ist los?«, fragte Richard, wohl wissend, dass wir beide Grund zum Weinen hatten. In den vergangenen 48 Stunden hatte sich herausgestellt, dass ich Krebsgeschwüre in meiner Brust hatte, die sich auf meine Lymphknoten ausgedehnt hatten und dass möglicherweise auch mein Gehirn betroffen war. Wir waren beide 32 und hatten drei kleine Kinder.

Richard zog mich fest an sich und versuchte, mich zu beruhigen. Unsere Freunde und unsere Familie waren über die Ruhe verblüfft gewesen, die plötzlich über uns gekommen war. Jesus war unser Retter und unsere Zuflucht, bevor ich wusste, dass ich Krebs hatte, und er blieb es auch nach der Diagnose. Doch Richard erschien es so, als sei die schreckliche Realität meiner Lage in dem kurzen Moment, den er den Raum verlassen hatte, doch über mir zusammengeschlagen.

Er hielt mich fest und versuchte mich zu beruhigen. »Es war zu viel, nicht wahr, Suz?«, sagte er.

»Das ist es nicht«, sagte ich weinend und hielt den Handspiegel hoch, den ich gerade in der Schublade gefunden hatte. Richard war verwirrt.

»Ich wusste nicht, dass es so sein würde«, weinte ich, als ich schockiert auf mein Spiegelbild starrte. Ich erkannte mich nicht wieder. Ich war schrecklich aufgedunsen. Nach der Operation hatte ich im Schlaf gestöhnt, und Freunde, die es gut meinten, hatten einfach die Mengeneinstellung der automatischen Medikation erhöht, um – wie sie meinten – meine Schmerzen zu lindern. Unglücklicherweise war ich gegen Morphium allergisch und war wie eine Wurst angeschwollen. Von der Operation klebte noch Jod an meinem Nacken, meiner Schulter und Brust, und es war zu früh für ein Bad. Auf einer Seite hing ein kleiner Schlauch, sodass die Flüssigkeit aus der Wunde ablaufen konnte. Meine linke Schulter und Brust waren dort, wo ich ein Stück meiner Brust verloren hatte, fest bandagiert. Meine langen lockigen Haare waren ein einziger klebriger Wust. In den vergangenen 48 Stunden waren mehr als 100 Besucher hier gewesen, und sie alle hatten diese braun-weiß gescheckte, aufgedunsene Frau ohne Make-up mit schweißverklebten Haaren im grauen Nachthemd gesehen, die einmal ich war. Wo war ich geblieben?

Richard ließ mich zurück auf das Kissen sinken und verließ den Raum. Nach wenigen Minuten kam er voll beladen mit kleinen Shampoo- und Haarspülungsflaschen zurück, die er draußen in der Halle konfisziert hatte. Er holte Kissen aus dem Schrank und schob einen Stuhl vor das Waschbecken. Er rollte den Schlauch meiner Infusion auseinander und steckte den langen dünnen Schlauch, der aus meiner Wunde hing, in seine Hemdtasche. Dann beugte er sich herunter, hob mich auf und trug mich – samt Infusionsständer und allem – hinüber zum Waschbecken. Er setzte mich vorsichtig auf seinen Schoß, hielt meinen Kopf in seinen Armen über das Waschbecken und ließ langsam warmes Wasser über meine Haare laufen. Dabei leerte er kleine Fläschchen über meinem Haar und wusch und spülte so meine langen Locken. Er schlug ein Handtuch um meinen Kopf und brachte mich, den Schlauch und den Infusionsständer wieder zurück zum Bett. Er machte das so vorsichtig, dass sich die frisch genähte Wunde nicht einmal meldete.

Mein Mann, der sich sein Leben lang noch nicht die Haare geföhnt hatte, holte einen Föhn heraus und trocknete damit mein Haar. Dabei unterhielt er mich, indem er die ganze Zeit so tat, als gebe er mir Schönheitstipps. Dann frisierte er aufgrund seiner zwölfjährigen Beobachtung mein Haar. Ich lachte, als er sich auf die Lippen biss, ernster bei der Sache, als es je der Schüler einer Kosmetikschule hätte sein können. Er wusch meine Schulter und meinen Nacken mit einem warmen Waschlappen und war sehr vorsichtig dabei, um die frische Wunde nicht zu reizen. Dann cremte er mich ein, und danach öffnete er meinen Make-up-Beutel und begann mich zu schminken. Ich werde nie unser Gelächter vergessen, als er versuche, mir Mascara und Rouge aufzutragen. Ich öffnete weit die Augen und hielt den Atem an, als er den Mascara mit zitternden Händen auf meine Wimpern strich. Er rubbelte meine Wangen mit Tissue-Papier, um das Rouge zu verteilen. Als krönenden Abschluss hielt er zwei Lippenstifte hoch und fragte: »Zartes Lila oder weiches Rot?« Er trug den Lippenstift auf wie ein Künstler, der auf Leinwand malt, und hielt mir dann den kleinen Spiegel hin.

Ich sah wieder menschlich aus. Etwas aufgedunsen zwar, aber ich roch sauber, und mein Haar fiel weich über meine Schultern, ich erkannte mich wieder.

»Was meinst du?«, fragte er. Ich fing wieder an zu weinen, dieses Mal aus Dankbarkeit.

»Nein, Schatz, du wirst meine ganzen Schminkkünste zunichte machen«, rief er, und ich brach in Gelächter aus.

Während dieser schwierigen Zeit in unserem Leben wurde mir eine Überlebenschance von nur 40 Prozent für die nächsten fünf Jahre gegeben. Das war vor sieben Jahren. Diese Jahre habe ich durch viel Lachen, den Trost Gottes und durch die Hilfe meines wunderbaren Ehemanns überstanden. Wir feiern in diesem Jahr unseren 19. Hochzeitstag, und unsere Kinder sind zu Teenagern herangewachsen. Richard hatte das verstanden, was inmitten einer Tragödie als Eitelkeit und Dummheit erscheinen musste. Alles, was für mich selbstverständlich gewesen war, brach in jenen Stunden zusammen: die Tatsache, dass ich meine Kinder aufwachsen sehen würde, meine Gesundheit, meine Zukunft. Mit einer kleinen freundlichen Handlung gab mir Richard die Normalität zurück. Ich werde diesen Moment immer als eine der liebevollsten Gesten unserer Ehe ansehen.

T. Suzanne Eller

Eine zarte Liebkosung

Was von Herzen kommt,
berührt das Herz.

Don Sibet

Michael und ich registrierten es kaum, als die Kellnerin kam und unsere Teller auf den Tisch stellte. Wir saßen in einem kleinen Restaurant, das abseits der Hektik der Third Street in New York City lag. Sogar der Duft unserer gerade servierten *Blintzes* konnte unsere angeregte Unterhaltung nicht unterbrechen. Diese mit Blaubeeren gefüllten kleinen Pfannkuchen standen tatsächlich eine geraume Weile zusammengefallen in ihrer Soße aus saurer Sahne vor uns. Wir hatten so viel Freude am Erzählen, dass wir das Essen ganz vergaßen.

Unsere Unterhaltung war lebhaft bis ernsthaft. Wir lachten über den Film, den wir am Abend des Vortags gesehen haten, und waren über die Bedeutung des Textes uneinig, den wir gerade in unserem Literaturseminar abgeschlossen hatten. Er berichtete mir über den Moment, als er auf drastische Weise erwachsen wurde, indem er von heute auf morgen zu Michael mutierte und sich weigerte, weiter auf »Mikey« zu reagieren. War er 12 oder 14 gewesen? Er konnte sich nicht daran erinnern, doch er wusste noch, dass seine Mutter geweint hatte und fand, es gehe zu schnell. Als wir in unsere Blaubeeren-*Blintzes* bissen, erzählte ich von den Blaubeeren, die meine Schwester und ich immer pflückten, wenn wir unsere Cousins auf dem Land besuchten. Ich erinnerte mich daran, dass ich meine immer schon aufgegessen hatte, bevor wir zum Haus zurückkamen, und meine Tante mir böse Bauchschmerzen prophezeite, die ich natürlich nie bekam.

Als unsere Unterhaltung weiter dahinplätscherte, schweifte mein Blick im Restaurant umher und fiel auf ein älteres Ehepaar, das in einer kleinen, etwas abgetrennten Ecke saß. Ihr blumengemustertes Kleid schien genauso ausgeblichen zu sein wie das Kissen, auf dem ihre abgetragene Handtasche stand. Sein Kopf glänzte ebenso wie das weich gekochte Ei, das er sehr langsam löffelte. Auch sie aß ihr Hafermüsli in einem langsamen, fast schon ermüdenden Tempo.

Meine Aufmerksamkeit wurde durch ihre ungestörte Ruhe auf sie gelenkt. Mir schien es so, als sei ihre kleine Ecke von einer melancholischen Leere durchdrungen. Während wir mal lachten, mal flüsterten, uns Geständnisse machten oder alles Mögliche analysierten, fiel mir das konstante Schweigen dieses Paares ins Auge. *Wie traurig,* dachte ich, *wenn man sich nichts mehr zu erzählen hat. Gab es denn überhaupt keine Begebenheit aus ihrem Leben, die sie einander noch nicht berichtet hatten? Was wäre, wenn uns das passierte?*

Michael und ich zahlten unsere Rechnung, standen auf und gingen. Als wir an der kleinen Ecke, an der das Ehepaar saß, vorbeikamen, fiel mir aus Versehen mein Portemonnaie herunter. Ich bückte mich, um es aufzuheben, und sah dabei, dass sich die beiden unter dem Tisch mit ihrer jeweils freien Hand zärtlich an den Händen hielten. Sie hatten die ganze Zeit Händchen gehalten!

Dieses Mannes zärtliche Liebkosung der müden Hand seiner Frau ließ nicht nur das, was ich vorher als emotionales Vakuum in dieser Ecke wahrgenommen hatte, in einem ganz anderen Licht erscheinen, es ließ auch mein Herz erstrahlen. Zwischen ihnen lag nicht die unangenehme Stille, die bei der ersten Verabredung immer unmittelbar nach einer Pointe oder nach dem Ende einer zum Besten gegebenen Anekdote zu entstehen droht. Nein, hier handelte es sich um eine angenehme, entspannte Ruhe, eine zärtliche Liebe, die wusste, dass sie sich nicht ständig durch Worte auszudrücken hatte. Wahrscheinlich teilten sie diese Morgenstunde seit langer Zeit miteinander, und das Heute unterschied sich nicht wesentlich vom Gestern, doch sie waren damit und miteinander zufrieden.

Vielleicht, dachte ich, als Michael und ich hinausgingen, wäre es gar nicht schlecht, wenn Michael und ich das eines Tages wären. Vielleicht wäre das irgendwie schön.

Daphna Renan

Lieben, was bedeutet das?

Anwesend sein ist mehr, als nur dort zu sein.

Malcolm Forbes

Lieben, was bedeutet das? Steckt mehr dahinter, als nur verheiratet zu sein oder zusammen zu schlafen? Tausende von Menschen sind verheiratet, tausende haben Sex – doch wenige lieben sich wirklich. Um sich wirklich zu lieben, muss man zu einem ständigen Tanz der Nähe mit dem Partner bereit sein und daran teilnehmen.

Du liebst, wenn du das Geschenk, das dein Partner darstellt, zu schätzen weißt und dich jeden Tag aufs Neue darüber freust.

Du liebst, wenn du dich immer daran erinnerst, dass dein Partner dir nicht gehört, dass er oder sie eine Leihgabe aus dem Universum ist.

Du liebst, wenn du erkennst, dass nichts unbedeutend ist, was zwischen dir und deinem Partner geschieht, dass alles, was du in deiner Beziehung sagst, deinem Partner möglicherweise Freude oder Leid bereiten kann, und dass alles, was du tust, eure Verbindung entweder stärken oder schwächen kann.

Du liebst, wenn du das alles verstehst und infolgedessen morgens, wenn du aufwachst, voller Dankbarkeit dafür bist, dass du deinen Partner einen weiteren Tag lang lieben und dich an seinem Dasein freuen kannst.

Wenn du in deinem Leben jemanden hast, der dich liebt, bist du reich gesegnet. Dir wurde ein anderer Mensch geschenkt, der sich dazu entschlossen hat, Seite an Seite mit dir zu gehen. Er oder sie wird die Tage und Nächte, die schönen und schlechten Zeiten des Lebens mit dir teilen. Dein Liebster oder deine Liebste wird verborgene Seiten von dir kennen lernen, die kein anderer sehen wird. Er oder sie wird deinen Körper an Stellen berühren, die sonst niemand berührt. Er oder sie wird dich aus deinem Versteck herausholen und dir in seinen oder ihren sicheren liebenden Armen eine neue Welt erschaffen.

Dein Liebster oder deine Liebste wird dir jeden Tag unzählige Wunder bescheren. Er besitzt die Kraft, dich mit seinem Lächeln, seiner Stimme, dem Duft seines Nackens, der Art seiner Bewegung zu erfreuen. Sie besitzt die Kraft, deine Einsamkeit zu verbannen. Er besitzt die Kraft, das Gewöhnliche ins Außergewöhnliche zu verwandeln. Sie ist deine Tür zum Himmel auf Erden.

Barbara De Angelis

2

Wahre Liebe finden

Von jedem Menschen geht ein Lichtstrahl aus, der direkt in den Himmel reicht, und wenn zwei Seelen einander finden, die dazu vorherbestimmt sind, vereinen sich die Lichtstrahlen, und ein einziger hellerer Strahl geht von diesem vereinten Wesen aus.

Ba'al Shem Tov

Eine Glaubensprüfung

Liebe heilt die Menschen, jene, die sie geben, und jene, die sie erhalten.
Karl Menninger

Die Luft war etwas kühl, als Wes Anderson am Abend in seine silberne Limousine stieg. Es war 20.30 Uhr am 7. März 1994, und der kräftige 34-jährige Prediger der Carmichael Christian Church, einer evangelischen Gemeinde in Sacramento, Kalifornien, kam gerade von einem Treffen mit mehreren Gemeindemitgliedern.

»Einen schönen Abend noch, Herr Pastor«, rief ihm ein Mitglied seiner Gemeinde zu.

»Den werde ich haben«, antwortete Wes und fügte freundlich ermahnend mit seiner für die Leute aus Tennessee typischen, breit näselnden Sprechweise hinzu: »Wir sehen uns hoffentlich alle am Sonntag.«

Wes hatte auf dem College Strafrecht studiert, als er sich zur Kirche hingezogen fühlte. Er kam 1992 nach Carmichael, und die 110 Mitglieder umfassende Gemeinde reagierte positiv auf den unkomplizierten Mann mit dem stets breiten Lächeln im Gesicht.

Auf dem Heimweg sah Wes, dass eines seiner Gemeindemitglieder, die 78 Jahre alte Dorothy Hearst, in einen leichten Unfall mit Blechschaden verwickelt war, an dem drei Wagen beteiligt waren. Er hielt an, um zu helfen, und war erleichtert, dass ihr nichts Ernsthaftes fehlte.

Plötzlich wurden sie von schnell näher kommenden Scheinwerfern geblendet. »Dorothy!«, schrie Wes, »er fährt uns um!«

Wes schubste sie noch rechtzeitig aus dem Weg, als ein Kombi ihn rechts erwischte und an Dorothys Wagen schleuderte. Er spürte einen stechenden Schmerz im rechten Bein. Dann lag er zuckend auf dem Asphalt, sein rechtes Bein war fast abgetrennt.

In der Notaufnahme der Universitätsklinik von Kalifornien in Davis drückte ein Arzt dem Pastor ein Formular für die Einwilligung zur Operation in die Hand. »Es gibt keine andere Möglichkeit, Ihnen das zu sagen«, sagte er. »Ihr rechtes Bein muss möglicherweise amputiert werden.«

Kurz nach der Operation fühlte Wes einen stechenden lähmenden Schmerz in seiner rechten Wade. Er fasste nach unten, um seine Wade zu reiben, und schreckte sofort zurück. Dort war nichts.

Phantomschmerzen – physische Empfindungen, die bei Amputierten auftreten, wenn das Gehirn signalisiert, dass die betreffenden Gliedmaßen noch vorhanden sind – würden wie quälende Geister kommen und gehen. Jedes Mal war sein Gesicht vor Schmerzen verzerrt, blitzartigen, stechenden Schmerzen in dem Bein, das nicht mehr da war. All das wegen James Allen Napier, einem betrunkenen Autofahrer, der nur acht Monate im Gefängnis sitzen würde.

Die Tage vergingen, und Wes fiel in ein tiefes Loch. Nach der Operation war sein noch vorhandenes Bein mit Narben überzogen. Rote Striemen verliefen in Zickzacklinien über seinen Bauch, eine Straßenkarte, die Auskunft darüber gab, wo Gewebe für die Hauttransplantation entnommen worden war.

»Das ist nicht fair«, beschwerte er sich bei seinem Freund Mike Cook, dem Pastor von Sylvan Oaks, der Nachbargemeinde mit der gleichen Konfession. »Ich wollte einmal heiraten und Kinder haben. Welche Frau kann mich mit all diesen Verletzungen und Narben noch lieben?«

»Das Leben ist nicht fair«, antwortete Mike. »Sollte es das sein? Du hast gesehen, dass guten Menschen Schreckliches zugestoßen ist. Denk daran, Wes, du hast ein Leben gerettet. Ich weiß, es ist schwer, daran zu glauben, aber Gott hat seine Gründe.«

Wes schaute zur Seite. Er predigte seiner Gemeinde immer, auch in schweren Zeiten am Glauben festzuhalten. »Gott hat immer einen Plan«, sagte er oft zu ihnen. »Vertraut seinem Willen.« Doch die Worte, von denen er einst glaubte, dass sie so kraftvoll seien, erschienen ihm plötzlich nichts sagend.

Ein Reporter der Zeitung *Sacramento Bee* rief an; er wollte eine Story über Wes schreiben. Wes reagierte instinktiv ablehnend, er wollte nicht als Held dargestellt werden. Der Reporter versprach, einfach nur das zu berichten, was sich ereignet hatte, und Wes gab schließlich nach. *Wer weiß,* dachte er, *vielleicht hilft es irgendjemandem.*

Virginia Bruegger ließ die Ausgabe des *Sacramento Bee* vom 16. März 1994 auf den Stapel neben ihrem Bett fallen. Der Tag war mal wieder – wie so oft – eine einzige Strapaze gewesen. Zuerst sprang ihr Wagen nicht an; dann verpasste sie den Bus. In den letzten anderthalb Jahren hatte die 38 Jahre alte allein erziehende Mutter einen nie endenden Stundenplan voll gestopft mit Seminaren, eigenen Studien und Referendariaten, um ihr Examen im Fach Verhaltensforschung an der Universität von Kalifornien in Davis zu bestehen. Kurz vor Ende der ersten Hälfte ihres letzten Studienjahres neigte sich nun ihr ohnehin sehr knappes Budget unaufhaltsam dem Ende entgegen.

Als sie sich an diesem Abend gerade zum Lernen in der Küche niedergelassen hatte, bekam ihr 16-jähriger Sohn eine Lebensmittelvergiftung. Um drei Uhr nachts schleppte Virginia sich völlig erschöpft in ihr Zimmer. Der Druck, der auf ihr lastete, war plötzlich übermächtig groß. *Tue ich das Richtige*?, fragte sie sich. *Werde ich nach dem Examen einen Job finden können?*

Eine Schlagzeile aus der Zeitung sprang ihr ins Auge: »Pastor verlor sein Bein, als er Frau vor Unfall bewahrte.« Sie hob den Teil auf und begann zu lesen.

Mein Gott, dachte sie, *was hat dieser Mann durchgemacht.* Virginia hielt inne, als sie den Grund las, den der Pastor für seine Einwilligung zur Berichterstattung seiner Geschichte angab: Sie könne Menschen möglicherweise helfen, »sich geistig auf den Weg zu machen«.

Es ist so, als spräche er direkt zu mir, dachte sie. Als Kind wurde Virginia in der kleinen Stadt Bushton in Kansas religiös erzogen. Doch seit ihrer Scheidung hatte sie sich von ihrem Glauben entfernt; jetzt konnte sie sich kaum noch an ein einziges Gebet erinnern.

Als am Morgen die ersten Sonnenstrahlen hervorkamen, drängte sich der Beginn ihrer Seminare bereits wieder drohend in den Vordergrund ihres Bewusstseins. *Heute nicht,* dachte Virginia. *Irgendetwas sagte ihr, dass sie diesen Mann treffen müsse.*

Als Wes nach seiner siebten Operation in zehn Tagen aufwachte, wusste er nicht, was er mit der Frau anfangen sollte, die mit einer Efeupflanze in der Hand an seiner Tür stand. Ihre strahlenden braunen Augen schauten schüchtern herein, dann lachte sie, und ihr ganzes Gesicht hellte sich auf. »Ich wollte Ihnen nur danken«, begann Virginia und suchte nach Worten. *Was sage ich zu ihm*?, überlegte sie. Dutzende von Karten lagen auf einem Beistelltisch und hingen an der Wand neben dem Bett. Blumen, die von Freunden, der Familie und der Gemeinde von Wes geschickt wurden, blühten in jeder Ecke. Seine Geschichte hatte offensichtlich viele Menschen bewegt, nicht nur sie.

»Ich habe Ihre Geschichte in der Zeitung gelesen und wollte Ihnen erzählen, was sie in mir auslöste«, sagte Virginia. »Sie hat meine Sichtweise dessen verändert, was ich gerade durchgemacht habe. Ich habe gerade eine harte Zeit vor und hinter mir.«

Hört sich das wie Jammern an?, überlegte sie. *Dieser Mann hat schließlich eine richtige Prüfung hinter sich – nicht nur ein paar Sorgen wegen Rechnungen und Studium.* Der interessierte Gesichtsausdruck von Wes ließ sie weitersprechen. »Ihre Geschichte machte mir klar, dass ich für mich wieder eine Beziehung zu Gott herstellen muss.«

Wes schaute sie forschend an. Seitdem er im Krankenhaus lag, hatte Wes fast keinen Moment ohne Schmerzen erlebt. Nun war er aber weniger mit sich beschäftigt, sondern mehr damit, wie er helfen konnte. »Sind Sie Mitglied einer Gemeinde?«, fragte er.

Virginia schüttelte den Kopf. Wie einfach. *Er hat den Nagel auf den Kopf getroffen,* dachte sie und streckte ihre Hand aus, um seine zu schütteln. Wes nahm sie, aber er zog seine Hand etwas schnell wieder zurück. *Hoffentlich war ich nicht aufdringlich,* dachte sie.

Wes hatte nicht die Absicht gehabt, sich zurückzuziehen. Er handelte instinktiv; er fühlte sich immer noch verletzt und war erschöpft. Umso komischer, dass sie ihm dankte. Aus irgendeinem Grund war er es, der sich besser fühlte.

Innerhalb von einer Woche, nachdem sie Wes besucht hatte, fand Virginia eine Gemeinde in ihrer Nähe und sandte eine Nachricht an Wes. Dann besuchte sie ihn zwei Wochen später ein zweites Mal; sie tauschten sich über ihr Leben aus. Sie diskutierten über ihre Seminare und Jobaussichten und sprachen über die Fortschritte in seiner Physiotherapie.

Ich kann mich so einfach mit ihm unterhalten, überlegte Virginia auf dem Heimweg. Alle paar Tage würde sie ihm eine Nachricht senden oder vorbeischauen.

Ungefähr zwei Monate nach seinem Unfall rief Virginia Wes an.

»Ich werde heute entlassen!«, sagte er und war kaum in der Lage, die Aufregung in seiner Stimme zu unterdrücken.

Nachdem sie aufgelegt hatte, überkam Virginia ein unerklärliches Gefühl. Sie sprang in ihren Wagen und fuhr zum Krankenhaus.

»Was machst du hier?«, fragte Wes überrascht.

»Ich weiß nicht recht«, erwiderte Virginia etwas unsicher. »Ich hatte einfach das Gefühl, dass ich hier sein müsse.«

»Ja, ich bin froh, dass du hier bist«, sagte er und lachte.

Als sie sich seiner kleinen A-förmigen Kirche näherten, füllten sich Wes' Augen mit Tränen. An einem schwarzen schmiedeeisernen Zaun hingen Dutzende von gelben Bändern, die wie helle Blumen zu blühen schienen. Die Kinder der Grundschule der Gemeinde hüpften auf und ab und winkten seinem Wagen zu. Transparente verkündeten: »Wir lieben dich! Willkommen daheim, Mr. Anderson!«

Virginia war ebenfalls sehr gerührt.

Im Juni schritt Virginia stolz mit Barett und Talar den Gang des Auditoriums hinunter und nahm ihr Zeugnis entgegen. Wes hatte einen Glückwunschstrauß geschickt, wegen kirchlicher Verpflichtungen konnte er nicht selbst kommen. Ein paar Tage später trafen sich die beiden Freunde mit ihren Eltern zum Abendessen. Sie hatten vieles gemeinsam. Die Eltern beider waren seit über 40 Jahren verheiratet; sie waren beide im methodistischen Glauben erzogen worden.

»Du sprichst sogar wie ich«, flachste Wes.

»Ich mag eine breite Aussprache haben«, konterte Virginia scherzhaft, »aber es ist nicht so arg.«

Zu Hause hatte Wes gerade sein Hemd zugeknöpft, als er sich fertig machte, um in die Kirche zu gehen. Plötzlich merkte er, wie er rückwärts zu Boden fiel. Er stürzte genau auf seinen Stumpf und schrie vor Schmerz auf. Die nächsten neun Tage verbrachte Wes im Bett. Er war immer stolz auf seine Unabhängigkeit und Stärke gewesen. Nun überkamen ihn Zweifel und Depressionen.

Er stellte sogar seine Beziehung zu Virginia infrage. »Ich mag sie wirklich«, sagte Wes zu Mike. »Ich mache mir nur Sorgen, dass es von ihrer Seite aus irgendwie Mitleid ist. Ich meine, ich war noch nie ein Hollywoodstar, aber schau mich doch jetzt an.«

»Wes, du bist als Mensch nicht weniger wert als vor dem Unfall«, erwiderte Mike. »Wichtig ist das, was innen ist.«

Virginia hatte schon mehrere Tage nichts mehr von Wes gehört.

Sie dachte über ihr letztes Treffen nach, eine Fahrt zum Muir Woods Monument. *Habe ich etwas falsch gemacht?*, überlegte sie.

Als Wes schließlich anrief, lud er sie auf die große Kirmes ein und überraschte sie, indem er sie mit seinem Wagen abholte, der jetzt seinem fehlenden Bein gerecht umgebaut war. Sie saßen unter einem mit Sternen bedeckten Himmel und schauten sich das Feuerwerk an.

»Ich habe mich schon gefragt, wann ich dich wieder sehen würde«, meinte Virginia.

»Entschuldige«, entgegnete Wes. »Ich verabrede mich halt nicht oft. Wenn ich mit jemandem ausgehe, betrachte ich das als etwas Ernstes. Ich schätze unsere Freundschaft, und ich wollte sie nie gefährden. Ich wollte nur ...«

Virginia unterbrach ihn. »Wes, bevor du weiter sprichst ...«

Wes senkte den Kopf. *Das hier ist die Stelle, wo sie sagen wird, lass uns einfach nur Freunde sein.*

»Du musst wissen, dass mir an dir als Mensch etwas liegt«, fuhr Virginia fort, »egal, ob du ein oder zwei Beine hast. Für mich bist du ein ganzer Mann, ein vollständiger Mensch.«

Wes hörte erstaunt zu. »Ich liebe dich«, sagte er mit gefühlvoller Stimme.

»Ich liebe dich auch«, entgegnete Virginia. Zum ersten Mal küssten sie sich.

Zu Ostern halfen Wes und Virginia bei der Organisation eines Gottesdienstes, der bei Sonnenaufgang im Freien stattfinden sollte. Wes kämpfte sich mit seiner Beinprothese durch das nasse Gras und verlor das Gleichgewicht. Er fiel zu Boden und spürte den alten Ärger, die Frustration und die Zweifel in sich aufwallen.

Virginia eilte an seine Seite, doch Wes schaute nicht auf. Er hatte Angst vor dem, was er in ihren Augen sehen könnte. *Furcht? Mitleid?* Er hatte nie an ihr gezweifelt, doch er fühlte sich so verletzlich. Ein erwachsener Mann, hilflos.

In jenem Augenblick erkannte er die Wahrheit. *Ich habe mich auf das Äußere konzentriert, obwohl es mein Inneres war, das der Heilung bedurfte.*

Virginia und ein Freund halfen Wes wieder auf die Beine. Er war verwirrt und verärgert, doch am Ende fürchtete er sich nicht. *Das bin ich,* erkannte er. *Ein Mann, der ab und zu mal hinfällt, aber wieder aufsteht und dadurch jedes Mal ein wenig stärker wird.*

Am 27. Mai 1995 kam Wes durch den Seiteneingang zum Altar der Carmichael Christian Church, er trug einen weißen Smoking und umfasste einen schwarzen Stock. Er schaute zum Eingang, als Virginia in einem mit Perlen bestickten weißen Kleid von ihren Eltern begleitet auf ihn zukam.

Die Kirche war voll, als Mike Cook die Trauungszeremonie vollführte. »Zwei sind besser als einer«, las Mike aus dem Salomo. »Wenn einer fällt, kann sein Freund ihm wieder aufhelfen. Doch bemitleidenswert ist jener, der fällt und niemanden hat, der ihm aufhilft.«

Nach dem Gottesdienst stand Wes vor den Treppenstufen, die zur Gemeinde führten. Hand in Hand mit Virginia ging er hinunter, Stufe um Stufe, bis sie den Fuß der Treppe erreichten.

Vor etwas mehr als einem Jahr hatte Wes sich gefragt, was Gottes Plan sei.

Nun wusste er es.

Bryan Smith

Minderwertige Ware

Die Staubmilben tanzten in dem Sonnenstrahl, der die einzige Lichtquelle im Büro des Rabbis darstellte. Er lehnte sich mit seinem Bürostuhl zurück und seufzte, während er sich über seinen Bart strich. Dann nahm er seine fein mit Metall umrandete Brille ab und putzte sie abwesend mit seinem Flanellhemd. »So, so«, meinte er, »Sie sind geschieden, und nun wollen Sie diesen netten Juden heiraten. Wo liegt das Problem?«

Seine Hand lag auf seinem ergrauten Kinn, und er schaute mich freundlich lächelnd an.

Ich wollte aufschreien. Wo das Problem liegt? Erstens bin ich eine Christin. Zweitens bin ich älter als er. Drittens – und vielleicht nicht zu allerletzt – bin ich geschieden! Stattdessen erwiderte ich den Blick seiner freundlichen braunen Augen und versuchte die richtigen Worte zu finden. »Denken Sie nicht«, stotterte ich, »dass geschieden zu sein dasselbe bedeutet wie schon einmal benutzt? So wie minderwertige Ware?«

Er setzt sich in seinem Bürostuhl zurück und streckte sich, sodass er an die Decke schaute. Er strich über den schütteren Bart, der sein Kinn und seinen Hals bedeckte. Dann kehrte er zu seiner vorherigen Haltung hinter dem Tisch zurück und beugte sich zu mir vor. »Nehmen wir an, Sie müssen operiert werden. Nehmen wir an, Sie haben die Wahl zwischen zwei Ärzten. Welchen würden Sie wählen: denjenigen, der direkt von der Universität kommt, oder denjenigen mit Erfahrung?«

»Den mit Erfahrung«, sagte ich.

Sein Gesicht verzog sich zu einem Grinsen. »Das würde ich auch tun«, er hielt meinen Blick fest. »In dieser Ehe werden Sie diejenige mit Erfahrung sein. Das ist nicht schlecht, wissen Sie. Oft neigen Ehen dazu abzudriften. Sie geraten in gefährliche Strömungen. Sie geraten vom Kurs ab und steuern auf versteckte Sandbänke zu. Niemand bemerkt es, bis es zu spät ist. In Ihrem Gesicht lese ich den Schmerz einer geschiedenen Ehe. Sie werden es bemerken, wenn diese Ehe abdriftet. Sie werden Bescheid geben, wenn Sie die Steine sehen. Sie werden Vorsicht rufen und Acht geben. Sie werden diejenige mit Erfahrung sein«, seufzte er. »Und glauben Sie mir, das ist nicht schlecht, überhaupt nicht schlecht.«

Er ging zum Fenster und schaute durch die Schlitze der Sonnenblende. »Sehen Sie, niemand hier weiß, dass ich schon einmal verheiratet war. Ich verheimliche es nicht, aber ich hänge es auch nicht an die große Glocke. Meine erste Frau starb, als wir noch nicht lange verheiratet waren, bevor ich hierher kam. Jetzt denke ich spät in der Nacht an alles, was ich nie sagte. Ich denke an all die Gelegenheiten, die ich in dieser ersten Ehe habe vorüberziehen lassen, und ich glaube, ich bin meiner Frau heute ein besserer Ehemann, wegen der Frau, die ich verloren habe.«

Zum ersten Mal verstand sie die Traurigkeit in seinen Augen. Jetzt weiß ich, warum ich ausgerechnet zu diesem Mann gekommen bin, um über unsere Heirat zu sprechen, und nicht einen einfacheren Weg gewählt habe. Das Wort »Rabbi« bedeutet Lehrer. Irgendwie fühlte ich, dass er mich etwas lehren oder mir sogar den Mut geben könnte, den ich brauchte, um es wieder zu versuchen, um wieder zu heiraten und wieder zu lieben.

»Ich werde Sie und Ihren David trauen«, sagte der Rabbi. »Wenn Sie mir versprechen, dass Sie diejenige sein werden, die die Alarmglocken läutet, wenn Sie bemerken, dass Ihre Ehe in Gefahr ist.« Ich versprach ihm dies zu tun und stand auf, um zu gehen.

»Was ich noch sagen wollte«, rief er, als ich auf der Türschwelle zögerte, »hat Ihnen schon jemand gesagt, dass Joanna ein guter hebräischer Name ist?«

16 Jahre sind vergangen, seitdem der Rabbi David und mich an einem regnerischen Oktobermorgen traute, und ich habe wirklich mehrmals die Alarmglocke geschlagen, als ich merkte, dass wir in Gefahr waren. Ich würde dem Rabbi gern erzählen, wie sehr seine Analogie mir geholfen hat, aber das ist nicht möglich. Er starb zwei Jahre nach unserer Hochzeit. Ich werde ihm aber immer dankbar für diese nicht zu bezahlende Gabe sein, die er mir offenbarte: die Weisheit, zu erkennen, dass *all* unsere Erfahrungen im Leben uns nicht weniger wertvoll, sondern wertvoller, nicht weniger liebesfähig, sondern liebesfähiger machen.

Joanna Slan

Die Prophezeiung der Glücksbringer

> Es gibt keine geheimnisvollere Überraschung als die Überraschung, geliebt zu werden; es ist Gottes Fingerzeig über des Menschen Schulter.
>
> *Charles Morgan*

Ich war dreimal verheiratet, bevor ich sieben Jahre alt war.

Mein älterer Bruder Gary führte die Trauungszeremonien in unserem Kellergeschoss durch. Gary war immer dabei, die Familie und die Kinder aus der Nachbarschaft mit seinen kreativen Ideen zu unterhalten. Da ich der jüngste Junge in unserer Gruppe war, kam ich oft als letztes Glied der Kette in den Genuss seiner Kreativität.

Das Erste, was mir zu diesen Hochzeiten in den Sinn kommt, ist, dass alle Mädchen mindestens fünf Jahre älter waren als ich und dass sie alle wunderschöne Augen hatten, die aufblitzten, wenn sie lachten. Durch diese Hochzeiten konnte ich mir vorstellen, wie es sein würde, wenn ich eines Tages meine Seelenpartnerin fände; ich war sicher, dass ich sie an ihren wunderschönen Augen erkennen würde.

Ich kam spät in die Pubertät. Mit 15 hatte ich immer noch Angst vor dem anderen Geschlecht und doch betete ich jeden Abend für das Mädchen, das ich einmal heiraten würde. Ich bat Gott, ihr in der Schule zu guten Noten zu verhelfen und sie – wo oder wer sie auch war – glücklich und voller Energie strahlen zu lassen.

Als ich zum ersten Mal eine Frau küsste, war ich 21. Von dem Zeitpunkt an verabredete ich mich mit vielen schönen und begabten jungen Damen auf der Suche nach dem Mädchen, für das ich in meiner Jugend gebetet hatte. Ich war mir immer noch sicher, dass ich sie an ihren Augen erkennen würde.

Eines Tages klingelte mein Telefon. »Don«, es war meine Mutter. »Ich habe dir doch von unseren neuen Nachbarn, den Addisons erzählt. Clara Addison hat mich schon wiederholt gefragt, ob sie dich nicht einmal abends zum Kartenspielen bei ihr einladen könnte.«

»Tut mir Leid, Mutter, an dem Abend bin ich schon verabredet.«

»Wie bitte? Ich habe dir doch noch gar nicht gesagt, um welchen Abend es sich handelt«, echauffierte sich meine Mutter.

»Das macht nichts. Ich bin sicher, dass die Addisons nette Leute sind, aber ich werde keinen Abend mit dem Besuch bei Leuten verschwenden, die keine heiratsfähige Tochter haben.«

Ich war so stur und fest davon überzeugt, dass es für mich keinen Grund für einen Besuch bei den Addisons gab.

Jahre vergingen. Ich war 26, und meine Freunde machten sich langsam Sorgen um meine Chancen auf dem Heiratsmarkt. Sie organisierten ständig Verabredungen für mich. Viele dieser Verabredungen mit mir unbekannten jungen Damen waren das reinste Fiasko und störten mein gesellschaftliches Leben. Deshalb stellte ich einige Regeln für die Annahme dieser *Blind dates* auf:

1. Keine von meiner Mutter vorgeschlagenen Verabredungen (Mütter lassen den Sex-Appeal-Faktor völlig außer Acht).
2. Keine von einem weiblichen Wesen vorgeschlagene Verabredung (sie sind untereinander zu unkritisch).
3. Keine von einem Freund vorgeschlagene Verabredung, der selbst keine Freundin hat (warum lädt er sie nicht ein, wenn sie so außergewöhnlich ist?).

Nach dieser einfachen Dreipunkteregelung waren 90 Prozent aller vorgeschlagenen *Blind dates* inakzeptabel. Darunter fiel auch eine von meiner alten Freundin Karen vorgeschlagene Verabredung. Sie rief mich eines Abends an und erzählte mir, dass sie sich mit einem schönen Mädchen angefreundet hätte, das sie an mich erinnerte. Sie meinte, wir würden uns bestimmt vom ersten Augenblick an verstehen.

»Tut mir Leid«, war meine Antwort, »dein Vorschlag ist durch Regel Nummer zwei bereits disqualifiziert.«

»Don«, erwiderte sie, »du bist verrückt. Deine dämlichen Regeln verhindern ein Treffen mit dem Mädchen, auf das du die ganze Zeit gewartet hast. Ach, mach, was du willst. Schreib dir aber trotzdem ihren Namen und ihre Telefonnummer auf, und wenn du deine Meinung ändern solltest, rufst du sie an.«

Damit Karen mich nicht ständig wieder darauf ansprach, willigte ich ein. Das Mädchen hieß Susan Maready. Ich rief sie nicht an.

Nur ein paar Wochen später traf ich meinen alten Freund Ted in der Cafeteria der Universität. »Ted«, stellte ich fest, »du siehst aus, als schwebtest du auf Wolken.«

»Wieso, siehst du Sterne unter meinen Füßen?«, fragte er lachend. »Tatsache ist: Ich bin seit gestern verlobt.«

»Hey, meinen Glückwunsch!«

»Tja«, meinte er, »mit 32 fragte ich mich langsam, ob noch irgendeine Frau Interesse an mir hätte.« Er zog sein Portemonnaie aus der Hosentasche. »Hier«, sagte er plötzlich ernst, »schau dir das an.«

Es war ein schmaler Papierschnipsel aus einem Glücksbringer. »Du wirst innerhalb eines Jahres heiraten«, stand darauf.

»Verrückt«, sagte ich. »Normalerweise steht dort immer etwas, das auf jeden zutreffen könnte, wie zum Beispiel ›Du hast eine magnetische Ausstrahlung‹. Bei diesem hier haben sie es wirklich darauf ankommen lassen.«

»Spaß beiseite«, sagte er. »Schau doch mich an.«

Ein paar Wochen später aß ich mit meinem Zimmergenossen Charlie beim Chinesen zu Abend. Ich erzählte gerade die Geschichte über die Vorhersage in Teds Glückskeks und seine darauf folgende Verlobung. In dem Moment brachte der Kellner uns unsere nach der Mahlzeit üblicherweise dargereichten Glückskekse. Charlie lachte über dieses Zusammentreffen, als wir unsere Glücksbringer öffneten. Auf meinem Schnipsel stand »Du hast eine magnetische Ausstrahlung«. Bei ihm stand »Du oder ein guter Freund von dir wird innerhalb eines Jahres heiraten«. Ein Schauer lief mir über den Rücken. Das war wirklich seltsam. Irgendetwas veranlasste mich, Charlie zu fragen, ob ich seinen Glücksbringer haben könne, und er gab ihn mir lächelnd.

Kurze Zeit später wollte mein Klassenkamerad Brian mich mit einer jungen Dame namens Susan Maready bekannt machen. Ich war mir sicher, dass ich diesen Namen schon einmal gehört hatte, aber konnte mich nicht mehr daran erinnern, wo oder unter welchen Umständen das gewesen war. Da Brian verheiratet war und sein Vorschlag deshalb nicht gegen meine »Regeln« in punkto Verabredung vorgeschlagen von Freund ohne Freundin verstieß, nahm ich sein Angebot an und traf mich mit Susan.

Susan und ich telefonierten zusammen und verabredeten uns zu einer Fahrradtour mit Picknick. Dann kam das Treffen, und sofort als ich sie sah, begann mein Herz wild zu schlagen und hörte nicht wieder auf. Ihre großen grünen Augen hatten eine Wirkung auf mich, die ich nicht erklären konnte. Doch innerlich wusste ich irgendwie, dass es Liebe auf den ersten Blick war.

Nach jenem wunderschönen Abend erinnerte ich mich daran, dass es nicht das erste Mal gewesen war, dass mich jemand mit Susan zusammenbringen wollte. Es kam mir alles wieder in den Sinn. Ihr Name war seit langer Zeit überall um mich herum aufgetaucht. Das nächste Mal, als ich Brian allein erwischen konnte, fragte ich ihn danach.

Er wich aus und versuchte, das Thema zu wechseln.

»Was steckt dahinter, Brian?«, fragte ich.

»Du wirst Susan fragen müssen«, war die lakonische Antwort.

Das tat ich dann.

»Ich wollte es dir erzählen«, sagte sie. »Ich wollte es dir erzählen.«

»Los, Susan, nun sag schon«, drängte ich. »Mir was erzählen? Ich halte diese Spannung nicht mehr aus.«

»Ich bin seit vier Jahren in dich verliebt«, sagte sie, »seitdem ich dich das erste Mal vom Wohnzimmerfenster der Addisons aus sah. Ja – ich war es, die dich kennen lernen wollte. Doch du erlaubtest es niemandem, uns bekannt zu machen. Du hast den Addisons keine Chance gegeben, uns zusammenzubringen; du hast nicht auf Karen gehört, die dir versicherte, dass wir einander gut verstehen würden. Ich dachte, ich würde dich nie kennen lernen.«

Mein Herz wurde weit vor Liebe, und ich lachte über mich selbst. »Karen hatte Recht«, sagte ich. »Meine Regeln waren verrückt.«

»Bist du nicht verrückt?«, fragte sie.

»Soll das ein Scherz sein?«, sagte ich. »Ich bin völlig beeindruckt. Für *Blind dates* habe ich jetzt nur noch eine Regel.«

Sie schaute mich fragend an. »Und die wäre?«

»Nie wieder«, sagte ich und küsste sie.

Sieben Monate später heirateten wir.

Susan und ich sind davon überzeugt, dass wir wirkliche Seelenpartner sind. Als ich 15 war und für meine zukünftige Frau betete, war sie 14 und betete für ihren zukünftigen Ehemann.

Nachdem wir einige Monate verheiratet waren, fragte sie mich: »Willst du etwas wirklich Komisches hören?«

»Klar«, meinte ich. »Ich höre gerne komische Geschichten.«

»Also, vor ungefähr zehn Monaten, bevor ich dich kennen gelernt hatte, waren Freunde von mir und ich beim Chinesen essen und…« Sie zog einen Papierschnipsel aus einem Glücksbringer aus ihrem Portemonnaie:

»Du wirst innerhalb eines Jahres heiraten…«

Don Buehner

Willenskraft

Ein Pastor hatte gerade sein Seminar über die Ehe im lokalen Gemeindezentrum beendet, als er von drei Ehepaaren angesprochen wurde. Die Ehepaare waren von seinem Vortrag beeindruckt und fragten, ob sie seiner Gemeinde beitreten könnten.

»Sind Sie verheiratet?«, erkundigte sich der Pastor. Jedes der Ehepaare bestätigte es, und sie fragten erneut, ob sie Mitglieder seiner Gemeinde werden könnten. »Ich bin von der Ernsthaftigkeit eures Wunsches beeindruckt«, antwortete der Pastor. »Aber ich muss mich davon überzeugen, dass ihr es mit eurer Verpflichtung zu spiritueller Disziplin ernst meint. Aus diesem Grund müsst ihr einen Test bestehen.«

»Wir werden unser Bestes tun«, versicherten alle drei Paare.

»Sehr gut«, erklärte er, »der Test sieht folgendermaßen aus: Ihr müsst drei Wochen lang völlig abstinent leben, was eure ehelichen Pflichten anbelangt.« Die Ehepaare waren einverstanden. Als sie gingen, versprachen sie, sich nach dieser Zeit wieder zu melden.

Drei Wochen später suchten die Ehepaare den Pastor im Studierzimmer seiner Kirche auf. »Es freut mich, Sie wieder zu sehen«, begrüßte er sie. Er wandte sich an das erste Paar und fragte: »Nun, haben Sie beide den Test bestanden?«

»Wir sind nun seit fast 30 Jahren verheiratet«, antwortete der Ehemann. »Es war daher kein Problem.«

»Hervorragend!«, rief der Pastor. »Willkommen in meiner Gemeinde.«

Dann schaute er das zweite Ehepaar an und fragte die Eheleute, wie sie den Test überstanden hätten.

»Ich muss zugeben, dass es nicht leicht war«, erklärte die Ehefrau. »Sie müssen wissen, dass wir erst seit fünf Jahren verheiratet sind, sodass wir der Versuchung nur schwer widerstehen konnten. Doch haben wir ihr nicht nachgegeben, und ich kann deshalb sagen, dass wir die ganzen drei Wochen überstanden haben.«

»Sehr schön für Sie«, erwiderte der Pastor mit einem Lächeln. »Willkommen in meiner Gemeinde.« Er wandte sich nun an das dritte Ehepaar, das frisch vermählt war. »Und Sie?«, fragte er freundlich. »Wie ist es bei Ihnen gelaufen?«

»Nun ja, Herr Pastor, ich kann Sie nicht anlügen«, begann der Ehemann. »Es lief alles bestens bis heute Morgen nach dem Frühstück, als meine Frau sich bückte, um eine Packung Cornflakes aufzuheben, die ihr zu Boden gefallen war. Wir neigten uns beide zur gleichen Zeit vor, um die Packung aufzuheben, und unsere Hände berührten sich. Plötzlich überkam uns eine derartige Leidenschaft, dass wir unseren Gelüsten gleich an Ort und Stelle nachgeben mussten.«

»Ich schätze Ihre Aufrichtigkeit«, sagte der Pastor zu dem Ehepaar. »Doch haben Sie den Test nicht bestanden, und ich fürchte, ich kann Sie deshalb nicht in meine Gemeinde aufnehmen.«

»Das ist schon in Ordnung, Herr Pastor«, antwortete der Mann. »Wir dürfen den Supermarkt ja auch nicht mehr betreten.«

Barbara De Angelis

Provokation aus Liebe: Nackt in der Öffentlichkeit

In einer warmen Frühlingsnacht im April auf dem Luftwaffenstützpunkt Heraklion in Kreta verließ ich mit einer Freundin das Zimmer, um bei einer Party vorbeizuschauen, die auf dem Stützpunkt im Gang war. Zu der Zeit war ich solo und ließ meinen Blick automatisch suchend über die Menge gleiten, bis er auf Frank traf.

Ich hatte ihn schon vorher auf dem Stützpunkt gesehen, und mir war jedes Mal aufgefallen, wie gut er doch aussieht: groß und schlank, schwarze Locken, Schnurrbart. Ungefähr so, wie Jim

Croce. Ich platzierte mich in seine Nähe und verwickelte ihn in ein Gespräch.

Als wir uns unterhielten, fand ich sein Lächeln süß und seinen New Yorker Akzent sexy. (Wahnsinnig exotisch für ein Mädchen, das in den Kornfeldern von Indiana aufgewachsen war.) Doch mir gefielen nicht nur sein gutes Aussehen und seine Aussprache. Er war ein natürlicher, netter Kerl – ich konnte mich einfach mit ihm unterhalten, und vor allem brachte er mich zum Lachen.

Ich war so von Frank und unserer lebhaften Unterhaltung eingenommen, dass ich die Aufregung um uns herum anfangs gar nicht bemerkte. Zu spät schaute ich auf, aber gerade noch rechtzeitig genug, um ein Stück nackte Haut um die Ecke des Gebäudes verschwinden zu sehen. Alle um uns herum lachten hysterisch auf und zeigten in jene Richtung. Ich erkannte plötzlich, was ich verpasst hatte.

»Meine ersten Flitzer!«, schnappte ich nach Luft. Dann wandte ich mich anklagend an Frank. »Wegen dir habe ich sie nun verpasst!«

Frank machte ein zerknirschtes Gesicht. »Das tut mir Leid. Aber ich werde sie für dich dazu bringen, es noch einmal zu tun.«

Ich glaubte nicht, dass Frank das im Ernst meinte, doch bevor ich noch etwas sagen konnte, rappelte er sich vom Fußboden hoch, auf dem wir saßen, und verschwand um die Ecke zum Schlafsaal.

Wenige Minuten später hörte ich schallendes, schrilles Gelächter der Menge. Ich reckte meinen Kopf, und dort sah ich sie – die beiden Flitzer, so nackt wie Babys; sie rannten noch einmal wie verrückte Dämonen über das Stück Rasen zwischen den beiden Schlafsälen. Plötzlich machte ich große Augen. Ein Dritter hatte sich den beiden anderen angeschlossen. Er war groß und schlank, hatte schwarze Locken und einen Schnurrbart. Ungefähr so wie Jim Croce.

Komisch nur, dass Frank alles verpasst hatte, so meinte er

jedenfalls. Er tauchte ein paar Minuten später wieder leicht außer Atem neben mir auf und tat so, als wäre nichts passiert.

»Danke«, bemerkte ich trocken. »Du hättest nicht so viele Umstände machen müssen, um mich zu beeindrucken.«

Er zuckte mit einem wissenden Lächeln die Schultern. »Also, wegen mir solltest du auf keinen Fall deine ersten Flitzer verpassen.«

Was konnte ich erwidern? Er hatte es für mich getan.

Das war der Anfang unserer Beziehung. Seitdem sind 23 Jahre vergangen, und wir haben zwei gut geratene Kinder. Frank spielt nicht mehr den Flitzer. Es passt seiner Meinung nach nicht mehr zu seinem Lebensstil, da er nun ein angesehener Computerprogrammierer ist.

Doch, er zieht sich immer noch aus – aber nicht mehr in der Öffentlichkeit. Jeder, der die Geschichte über unser erstes Treffen kennt, meint, dass ich etwas entdeckte, das mir gefiel, in der Nacht, als Frank in Gestalt eines nackten Dämons an mir vorüber lief. Das stimmt.

Seine Persönlichkeit.

Carole Bellacera

Limonade und eine Liebesgeschichte

In Liebe und Dankbarkeit gehe ich meinen Weg.

Ein Kurs in Wundern

Als ich eine verlassene Straße in Indiana entlangfuhr, sah ich ein Schild mit der Aufschrift »Frische Limonade« und bog ab. Ich hatte eine Tankstelle oder einen kleinen Kiosk erwartet, aber zu meiner Überraschung stand ich vor einem Haus. Ein alter Mann saß auf der Veranda. Ich stieg aus dem Wagen. Ansonsten war niemand zu sehen. Er schenkte mir Limonade ein und bot mir einen Stuhl an. Es war sehr friedlich; man sah nur Kornfelder, den Himmel und die Sonne.

Wir sprachen über das Wetter und meine Reise. Er erkundigte sich, ob ich Familie hätte. Ich erklärte, dass ich frisch verheiratet war und hoffentlich eines Tages Kinder bekommen würde. Es schien ihm zu gefallen, dass manche noch Wert auf eine Familie legen. Dann erzählte er mir seine Geschichte. Ich berichte sie hier, weil ich sie nicht vergessen kann.

»Familie ist irgendwie etwas Besonderes. Eine Frau, Kinder, ein eigenes Heim. Die Gemütsruhe, die sich einstellt, wenn man das Richtige tut. Ich erinnere mich an die Zeit, als ich so alt war wie Sie«, sagte er.

»Ich glaubte nicht, dass ich mit einer Heirat viel Glück hätte. Unsere Familie war nicht die Beste. Doch verfolgte ich mein Ziel trotzdem weiter. Meine Eltern liebten mich beide sehr, und ich weiß heute, dass sie immer das Beste für mich wollten. Doch ich war ein harter Brocken. Viele Nächte lang lag ich wach im Bett und dachte: *Ich werde es nicht riskieren, dass mir eine Scheidung droht. Eine Frau? Familie? Wozu?* Ich war davon überzeugt, dass ich meine Kinder nie dem Risiko einer Scheidung aussetzen würde.

Als Teenager entdeckte ich neue Gefühle. Ich glaubte jedoch nicht an die Liebe. Ich dachte, es sei alles nur Schwärmerei. Ich hatte diese Freundin. In der achten Klasse verliebte sie sich in mich. Wir hatten davor Angst, uns unsere Gefühle gegenseitig zu zeigen, und sprachen deshalb nur miteinander. Sie wurde meine beste Freundin. Auf der Highschool waren wir die ganze Zeit unzertrennlich«, grinste er.

»Sie hatte in ihrer Familie auch Probleme. Ich versuchte, ihr da raus zu helfen. Ich tat mein Bestes, um auf sie Acht zu geben. Sie war gewitzt und schön noch dazu. Andere junge Burschen wollten sie zur Freundin haben, und unter uns«, zwinkerte er mir zu, »kann ich sagen, dass ich das ebenfalls wollte.

Einmal starteten wir den Versuch, zusammen auszugehen, doch die Sache eskalierte, und wir sprachen neun Monate lang nicht mehr miteinander. Eines Tages im Unterricht nahm ich dann allen Mut zusammen und schrieb ihr ein Zettelchen. Sie schrieb zurück, und die Dinge kamen langsam wieder in Gang. Dann ging sie aufs College.«

Der alte Mann schenkte uns noch etwas Limonade nach.

»Sie ging in Minnesota zur Schule, wo ihr Vater wohnte«, erinnerte er sich. »Ich wollte Baseball spielen. Ich wurde von einer Schule nach der anderen abgelehnt und schließlich an einer kleinen Schule angenommen – auch in Minnesota! Das war eine Ironie des Schicksals. Als ich es ihr erzählte, weinte sie.

Wir begannen, zusammen auszugehen. Ich erinnere mich noch daran, wie ich sie das erste Mal in meinem Zimmer küsste. Mein Herz schlug so schnell, ich hatte Angst vor einer Zurückweisung. Doch unsere Beziehung entwickelte sich weiter. Nach dem College spielte ich dann Baseball. Danach heiratete ich meine süße Freundin. Ich hätte nie geglaubt, dass ich einmal vor den Altar schreite.«

»Haben Sie Kinder?«, fragte ich.

»Vier Stück!«, lachte er. »Ich habe sie alle zur Schule geschickt und ihnen die beste Art zu leben beigebracht, soweit wir das vermitteln können. Nun sind sie alle erwachsen und haben selbst Kinder. Ich bin stolz, wenn ich sie ihre Babys im Arm halten sehe. Da erkannte ich, dass das Leben lebenswert ist.

Als die Kinder das Haus verließen, gingen meine Frau und ich zusammen auf Reisen und hielten Händchen, so als wären wir wieder jung. Das ist das Schönste daran, verstehen Sie. Im Lauf der Jahre wurde meine Liebe zu ihr immer größer. Natürlich stritten wir auch, aber die Liebe behielt immer die Oberhand.

Ich weiß nicht, wie ich die Liebe, die ich für meine Frau empfinde, erklären soll«, sagte er kopfschüttelnd. »Sie verließ uns nie. Sie starb nie. Sie wurde immer nur stärker. Ich habe viele Fehler in meinem Leben gemacht, aber ich habe es nie bereut, dass ich sie geheiratet habe.

Der Herr weiß, wie hart das Leben sein kann«, sagte er und schaute mir in die Augen. »Ich mag zu alt sein, um zu verstehen, nach welchen Gesetzen die Welt heute funktioniert, aber wenn ich zurückschaue, bin ich mir einer Sache sicher: Nichts in dieser Welt ist kraftvoller als die Liebe. Nicht Geld, Gier, Hass oder Leidenschaft. Worte können das nicht beschreiben. Dichter und Schriftsteller versuchen es. Sie schaffen es nicht, weil es für jeden von uns anders ist. Ich liebe meine Frau so sehr, müssen Sie wissen. Noch lange, nachdem ich mit ihr an meiner Seite begraben sein werde, wird diese Liebe immer noch hell leuchten.«

Er schaute auf mein leeres Glas. »Ich habe Sie viel länger aufgehalten, als Ihnen wahrscheinlich recht war«, entschuldigte er sich. »Hoffentlich hat Ihnen die Limonade geschmeckt. Wenn Sie gehen, denken Sie daran: Lieben Sie Ihre Frau und Ihre Kinder mit allem, was Sie haben, jeden einzelnen Tag Ihres Lebens. Denn Sie wissen nie, wann es ein Ende hat.«

Als ich zu meinem Wagen ging, spürte ich die Kraft seiner Worte. Es beeindruckte mich, dass dieser Mann – der seine Frau, wie ich annahm, vor Jahren verloren haben musste – sie immer noch leidenschaftlich liebte. Ich wurde traurig bei dem Gedanken, wie einsam er wohl war, allein mit seiner Limonade und dann und wann einmal einem zufälligen Gast.

Als ich wieder auf die Straße fuhr, ging der Mann mir nicht aus dem Kopf. Plötzlich fiel mir ein, dass ich ihm nichts für die Limonade gezahlt hatte. Ich wendete den Wagen und fuhr zurück. Als ich mich dem Haus näherte, sah ich einen Wagen in der Einfahrt stehen. Ich war überrascht; jemand anderes war vorbeigekommen.

Ich ging über die Veranda. Der Mann war nirgends zu sehen. Ich beugte mich vor, um ihm das Geld auf seinen Stuhl zu legen und blickte dabei zufällig durch das Fenster. Dort sah ich den Mann mitten im Wohnzimmer zärtlich mit seiner Frau tanzen!

Ich schüttelte den Kopf, als ich endlich verstand. Er hatte sie überhaupt nicht verloren. Sie war nur für einen Nachmittag unterwegs gewesen.

Seit diesem Ereignis sind nun Jahre vergangen, und doch denke ich noch an den Mann und seine Frau. Ich hoffe, dass ich so eine Art Leben lebe, wie die beiden es taten, und dass ich wie sie unsere Liebe an meine Kinder und Enkel weitergebe. Außerdem hoffe ich, dass ich als Großvater zärtlich mit meiner Frau tanzen kann in dem Wissen, dass es in der Tat keinen größeren Segen gibt als die Liebe.

Justin R. Haskin

Eine zweite Chance

Der Strom der wahren Liebe fließt
niemals ruhig dahin.
Ein Sommernachtstraum

Die Zeit verging wie im Flug. Jahr um Jahr. Erst ein paar Jahre. Dann ein Dutzend. Dann zwei Dutzend. Eheschließungen trennten sie. Es kamen Kinder. Ihre Leben hatten zwei Richtungen eingeschlagen, und doch verliefen sie so parallel. In Erinnerung an ihre Liebe stieg Ingrid Kremeyer immer wieder die Stufen zum Keller hinunter und holte eine alte Schachtel hervor, die zwischen Marmeladegläsern und Kisten voller Äpfel stand.

Dort befand sich das Zeugnis ihrer Liebe, das für so lange Zeit gut in dieser Schachtel verstaut war, einer Liebe, die in dutzenden von in den ersten drei Jahren nach dem Zweiten Weltkrieg geschriebenen Briefen immer wieder von einer Seite zur anderen bestätigt worden war. Die Schachtel machte den Umzug von

Deutschland in die Vereinigten Staaten mit und zog mit Ingrid – egal, wo sie sich seit mehr als einem halben Jahrhundert niederließ – überallhin. Die geschriebenen Worte zeugten von einer starken und tiefen Liebe, die von der Zeit nicht unterzukriegen war.

Obwohl der amerikanische Soldat ihr aus heiterem Himmel einen Abschiedsbrief geschrieben hatte, zweifelte sie keinen Augenblick lang an seiner Liebe zu ihr – auch 47 Jahre später nicht. Sie wusste damals wie heute, dass sie füreinander geschaffen worden waren, auch wenn es nur in ihren Herzen und der weit zurückliegenden Vergangenheit war.

Sie hatten sich 1949 während der Berliner Luftbrücke kennen gelernt, als sie mit mehr als einem Dutzend amerikanischer Soldaten auf einem Luftwaffenstützpunkt in Norddeutschland zusammenarbeitete. Da sie Englisch sprach, wurden ihre organisatorischen Fähigkeiten gebraucht. Es gab keine Verständigungsschwierigkeiten, und die Soldaten wollten ständig mit ihr ausgehen.

Die meisten Soldaten waren erst 19 – ihr Alter. Nicht alt genug, so weit es sie betraf, als dass sie ernst genommen werden konnten. Doch ein amerikanischer Soldat mit einem reizenden südstaatlichen Akzent hatte es ihr angetan. Lee Dickerson war 26, schlank und attraktiv. Sie wartete ab. Monatelang tat sich nichts. Sie versuchte, sich keine Hoffnungen zu machen. Vielleicht hatte er eine Freundin.

Als zum 4. Juli eine Unabhängigkeitsfeier in amerikanischem Stil geplant wurde, wusste Ingrid vor lauter Einladungen nicht, wo ihr der Kopf stand. Mindestens sieben Soldaten wollten mit ihr ausgehen. Mindestens sieben Soldaten wurden zurückgewiesen. Sie hatte gehofft, dass Lee sie einladen würde, aber sie hatte ihn den ganzen Tag lang nicht gesehen.

Ein paar Minuten vor Feierabend ließ er sich blicken. Ingrids Herz klopfte wild. Vielleicht jetzt, hoffte sie. Er lud sie ein. Sie würde gerne mitkommen, erklärte sie, doch könne sie den anderen Soldaten, die sie zurückgewiesen hatte, nicht gegenübertreten.

»Das werde ich schon regeln«, sagte Lee, öffnete die Tür und fragte die anderen: »Was sagt ihr, nehmen wir Ingrid heute Abend mit zur Feier?« So ging Ingrid mit, Hand in Hand mit Lee und von einer kleinen Brigade eskortiert. Der Abend war himmlisch. Es gab ein Feuerwerk, und ein Feuerwerk glänzte auch in Ingrids Augen. Lee ging es ebenso. Als er sie nach Hause brachte, gab er ihr einen Gutenachtkuss. »Da wusste ich, dass er der Richtige ist«, sagte Ingrid. »Von Anfang an. Ich wusste, was er sagen würde, noch bevor er es aussprach.«

Seit jenem Abend waren die beiden unzertrennlich. Doch es blieben ihnen nur vier Monate, und dann musste Lee wieder in die Staaten zurückkehren.

Sie verbrachten jeden freien Augenblick zusammen, schlenderten durch Parkanlagen oder Wälder, besuchten den Club der Luftwaffe oder luden ihre Eltern zum Essen ein. Es gab zu der Zeit in Celle nicht viel zu tun, und so hielten sie sich oft in Imbissbuden auf und redeten und redeten.

Die Unterhaltungen wurden immer ernster. Lee wollte heiraten. Er wollte sie mit in die Vereinigten Staaten nehmen. Ingrid war entzückt, und auch ihre Eltern waren es. Das Paar wusste nicht, was die Zukunft brachte. An dem Tag, als Lee zu seiner Heimreise zum Hamilton-Luftwaffenstützpunkt im Norden von San Francisco aufbrach, waren sie beide vor Einsamkeit völlig empfindungslos, aber zufrieden in dem Wissen, dass Lee seine zukünftige Braut heimholen würde, sobald er es arrangieren könnte.

Als er Deutschland verließ, wusste der Pilot nicht, dass Militärangehörige keine Immigranten ins Land holen durften. Lee war verärgert und frustriert. Er beschloss, nach Deutschland zurückzukehren, um Ingrid zu sehen und die Zuweisung eines neuen

Befehls zu beantragen. Das wurde mehrmals abgelehnt. Doch schließlich hatte er die Chance zurückzukehren und dachte, er hätte es geschafft.

Stattdessen bekam er eine ernste Blinddarmentzündung und lag mehrere Tage lang im Krankenhaus. Seine Einheit zog ohne ihn ab. Dann kam sein neuer Befehl. Er musste für die nächsten drei Jahre nach Asien – vielleicht für einen Einsatz im Koreakrieg.

Er traf die härteste Entscheidung seines Lebens und hatte dabei das Gefühl, als »schneide er seine eigene Hand ab«. Er schrieb seiner Liebsten: »Es sollte einfach nicht sein. Ich wünsche dir ein glückliches Leben.«

Dann brach der Kontakt zwischen ihnen ab.

Jahre später zog Ingrid zu einer Tante in New York, die versuchte, sie so schnell wie möglich mit einem älteren reichen Mann zu verheiraten. Als Ingrid seinen Antrag ablehnte, war ihre Tante so böse, dass Ingrid von heute auf morgen in einem Flugzeug in Richtung Chicago saß, um den einzigen anderen Menschen zu treffen, von dem sie in Amerika eine Adresse hatte. Es war ein früherer Klassenkamerad. Sie waren gute Freunde, und obwohl er genau wusste, dass in ihrem Kopf ein anderer Mann herumspukte, heiratete er sie.

Ted und Ingrid hatten zwei Söhne, Karl und Kevin. Ihre Ehe war gut, doch Ingrid schritt immer noch die Stufen zum Keller hinab, um Lees Liebesbriefe zu lesen. Sie weinte viel, wenn sie daran dachte, was alles hätte sein können. Sie weinte noch mehr, als Ted im Alter von 41 Jahren plötzlich am Heiligabend starb. Er war ein guter Mann und ein guter Ehemann gewesen, der ihre Liebe zu Lee verstanden hatte.

Zu der Zeit beschloss sie, nicht einmal mehr an eine neue ernsthafte Beziehung zu denken, und widmete sich ganz ihrer vorrangigen Aufgabe: ihre beiden Söhne großzuziehen.

Die Liebe ließ sie für weitere zwei Jahrzehnte ruhen. Sie hatte genug Zeit, darüber nachzudenken.

Lee war aus seiner Position als Luftwaffenvertragsmanager in Hughes in den Ruhestand getreten, hatte zweimal geheiratet und war Vater zweier Kinder. Die letzten Jahre hatte er elend damit verbracht, seine zweite Frau langsam an Bauchspeicheldrüsenkrebs sterben zu sehen. In seinen Augen hatte das Leben nicht mehr viel Lebenswertes. Er lebte mit dem Gefühl, durch tiefes Wasser zu waten, isoliert vor sich hin, so lange, bis ihn der Brief erreichte.

Er riss den Brief auf. Er war von Ingrid. »Du hättest mich mit einer Feder umhauen können. Nach all dieser Zeit ist sie in den Staaten. Hier liegt meine Zukunft, genau hier.«

Er setzte sich, beantwortete den Brief und schickte ihn noch am selben Tag ab.

Vielleicht bestünde erneut die Chance, sich zu verlieben. Er hatte Ingrid nie vergessen.

Das letzte Mal hatte Ingrid die Schachtel hervorgeholt und eine Stunde lang geweint. Sie war Rentnerin und arbeitete nur noch zeitweise als Deutschlehrerin am College. Diesmal erstarrte sie. Warum sollte sie ihn nicht finden? Ihre Söhne waren erwachsen und aus dem Haus. Wer weiß, wie sein Leben verlaufen war? Die nächste Woche war sie von der Idee besessen, Lee aufzuspüren. Dann fiel ihr ein, dass einer ihrer Schüler ein Marineoffizier im Ruhestand war. Sie sprach ihn an, und er gab ihr die Telefonnummer der für Marineoffiziere zuständigen Rentenstelle.

Sie saß atemlos am Telefon und wartete mit klopfendem Herzen eine halbe Stunde lang. Und wirklich, es gab drei Lee Dickersons aus verschiedenen Sparten des Militärs, die in den Ruhestand getreten waren. Es war offensichtlich, dass er derjenige war, der in der Luftwaffe gedient hatte. Ein Brief von ihr könnte weitergeleitet werden. Die Gebühr betrug dreieinhalb Dollar. In dem Brief schrieb Ingrid Lee, dass sie »ein drängendes Bedürfnis« verspürte, ihn zu finden. Sie schloss mit dem Satz: »Ich hoffe, dass ich mich nicht zum Narren mache, indem ich diesem Verlangen nachgebe.«

Als sein Brief in ihrem Briefkasten lag, wusste Ingrid sofort, dass er von Lee war. Nach 47 Jahren erkannte sie seine Handschrift immer noch in Sekundenschnelle. Sie riss den Brief auf und konnte seine Zeilen vor Aufregung kaum lesen. Lee schrieb, er sei im Ruhestand, verwitwet und begeistert davon, dass sie ihn gefunden hatte. Er habe sie nicht vergessen, doch dachte er, es sei besser zu schreiben als zu telefonieren, um »eine alte Flamme wieder anzuzünden«.

Zum Teufel mit dem Schreiben, war Ingrids Reaktion. Sie war immer noch die peppige Neunzehnjährige, die er so viele Jahre zuvor in Deutschland kennen gelernt hatte. Das hatte sie nie verloren. Sie rannte zum Telefon und rief Lee an und war enttäuscht, als nur ein Anrufbeantworter zu hören war. Am selben Abend rief Lee sie zurück, und sie telefonierten stundenlang miteinander. Sie beschlossen, sich in Tucson zu treffen, weil Ingrid dort ihren Sohn besuchen wollte und Lees Sohn ebenfalls in Arizona lebte.

Im Flugzeug bekam Ingrid Panik. Was hatte sie angerichtet? War sie verrückt? Sie konnte das alles gleich wieder vergessen. Wenn sie nur wüsste, wie sie aus dem Flugzeug herauskäme. Doch sobald sie aus dem Flugzeug gestiegen war, beruhigten sich ihre Gefühle.

Sie warf einen Blick auf Lee, der immer noch groß und fast so schlank war wie mit 26. Sie schlossen einander in die Arme und verbrachten eine Woche zusammen, in der sie versuchten, an die Vergangenheit anzuknüpfen. »Es war so, als seien 47 Jahre verschwunden«, sagte Ingrid. »Wir umarmten und küssten uns, hielten einander nur fest.«

Als sie beide wieder nach Hause zurückkehrten, kamen sie überein, sich in ein paar Monaten wieder zu treffen, aber Ingrid konnte die Trennung nicht noch einmal ertragen. »Der Abschied fiel so schwer«, regte sie sich auf. »Es war einfach schrecklich.«

Lee flog auf einen Besuch nach Chicago, aber er machte sich Sorgen darüber, was die Nachbarn denken würden.

Ingrid antwortete: »Wen interessieren die Nachbarn? Zum Teufel mit ihnen.«

Ingrid und Lee wussten, dass sie dieses Mal heiraten würden. Es gab nichts, was sie aufhielt.

Sie heirateten am 2. Januar 1997 an Bord des alternden Ozeandampfers *Queen Mary* in Long Beach. Sie trug ein knielanges, weißes Kleid. Er trug seine U.S.-Luftwaffenuniform mit dem Major-Abzeichen, einem Eichenblatt. Sie war 67. Er war 74. Bei der Trauung waren ungefähr 70 Verwandte anwesend, und die internationale Presse brannte auf eine Berichterstattung über die Liebesaffäre, der eine zweite Chance gegeben worden war.

Nach all den surrenden Fernsehkameras und dem Abschied der Familie richteten sich Lee und Ingrid ein ruhiges Leben ein, so wie sie es versucht hatten, als sie jung waren.

Als das letzte Kapitel so schön endete, schrieb Ingrid: »Das Wissen, dass meine erste Liebe auch meine letzte sein wird, erfüllt mein Herz bis zum Überlaufen mit Freude.«

Diana Chapman

3

Über gegenseitige Verbundenheit

Nun legt eure Hände ineinander und vereint
mit euren Händen auch eure Herzen.

William Shakespeare

50 Möglichkeiten, deinen Partner zu lieben

1. Liebe zuerst dich selbst.
2. Beginn jeden Tag mit einer Umarmung.
3. Bring das Frühstück ans Bett.
4. Sag jedes Mal, wenn sich eure Wege kreuzen: »Ich liebe dich.«
5. Mach häufig und frei heraus Komplimente.
6. Schätze – und feiere – eure Unterschiede.
7. Lebe jeden Tag so, als wäre es dein letzter.
8. Schreib unerwartete Liebesbriefe.
9. Pflanzt eine Pflanze zusammen und zieht sie groß.
10. Verabrede dich einmal pro Woche.
11. Schick Blumen ohne einen bestimmten Grund.
12. Akzeptiert und liebt jeweils die Familie und Freunde des anderen.
13. Fertige kleine Zeichen an, auf denen »Ich liebe dich« steht, und verteil sie im ganzen Haus.
14. Bleib stehen und riech an den Rosen.
15. Küss unerwartet.
16. Schaut euch zusammen schöne Sonnenuntergänge an.
17. Entschuldige dich ernsthaft.
18. Vergib.
19. Erinnere dich an den Tag, als du dich verliebtest – und erlebe ihn noch einmal.
20. Haltet Händchen.
21. Sag durch deinen Blick: »Ich liebe dich.«
22. Lass sie in deinen Armen weinen.
23. Sag ihm, dass du verstehst.

24. Stoßt auf Liebe und Verbundenheit an.
25. Tu etwas Aufregendes.
26. Lass sie die Richtung angeben, wenn du nicht mehr weiter weißt.
27. Lach über seine Witze.
28. Schätze ihre innere Schönheit.
29. Verrichte für einen Tag lang die Pflichten des anderen.
30. Unterstütze wunderbare Träume.
31. Zeig deine Liebe in der Öffentlichkeit.
32. Zeig bedingungslos deine Liebe.
33. Fertige ein Liebesjournal an und zeichne darin eure besonderen Augenblicke auf.
34. Beruhigt die Ängste des anderen.
35. Lauft zusammen barfuß am Strand entlang.
36. Frag sie, ob sie dich noch einmal heiratet.
37. Sag Ja.
38. Respektiert einander.
39. Sei der größte Fan deines Partners.
40. Gib die Liebe, die dein Partner erhalten möchte.
41. Gib die Liebe, die du erhalten möchtest.
42. Zeig an des anderen Arbeit Interesse.
43. Arbeitet zusammen an einem Projekt.
44. Baut eine Festung aus Decken.
45. Schaukelt so hoch ihr könnt im Mondlicht zusammen auf einer Schaukel.
46. Veranstaltet an einem regnerischen Tag drinnen ein Picknick.
47. Geht nie erzürnt schlafen.
48. Setz deinen Partner in deinen Gebeten an die erste Stelle.
49. Gebt euch einen Gutenachtkuss.
50. Schlaft wie Löffel.

Mark und Chrissy Donnelly

Wie ich meinem Ehemann das Leben rettete

Wo Liebe regiert, kann das
Unmögliche erreicht werden.
Indianisches Sprichwort

Es war ein klarer Freitagmorgen, der 30. August 1991. Mein Ehemann Deane und ich ließen es uns gerade in einem lange geplanten Campingurlaub im panoramareichen Glacier National Park in Montana gut gehen, unserem ersten Urlaub seit seinem Eintritt in den Ruhestand in dem Jahr. Eine Woche zuvor waren wir zu Hause in Holland, Michigan, abgefahren und hatten bisher verschiedene Ecken des Parks erkundet. Heute wollten wir zu unserer achten Wanderung aufbrechen. »Hast du den Fotoapparat?«, fragte ich Deane. »Und die Cracker für das Mittagessen?«

Deane nickte grinsend. »Ja, meine Liebe«, zog er mich auf und klopfte auf seinen kleinen Rucksack. »Wir sind soweit.« Wir gingen langsam los und genossen die frische, kühle Luft, als wir einem schmalen Pfad folgten, der den steilen, bewaldeten Hang hinaufführte. Manchmal winkten wir anderen Wanderern auf dem Pfad zu oder betrachteten eine ferne Bergspitze durch mein Fernglas. Gegen 12.30 Uhr hatten wir fast drei Meilen zurückgelegt und legten eine Mittagspause ein.

Nachdem wir uns ein einfaches Mittagsmahl aus Käse und Crackers geteilt hatten, wollten wir uns wieder auf den Rückweg in Richtung Campingplatz machen, als ein anderes Paar von oben den Pfad herunterkam.

»Sie sollten jetzt nicht rasten«, rief die Frau. »Gehen Sie mindestens bis zum Iceberg-See – es sind nur noch ein paar Meilen von hier den Berg hinauf.« Wir beschlossen, noch weiterzugehen, so wie sie es vorgeschlagen hatte.

Es war fast drei Uhr, als wir den Iceberg-See erreichten – ein ruhiger, kristallklarer See, der von einem wogenden Meer hell leuchtender Wildblumen umgeben war. Wie sein Name schon sagte, schwammen kleine Eisberge auf seiner ruhigen Oberfläche.

»Oh, Deane, wie *wunderschön*«, rief ich. Wir standen Hand in Hand da und tauchten in diesen friedlichen Anblick ein.

Nach 43-jähriger Ehe war Deane ebenso mein bester Freund wie auch mein Ehemann. Wir verbrachten unsere Kindheit beide in derselben kleinen Stadt im Süden Dakotas. Deane war 16 und ich nur acht Monate jünger, als wir uns in der Sonntagsschule trafen. Wir begannen miteinander auszugehen und nach nicht einmal drei Jahren waren wir verheiratet.

Fünf Kinder und 15 Enkelkinder später sahen wir dem gemeinsamen Genuss unserer »goldenen Jahre« entgegen und waren jung genug, um viele Dinge genießen zu können und etwas herumzukommen. Mit 62 fühlte ich mich kaum älter als mit 35. Obwohl wir mit unserer Gesundheit etwas Probleme hatten – Deane war fast Diabetiker, und ich musste wegen meines Herzens täglich Medikamente nehmen –, hat uns unsere aktive Lebensweise fit gehalten. Als wir den Iceberg-See verließen, schlugen Deane und ich wieder denselben Pfad den Berg hinunter ein. Wir waren vielleicht 100 Meter weit gegangen, als wir an einer Biegung des Pfads ankamen. Während wir um die Ecke bogen, hörte ich, wie Deane nach Luft schnappte, und fühlte seinen warnenden Druck auf meinem Arm. Ich sah sofort, warum: Genau vor uns drehten sich eine Grizzlymutter und ihre zwei Jungen nach uns um, erstaunt, uns hier zu sehen.

Sie waren höchstens zehn Meter entfernt. Die Ohren der Grizzlymutter waren senkrecht in unsere Richtung aufgestellt, ihre Augen fixierten uns. Ohne sich zu bewegen, stieß sie ein tiefes, raues »Woof!« aus und schickte so ihre Jungen fort, die sich davontrollten.

»Mein Gott«, flüsterte Deane. »Lorraine, ich glaube, wir sind in Schwierigkeiten.«

Zwei Abende zuvor hatten wir gerade den Vortrag des Parkaufsehers über Bären in der Wildnis gehört. »Knien wir uns nieder, so, wie sie es uns geraten haben«, flüsterte ich atemlos. »Wir müssen uns totstellen.« Ich ließ mich auf die Knie niedersinken, zog dabei meinen Kopf ein und schlang meine Hände um meinen Nacken. Ich bemerkte, wie Deane neben mir dasselbe tat.

Doch es war zu spät. Ich spähte hinter meinem Ellbogen hervor und sah die Bärin angreifen. Sie sprang mit einem tiefen, grollenden Knurren mit ausgestreckten Fängen vorwärts. Ihre Muskeln zeichneten sich unter ihrem dicken braunen Fell ab, sie legte die Distanz zwischen uns in drei großen, kraftvollen Sprüngen zurück, ihre Kiefer malmten ärgerlich schmatzend. Neben mir zog Deane scharf die Luft ein; dann hörte ich ihn entsetzt vor Todesangst aufschreien. Der Grizzly war auf ihn gesprungen und hatte seine Zähne in seinen Rücken und Magen geschlagen. Er nahm ihn zwischen seine Kiefer und schüttelte ihn wild hin und her, dann schleuderte er ihn wie eine zerlumpte Puppe in die Luft. Er lag kaum wieder auf dem Boden, da machte er sich erneut knurrend und beißend über ihn her. Ich konnte hören, wie seine Zähne mit leisen, klatschenden Geräuschen seine Haut aufrissen. Er schrie vor Schmerzen.

Ich saß immer noch zusammengekauert auf meinen Knien und war unfähig, das zu glauben, was geschah. Aus den Augenwinkeln sah ich, wie das große Tier ihn wieder herumwarf, dann nahm sie seine rechte Hand zwischen die Zähne und begann, ihn ins Unterholz zu ziehen. »O lieber Gott, nicht so!«, schluchzte er. »Bitte, nicht so!«

Irgendwie mobilisierten mich seine bittenden, verzweifelten Ausrufe. Mit einem stillen Gebet stand ich auf und griff nach ihm. Ich hatte nichts, womit ich kämpfen konnte, nicht einmal einen Stock. Doch als ich hinunter auf mein schweres Fernglas schaute, erinnerte ich mich plötzlich an einen Rat, den mir mein Vater einmal vor Jahren gegeben hatte, als ich auf unserer Farm arbeitete, die häufig von Wölfen und Kojoten geplagt wurde. »Wenn du jemals von einem wilden Tier in die Ecke getrieben wirst«, sagte mir mein Vater, »greife seine Schnauze an, wo es am empfindlichsten ist.« Ich beschloss, das Fernglas als Waffe zu benutzen und jetzt »anzugreifen«.

Ich wickelte die dicke Plastikschlinge fest um meine rechte Hand. Dann holte ich hoch in der Luft mit dem Fernglas aus und zielte auf die Bärin. Mein erster Schlag landete direkt auf ihrer breiten, schwarzen Schnauze. Als ich spürte, dass das Fernglas traf, zog ich es nach unten und kratzte damit absichtlich ihre Schnauze. Sie zuckte, ließ Deane aber nicht los. *Herr, hilf mir,* betete ich, nahm das Fernglas und holte erneut aus. Obwohl ich meinen Ehemann zu meinen Füßen stöhnen hören konnte, wagte ich nicht, zu ihm hinunterzuschauen. Ich konzentrierte mich weiterhin auf die Schnauze der Bärin und setzte alle meine Zielkünste ein, die ich durch Golfspiel und Hufeisenwerfen trainiert hatte, um jeden Schlag zu einem Treffer zu machen.

Schließlich, nach dem vierten Schlag, ließ die Bärin Deanes Hand los und erhob sich ärgerlich zu ihrer vollen Größe von zwei Metern. Ich sah die Bärin über den blutenden Körper meines Ehemannes hinweg an, meine Augen waren auf ihrer Brusthöhe. Ihre gelb-schwarzen Krallen, lang und spitz gebogen, waren angriffsbereit nur wenige Zentimeter von meinem Gesicht entfernt in die Luft gestreckt. Ich widerstand dem Impuls, ihr in die Augen zu sehen, das würde sie, dachte ich, noch stärker in Rage bringen. Ich holte tief Luft, und dann holte ich erneut mit dem Fernglas aus.

Dieses Mal schien sie den Schlag kommen zu sehen. Mit einem weiteren gegrunzten »Woof!« ließ sie sich abrupt auf alle viere fallen und zog sich zurück. Ich zögerte einen Moment, überzeugt davon, dass sie zurückkommen würde, um mich anzugreifen. Doch sie suchte sich geräuschvoll ihren Weg durch das dichte Unterholz, und mir wurde kar, dass sie wirklich fort war.

Endlich schaute ich zu Deane hinunter. Er lag auf dem Rücken, sein Gesicht war von mir abgewandt, sein rechter Arm lag immer noch über seinem Kopf ausgestreckt. Er wimmerte vor sich hin und atmete stoßweise mit gepressten, abgehackten Atemzügen. Als ich zum ersten Mal das ganze Ausmaß seiner Verletzungen sah, rann mir der kalte Schweiß herunter.

Seine Kleidung war zerfetzt, seine Brust aufgerissen, die klaffende Wunde ließ Muskelstränge und Fettgewebe erkennen. Seine rechte Schulter, die fast ganz weggebissen war, blutete stark; Blutgefäße und Nerven hingen aus seinem rechten Handgelenk heraus. Sein rechtes Bein, sein Rücken und Magen waren ebenfalls stark verwundet. Ich beugte mich über ihn und versuchte, seine Aufmerksamkeit auf mich zu lenken. »Deane!«, sagte ich. »Deane, ich bin es!« Bis zu meinem dritten Rufen antwortete er nicht, dann wandte er mir seinen Kopf zu. Er hatte vor Schmerzen glasige Augen und schien kaum zu wissen, wer ich war.

»Es ist alles in Ordnung. Der Bär ist weg«, sagte ich.

Er konzentrierte sich langsam auf mein Gesicht. »Nein, ist er nicht«, murmelte er.

Mir rannen die Tränen über die Wangen, als ich ihm versicherte, dass es so war.

»Ich muss deine Blutungen stoppen«, sagte ich zu ihm. »Lieg einfach still. Dir wird es wieder gut gehen.«

Glücklicherweise kannte ich mich in Erste-Hilfe-Techniken aus; Deane war mehr als 28 Jahre stundenweise bei der freiwilligen Feuerwehr einsatzbereit gewesen, und wir hatten häufig seine Rettungshandbücher zusammen studiert. Nun versuchte ich, die Panik zu bekämpfen und klar zu denken. Aus seiner rechten Schulter und seinem rechten Handgelenk spritzte Blut, was heißen könnte, dass eine Arterie durchtrennt war. Ich musste eine Art Aderpresse anlegen.

Mein BH!, dachte ich. Ohne zu zögern, zog ich mein Oberteil aus und öffnete meinen BH, dann schlang ich den elastischen Stretch um seinen Oberarm und überzeugte mich davon, dass er fest saß. Wenn das Blut nicht innerhalb weniger Minuten anfangen würde zu gerinnen, musste ich einen Stock benutzen, um ihn noch fester zu binden. *Besser für ihn, einen Arm zu verlieren, als zu verbluten,* dachte ich verzweifelt.

Dann kümmerte ich mich um seine Brust. Ich hatte in meiner Hüfttasche ein paar Taschentücher, und ich drückte sie schnell auf die klaffende Wunde. Doch es reichte nicht aus, um die Blutung zu stillen; ich brauchte mehr Bandagen. Ich fasste gerade nach meinem angezogenen Oberteil, als Deane leise sagte: »Nimm mein Hemd. Hilf mir nur, es auszuziehen.«

Ich hob ihn hoch und zog ihm das Hemd über seinen Kopf aus, dann riss ich den Stoff in zehn Zentimeter breite Streifen. Nachdem ich seine Brust und sein Bein verbunden hatte, schaute ich noch einmal nach seinem rechten Arm. Das Blut fing an zu gerinnen.

Gott sei Dank, dachte ich und lockerte die Aderpresse ein wenig. Zuletzt nahm ich mir die Zeit, mein Oberteil wieder anzuziehen.

Nachdem die unmittelbare Gefahr nun vorüber war, fühlte ich, wie mich meine Ruhe verließ, die ich mir bewusst auferlegt hatte. Was wäre, wenn der Bär sich doch noch zu einer Rückkehr entschließen würde? Deane konnte nicht laufen, und wir waren über vier Meilen von unserem Campingplatz entfernt. Ich kam zu dem Schluss, dass Hilferufe meine beste Chance darstellten; bald würden mich sicher andere Wanderer hören. »Hilfe!«, rief ich wiederholt. »So hilf uns doch jemand.«

Es kam mir wie eine Ewigkeit vor, als schließlich zwei junge Männer hinter der Biegung auftauchten. Sie kamen sofort herübergelaufen.

»Mein Mann wurde von einem Bären angegriffen«, erzählte ich ihnen. »Können Sie Hilfe holen?«

»Ich kann das machen«, sagte einer von ihnen.

Deane sprach langsam: »Sag dem Parkaufseher, er soll einen Hubschrauber schicken.« Der junge Mann nickte und rannte dann in einem schnellen Trab den Pfad hinunter.

Erst als er verschwunden war, erinnerte ich mich an weitere Ratschläge des Parkaufsehers in Bezug auf das Wandern in Bärengebieten. »Laufen Sie nie. Es ist eine Einladung zum Angreifen.« Besorgt biss ich mir auf die Lippen. *O Herr,* betete ich, *beschütze ihn.*

In der nächsten Stunde kamen elf weitere Personen den Pfad herunter; es waren drei Krankenschwestern, ein Arzt und ein Sanitäter der Skipatrouille dabei. Eine Krankenschwester gab Deane Schmerztabletten, während die anderen seine Wunden mit neuen Verbänden versorgten. Es schien wie ein wunderbares Zusammentreffen, dass sich so viele professionelle Medizinkundige an diesem abgelegenen Berghang einfanden.

Deane wurde in einem Rettungshubschrauber ins Krankenhaus geflogen, und weil es dort nicht genug Platz für mich und die Ärzte gab, folgte ich in einem kleineren Helikopter.

Als ich im Krankenhaus ankam, wurde Deane bereits operiert. Es war fast drei Uhr nachts, als der Chirurg erschöpft aus dem Operationssaal kam und mich zur Seite nahm. »Ihr Ehemann hat Glück gehabt«, sagte er kopfschüttelnd. »Der Bär hat mehrere Hauptarterien und Nerven knapp verfehlt. Er ist noch einmal knapp davongekommen.« Er sagte auch, dass Deanes tiefe Wunden mit über 200 Stichen genäht werden müssten.

Neun Tage später wurde Deane aus dem Krankenhaus entlassen, und wir kehrten nach Hause zurück.

Zurück in Michigan, bin ich manchmal immer noch erstaunt darüber, was uns zugestoßen ist. Wenn ich daran denke, wie nahe ich daran war, Deane zu verlieren, schießen mir Tränen in die Augen. Doch dank Gottes Gnade – und einem robusten Fernglas – lebt mein Mann heute noch.

Lorraine Lengkeek,
so, wie sie es Deborah Morris erzählte.

Wähle nur 911

Marie und Michael gingen seit einiger Zeit zusammen aus und waren froh darüber, dass sie infolge ihrer Arbeit fast jeden Tag miteinander sprechen konnten, obwohl sie verschiedene Jobs hatten – Michael ist Polizist, und Marie ist unter »911« in der Leitung der Einsatzzentrale zu erreichen, beide arbeiten auf demselben Polizeirevier.

Eines Tages erhielt Marie einen Anruf von Michael, der in seinem Einsatzwagen auf den Straßen unterwegs war.

»Marie, könntest du mir einen Gefallen tun?«

»Klar«, antwortete Marie, die froh war, dass sie einen Grund hatte, mit ihm zu sprechen.

»Könntest du ein Nummernschild für mich überprüfen? Ich müsste wissen, ob der Junge möglicherweise per Haftbefehl gesucht wird«, erklärte Michael.

»In Ordnung, buchstabier mal.«

Michael gab das Nummernschild in Form des Buchstabieralphabets durch, indem er wie alle Polizisten Codenamen benutzte, sodass Marie sicher sein konnte, dass sie die richtigen Buchstaben aufgeschrieben hatte:

*W*ilhelm
*I*da
*L*udwig
*L*udwig
*S*amuel
*T*heodor

*D*ora
*U*lrich

*M*artha
*I*da
*C*äsar
*H*einrich

*H*einrich
*E*mil
*I*da
*R*ichard
*A*nton
*T*heodor
*E*mil
*N*ordpol

So, wie sie es hundertmal am Tag tat, schrieb Marie die Buchstaben auf ein Stück Papier, tippte sie in ihren Computer und begann mit der Prüfung des Nummernschildes. Zu Anfang war sie etwas verwirrt – dieses Nummernschild war sehr lang, und irgendwie enthielt es gar keine Ziffern. Ihre Kollegen sagten schließlich zu ihr: »Marie, was bedeuten die Buchstaben?«

Jetzt las Marie nur den ersten Buchstaben der einzelnen Wörter laut vor: W-I-L-L-S-T-D-U-M-I-C-H-H-E-I-R-A-T-E-N?

Marie stieß einen Freudenschrei aus und strahlte über beide Ohren, als sie zurück an den Apparat zu Michael kam, der offensichtlich keinen fiktiven »Fahrer« mit einem fiktiven Nummernschild verfolgte, sondern in seinem Einsatzwagen saß und ängstlich auf ihre Antwort wartete:

»Michael, bist du da?«, fragte Marie.

»Ja, Marie?«, antwortete er mit einer sich vor Nervosität ein wenig überschlagenden Stimme.

»Meine Antwort lautet: Einverstanden!«

Cynthia C. Muchnick
101 Ways to Pop the Question

Wie liebe ich dich?

> Wer so liebt, glaubt an das Unmögliche.
>
> *Elizabeth Barrett Browning*

Elizabeth Barrett und Robert Browning waren zwei begabte Dichter, die dazu bestimmt waren, einen der schönsten Schriftwechsel in der englischen Literatur zu führen. Robert Browning hatte Elizabeth Barrett nie gesehen, und sie kannten nichts voneinander außer ihren publizierten Werken. Beide waren aufgrund ihrer Veröffentlichungen sehr bekannt und bewunderten und respektierten die Werke des anderen. Diese Bewunderung diente als Katalysator, als Robert Elizabeth am 10. Januar 1845 Fanpost schickte:

»Ich liebe Ihre Verse von ganzem Herzen, liebe Miss Barrett, und das ist kein lässig dahingeworfenes Kompliment oder dergleichen, keine selbstverständliche Anerkennung Ihrer genialen Schöpferkraft, die zu diesem anmutigen, natürlichen Ende führte. Seit dem Tag in der letzten Woche, an dem ich zum ersten Mal Ihre Gedichte las, lache ich wirklich darüber, wie ich meine Worte im Geiste wieder und wieder herumdrehte, als ich versuchte, Ihnen die Wirkung Ihrer Gedichte auf mich mitzuteilen: Im ersten Rausch der Begeisterung dachte ich, dass ich dieses Mal meine Gewohnheit des rein passiven Genusses aufgeben könnte, wenn ich wirklich genießen und meine Bewunderung sorgfältig rechtfertigen würde – vielleicht sogar so, wie es ein Aufrichtiger tun sollte, der konstruktive Kritik zu üben sucht und Ihnen auf diese Weise einen kleinen Gefallen tut, auf den er später stolz sein kann! – doch nichts von alledem kam zu Papier – so sehr war Ihr eigenes Selbst in mich eingedrungen und ein Teil von mir geworden… durch diese Hinwendung zu Ihnen, dass mein Gefühl sich

zum ersten Mal vollkommen erhob. Ich liebe diese Bücher, wie ich sagte, von ganzem Herzen – und ich liebe auch Sie.«

Elizabeth war zu jener Zeit 32 Jahre alt, bei schlechter Gesundheit und verließ selten das Haus. Sie stand unter dem dominanten Einfluss ihres Vaters, der es seinen Kindern verboten hatte, zu heiraten.

Infolge der negativen Haltung ihres Vaters korrespondierten sie heimlich. Ihr Briefwechsel war so umfassend, dass er zwei dicke Bände füllt. Elizabeth zeichnete die Zeit der Werbung, angefangen von ihrem ersten Kontakt, in den berühmten *Sonetten aus dem Portugiesischen* auf. Sie umfassen alle menschlichen Gefühle, einschließlich Glück, Bedauern, Vertrauen und immer wieder die Liebe.

Im Mai 1845 erlaubte Elizabeth Robert schließlich, sie zu besuchen. Sie trafen sich ab jener Zeit einmal die Woche heimlich. Im September schrieb sie: »Du hast mich noch tiefer berührt, als ich auch nur erahnte, dass es möglich wäre... Ab nun bin ich in jeder Beziehung die Deine, ausgenommen wenn ich Leid verursache.«

Sie setzten ihre Treffen ein weiteres Jahr fort und korrespondierten fast jeden Tag, manchmal zweimal am Tag, miteinander. Nachdem sie seine anfänglichen Annäherungsversuche abgelehnt hatte, überzeugten sie schließlich seine Briefe und Besuche, und sie wurden ein sich liebendes Paar.

Robert drängte sie dazu, ihn zu heiraten und mit ihm nach Italien zu gehen. Elizabeth widerstrebte das anfangs, doch nach langem Überlegen willigte sie ein. In dem Wissen, dass ihr Vater einer Heirat nicht zustimmen würde, heirateten sie heimlich am 12. September 1846, und eine Woche später verließen sie England und gingen nach Italien, erst nach Pisa, dann nach Florenz und dann zu ihrem endgültigen, neuen Heim, Casa Guidi.

Sie sah ihren Vater nie wieder, und ihr Vater hat ihr nie verziehen. Alle Briefe, die sie ihm schrieb, kamen ungeöffnet zurück.

Ohne diese Beziehung könnte die Menschheit sich wahrscheinlich nicht an Worten wie diesen erfreuen:

Wie liebe ich dich? Lass mich die Arten aufzählen.
Ich liebe dich mit der ganzen Tiefe, Breite und Höhe,
die meine Seele erreichen kann, wenn sie sich außer Sichtweite fühlt
des Daseinszwecks und der vollendeten Gnade.
Ich liebe dich auf dem Niveau des täglichen,
ruhigsten Bedürfnisses, bei Sonne und bei Kerzenlicht.
Ich liebe dich auf freie Art, wie Menschen nach ihrem Recht streben;
ich liebe dich auf reine Art, wie sie nach Lobpreisung heimkehren.
Ich liebe dich mit der Leidenschaft angewandt
auf meine alte Trauer und auf meinen kindlichen Glauben.
Ich liebe dich mit einer Liebe, die ich zu verlieren schien
mit meinen untergegangenen Heiligen – ich liebe dich mit der Spannweite
dem Lachen, den Tränen meines ganzen Lebens! – und so Gott will,
werde ich dich nach dem Tod noch stärker lieben.«

Lilian Kew

Bis dass der Tod uns scheidet

Viele sich liebende Paare geloben, für immer zusammenzubleiben, im Leben und im Tod, aber ich glaube nicht, dass ich jemals von jemandem gehört habe, dessen Loyalität und Unterordnung diejenige der Mrs. Isidor Straus übertraf.

Es war im Jahre 1912. Mrs. Straus und ihr Ehemann waren während der schicksalhaften Fahrt Passagiere der *Titanic*. Mit dem Schiff gingen nicht viele Frauen unter, doch Mrs. Straus war eine der wenigen Frauen, die aus einem einfachen Grund nicht überlebte: Sie konnte es nicht ertragen, ihren Ehemann zu verlassen.

Mabel Bird, das Dienstmädchen von Mrs. Straus, die die Katastrophe überlebt hat, erzählte die Geschichte nach ihrer Rettung wie folgt:

»Als die Titanic zu sinken begann, wurden Frauen, die in Panik ausgebrochen waren, und ihre Kinder als Erste auf die Rettungsboote geschickt. Mr. und Mrs. Straus blieben ruhig, beschwichtigten die Passagiere und halfen ihnen in die Boote.

Wenn es nicht nach ihnen gegangen wäre«, behauptete Mabel, »wäre ich ertrunken. Ich saß im vierten oder fünften Rettungsboot. Mrs. Straus bestand darauf, dass ich ins Boot stieg, und hängte mir ein paar schwere Decken über.«

Dann bat Mr. Straus seine Frau, ihrem Dienstmädchen und den anderen ins Rettungsboot zu folgen. Mrs. Straus war schon dabei einzusteigen. Sie hatte bereits einen Fuß auf dem Dollbord, aber dann änderte sie plötzlich ihre Meinung, drehte sich um und trat zurück auf das sinkende Schiff:

»Bitte, meine Liebe, geh zurück auf das Boot!«, flehte ihr Ehemann sie an.

Mrs. Straus schaute dem Mann, mit dem sie die meiste Zeit ihres Lebens verbracht hatte, dem Mann, der ihr bester Freund, der der wahre Gefährte ihres Herzens und immer ein Trost für ihre Seele gewesen war, tief in die Augen. Sie fasste seinen Arm und drückte seinen zitternden Körper fest an den ihren.

»Nein«, soll Mrs. Straus trotzig erwidert haben. »Ich werde nicht in das Boot steigen. Wir haben viele, viele Jahre zusammen überstanden. Wir sind jetzt alt. Ich werde dich nicht verlassen. Wo du hingehst, werde ich auch hingehen.«

Dort wurden sie zuletzt gesehen, sie standen Arm in Arm an Deck. Diese ergebene Ehefrau hielt sich couragiert an ihrem Ehemann fest, und dieser liebende Ehemann hielt seine Ehefrau beschützend im Arm, als das Schiff sank. Für immer vereint...

Barbara De Angelis

Die Gratulantin

Die Ehefrau ist nun die meiste Zeit allein und dankbar dafür, dass sie zumindest mit einem Auge noch sehen kann. Sie liest viel, besonders die Bücher anderer Frauen, die Geschichten erzählen, bei denen sie mitfühlen kann. Während sie die Seiten mit einem Stift in der Hand durchblättert, unterstreicht sie die interessanten Stellen. Früher hatte sie diese Abschnitte aufgehoben und ihrem Ehemann gezeigt.

Aus alter Gewohnheit fährt sie damit fort. Wenn ein Sohn oder eine Tochter zu Besuch kommt, können sie damit rechnen, eine Kolumne unter die Nase gehalten zu bekommen oder ein beharrendes »Hört euch dies an...« von ihrer Mutter zu hören, bevor sie aus ihrem zuletzt gelesenen Buch oder ihrer letzten Zeitschrift zitiert.

Einige Zitate sind jedoch zu privater Natur, als dass sie den anderen vorgelesen werden; sie werden in einem Notizbuch festgehalten. So auch die folgenden Zeilen von Elizabeth Jolley aus *Cabin Fever,* wo eine Frau schreibt: »Tief in meinem Inneren spüre ich wieder den Wunsch, noch einmal Teil eines verheirateten Paares zu sein und im Winter mit dem Mann, der mein Ehemann ist, am Feuer zu sitzen. Dieser Wunsch ist so intensiv, dass sich meine Augen mit Tränen füllen, wenn ich das Wort ›Ehemann‹ auf ein Blatt Papier schreibe. Die Reaktion auf das Wort ›Ehefrau‹ ist noch schlimmer.« Dieses Zitat würde sie keinem ihrer Kinder vorlesen. Warum schmerzten sie diese Zeilen so?

Wir können mit den ersten Fotos in einem abgegriffenen Hochzeitsalbum beginnen. Da standen sie, mit dem Rücken zum Altar, mit einem unsicheren Lächeln auf den Lippen der mit Verwandten und Freunden gefüllten Kirche zugewandt. Die Braut trug an jenem Tag keine Brille. Deshalb erlebte sie alles wie bei Kerzenschimmer in der Annahme, dass die Weihnachtssterne auf den Bänken und die Gesichter ihr freundlich gesonnen waren.

Sie gingen durch den Gang entlang zurück zum Eingang der Kirche und standen dort, als die in der Kirche Versammelten gratulierend an ihnen vorbeizogen. Kollegen und alte Schulfreunde taten mit fröhlichen Aussprüchen ihre gute Absicht kund und scherzten auf unbeholfene Art. Einige der Verwandten waren jedoch mit dem Gang der Dinge nicht zufrieden. Die eine Mutter war schon von der Bildfläche entfernt worden und saß weinend in einem Wagen. Die andere stand da und war von Gleichgesinnten umringt, die ihr Mitgefühl ausdrückten. Beide dieser guten Frauen hätten versichert, dass sie nur das Beste für ihre Kinder wollten, dass sie dafür gearbeitet und sich dafür abgerackert hatten; aber »das Beste« definierten sie in jenen lange zurückliegenden, harten Zeiten auf ihre eigene Weise – es bedeutete, daheim bei der Familie zu bleiben und zu ihrem Lebensunterhalt beizutragen, und nicht, fortzugehen und zu heiraten.

Als Letztes näherte sich dem Paar eine kleine, stämmige Frau, die lachte, als sie die Hand der Braut in die ihre nahm und das Paar bei ihrer Gratulation mit »Ehefrau« und »Ehemann« ansprach. »Ich bin Tante Esther Gubbins«, erklärte sie. »Ich bin hier, um euch zu sagen, dass ihr ein gutes Leben leben und glücklich sein werdet. Ihr werdet hart arbeiten und einander lieben.« Sie sprach die Worte langsam und sorgfältig aus und schaute dabei jeden der beiden nacheinander an. Dann war sie für eine solch beleibte, ältere Dame sehr schnell verschwunden.

Auch sie fuhren bald in einem geliehenen Buick, Baujahr 1938, ab. Mit dem Geld, das der Ehemann von seinem Bruder geliehen hatte, konnten sie es sich leisten, ein paar Tage im naturnahen Parkhotel zu logieren. Als sie dort am nächsten Abend vor einem großen Eichenholzfeuer saßen, ließen sie die Ereignisse ihres Hochzeitstages noch einmal Revue passieren, angefangen damit, dass das für ihn ausgeliehene Hemd noch geändert und er in einen zu engen Morgenmantel gezwängt werden musste. Sie riefen sich die guten Wünsche ihrer Freunde, die schlecht überspielten Sorgen ihrer Mütter und schließlich auch die seltsame Botschaft ins Gedächtnis, die ihnen eine Frau, die sich als »Tante Esther Gubbins« vorstellte, überbracht hatte.

»Wer ist Tante Esther?«, wollte die Ehefrau wissen. »Ist sie die Schwester deiner Mutter oder deines Vaters?«

»Ist sie nicht deine Tante?«, fragte der Ehemann. »Ich habe sie bisher noch nie gesehen.«

Sie wunderten sich. Vielleicht war sie zur falschen Kirche oder zur falschen Zeit gekommen und hatte sie für ein anderes Paar gehalten? Oder war sie einfach eine alte Dame, die es liebte, auf Hochzeiten zu weinen und nach Terminen in Kirchenblättern Ausschau zu halten?

Im Lauf der Zeit und mit steigender Anzahl der Enkelkinder, die heute als übertrieben gelten würde, wurden ihre Mütter versöhnlicher miteinander und mochten sich schließlich. Die eine nähte aus den Seersucker-Stoffresten ihres dicken Hauskleides jede Menge Kleider für die Kinder, die sie beim Spielen tragen konnten. Die andere häkelte und strickte Mützen, Handschuhe, Pullover und Schals. Die Väter hatten sich schon immer gemocht. Sie redeten über Politik und erzählten einander Geschichten, wie sie als Immigranten in dieser feindseligen Stadt aufwuchsen. Das Leben der Ehepartner war nicht besonders auffällig. Der Ehemann konnte als schweigsam bezeichnet werden, unscheinbar. Die Ehefrau schien überschwänglicher zu sein, man könnte sagen, sie ging mehr aus sich heraus. Seltsamerweise fragte in jenen Zeiten der hochgradigen Spezialisierung im Beruf anscheinend keiner der beiden »Wessen Aufgabe ist das?« oder rief aus »Das ist nicht meine Aufgabe!«. Beide handelten so, wie Zeit und Gelegenheit es erlaubten, um das Notwendige zu erledigen: das Durchführen von Recherchen für einen Kurs, den einer von beiden machte, oder für die Rede, die er halten musste; das Durchsuchen der Hausapotheke nach Ohrentropfen, um mitten in der Nacht ein weinendes Kind zur Ruhe zu bringen; das Herauswühlen einer weiteren Waschmaschinenladung weißer Wäsche zuunterst aus dem riesigen Haufen schmutziger Wäsche im Wäschekorb.

Wenn er nach einem harten Arbeitstag heimkam, stand er oft in der Tür und rief: »Meine Frau, ich bin zu Hause!« Und sie unterdrückte den Impuls, eine Reihe wohl begründeter Klagen zu äußern, und rief aus irgendeiner Ecke des Hauses: »Das freut mich, mein Mann!«

Ihre Kinder waren eine Quelle großer Freude für sie. Durchschnittlich? Nicht für ihre Eltern, die sie liebten. Verschwenderisch? Nur wenn man daran glaubt, dass Liebe vorsichtig dosiert werden sollte und Kinder verdorben werden, wenn sie zu viel davon erhalten.

Die alte Diskussion um Tante Esther Gubbins wurde immer wieder einmal, meistens zurzeit ihrer Geburtstage, ausgegraben, eine Diskussion, die den Unterschied zwischen praktisch und phantastisch, Pragmatik und Romantik widerspiegelte. Er bestand hartnäckig darauf, dass diese Gubbins nur zufällig zu ihrer Hochzeit gekommen war. Sie war jedoch überzeugt davon, dass Tante Esther nicht nur anwesend war, um der Kälte zu entfliehen und auf einer Hochzeit ein paar Tränen zu vergießen – obwohl sie niemand kannte, der nach ihr befragt worden war, und sie auch in dieser engmaschigen Kirchengemeinde nicht geortet worden war. Ihre Anwesenheit war Teil einer Mission. Die Kinder ergriffen enthusiastisch Partei: Die Welt war gegen Phantasien vereint.

Nun ist er fort, und sie ist allein. Die Ehefrau denkt an ihr Leben zurück und fragt sich, was sie als Erstes in Sicherheit bringen würde, falls das Haus in Flammen aufginge, wenn wieder einmal ein Teekessel oder eine Pfanne auf einer vergessenen Herdplatte anfängt zu glühen, während sie an andere Dinge denkt. Die Kamee ihrer Mutter, Fotos von ihrem Ehemann, umringt von den Enkelkindern, den Tresorschlüssel oder 47 Dollar, die in einer alten Zuckerdose versteckt sind.

Nichts von alledem. Sie würde die Rückseite eines zerfransten, vergilbten Briefumschlags retten, den sie seit langer Zeit aufhebt. Sie, eine Frau, die oft nicht weiß, wo verschiedene Dinge sind, und eine Menge Zeit damit verbringt, sie zu suchen, weiß genau, wo dieser Gegenstand zu finden ist: unter einem Stapel Madeira-Servietten, die bei festlichen Anlässen hervorgeholt werden. Der Ehemann war eines Abends eingeschlafen, er war über einem Krimi, den er gerade las, eingenickt. Sie schrieb ihm eine Nachricht auf die Rückseite eines Briefumschlages und legte ihn auf sein Buch. »Mein lieber Ehemann, ich bin hinüber zu Mrs. Norton gegangen, um ihr bei der Abrechnung für die Rückerstattung ihrer Ausgaben für Medikamente zu helfen.«

Am nächsten Morgen sah sie, dass er unter die Nachricht an ihn geschrieben hatte: »Meine liebe Ehefrau, ich habe dich vermisst. Du dachtest, ich schliefe, aber ich habe meinen Augen nur eine kleine Ruhepause gegönnt und über die Frau nachgedacht, die vor langer Zeit in der Kirche zu uns gesprochen hat. Es schien mir immer so, als hätte sie für einen himmlischen Botschafter die falsche Gestalt. Doch wie dem auch sei, es ist an der Zeit, sich nicht länger darüber den Kopf zu zerbrechen, ob sie vom Himmel fiel oder zu der angrenzenden Gemeinde gehörte. Es zählt nur eins: Wer immer sie auch war, Tante Esther Gubbins hatte Recht.«

Katherine Byrne

Unausgesprochene Liebe

Nachdem ich gerade von einem vier Tage langen Aufenthalt im Krankenhaus nach Hause zurückgekehrt bin, erachte ich es als unaufschiebbares Bedürfnis, umgehend meine Haare zu waschen. Das ist wirklich nicht unbedingt nötig, doch ein warmes, dampfendes Badezimmer scheint mir der perfekte Ort zu sein, an dem ich mich vor der Furcht verstecken kann, die mein Herz erfasst hat.

Ich habe den unausweichlichen Moment die ganze Zeit durch das Auskleiden hinausgezögert, und ich habe ihn durch das Sinken in ein schönes, warmes Bad hinausgezögert. Doch ich kann ihn nicht länger hinauszögern. Deshalb erlaube ich es meinem Blick, langsam und vorsichtig an mir hinunterzugleiten. Bis zu der leeren Stelle, an der früher meine linke Brust saß.

Die Stelle ist grün und gelb angelaufen und mit schwarzen Stichen überzogen, an denen getrocknetes Blut klebt. Es ist so eine Erniedrigung, so abgrundtief hässlich.

Sofort konstruiere ich abstruse Pläne, wie ich meinen Ehemann Jim davon abhalten kann, mich jemals wieder nackt zu Gesicht zu bekommen. Gegenseitige Leidenschaft ist so ein starkes Band zwischen uns gewesen. Doch nun scheint all das vorbei zu sein. Wie kann ich ihn jemals mit einer deformierten, verstümmelten Figur reizen? Ich bin erst 43 Jahre alt, und ich schäme mich so sehr für meinen Körper, für diesen Verrat. Ich lehne mich in der Badewanne zurück, Wogen der Traurigkeit umspülen mich.

Die Badezimmertür fliegt auf, und Jim spaziert direkt durch meine Wolke aus Selbstmitleid. Ohne ein Wort zu sagen, beugt er sich vor, um sanft meine beiden Augenlider zu küssen. Er weiß, dass ich diese Variante unseres privaten »Ich-liebe-dich«-Rituals am meisten schätze. Immer noch schweigend und ohne zu zögern, beugt er sich weiter hinunter. Ich reiße mich zusammen, um nicht die kaum verborgene Abscheu offen zu zeigen.

Jim schaut direkt auf meine Wunde und küsst liebevoll die Stelle mit den stacheligen Nähten. Einmal. Dann ein zweites Mal. Dreimal. Er steht auf und lächelt liebevoll. Dann wirft er mir einen besonderen Kuss durch die Luft zu, meine zweitliebste Variante unseres Rituals, und schließt leise die Tür hinter sich.

Warme, dankbare Tränen strömen mir über die Wangen und fallen weich ins Badewasser. Die Wunde an meiner Brust ist noch dort, aber die Wunde in meinem Herzen ist verschwunden.

Margie Parker

Unzertrennlich

Für die Liebe sind Stunden Monate
und Tage Jahre; und jede kurze
Abwesenheit ist ein ganzes Zeitalter.

John Dryden

Am Ende, als alle Statistiken über ihre Liebesbeziehung ausgewertet waren, kam dieses erstaunliche Detail zum Vorschein: Paul und Linda McCartney verbrachten fast jede Nacht zusammen.

In 30 Jahren waren sie nur einen Tag voneinander getrennt. Wie dem auch sei, Tatsache ist, dass Linda mit den Beatles und Pauls anderen Gruppen mitreiste und er sie auf ihren Werbetouren für ihre Foto- und Kochbücher begleitete.

Zu Hause oder unterwegs schliefen sie unter demselben Dach, vermischten Atem, Schweiß und Erinnerung.

Ein paar Tage bevor ich vom Tod Linda McCartneys hörte, saß ich in einer seltsamen Stadt und aß mit zwei Dutzend anderer Journalisten zu Abend.

Die meisten von uns waren allein zu der Konferenz geflogen und hatten ihre Familie zu Hause gelassen.

Beim Abendessen lief meistens Smalltalk ab, wie Fremde sich

eben bestenfalls unterhalten. Ich fühlte mich künstlich, wie auf der Bühne, überhaupt nicht ich selbst.

Doch der Mann neben mir schien wirklich zu sein. Als wir uns unterhielten, schaute er häufig zu seiner Frau hinüber, die an einem Tisch gegenüber, etwas den Gang hinunter saß und in ihre eigene Unterhaltung vertieft war.

In seiner Jugend, so erzählte er mir, reiste er abenteuerlustig durch die Welt und ließ auch Kriegs- und Naturkatastrophengebiete nicht aus. Zwei Ehen gingen in die Brüche. Er wurde sesshaft und heiratete noch einmal – das letzte Jahr verbrachte er dann in Südafrika.

Seine Frau konnte nur für kurze Besuche zu ihm kommen. Sie machte hier erfolgreich Karriere.

An der Schwelle der Sechziger angelangt, wollte er nun gerne wieder nach Südafrika, doch ein neues Gefühl halte ihn zurück. Er erzählte mir: »Ich will bei ihr sein. Ich möchte jede Nacht bei ihr sein«

Ich schluckte, nickte und sagte: »Das Leben ist kurz.«

Komisch: In jungen Jahren sagt man »Das Leben ist kurz«, um seine geografischen und emotionalen Exkursionen zu rechtfertigen. In älteren Jahren sagt man dasselbe, um mit dem Menschen, den man liebt, ungestört daheim bleiben zu können.

Diese Art von Beziehung scheint für manche Leute etwas Erstickendes an sich zu haben. Sie wollen Freiraum. Sie fürchten sich davor, in einer rigiden Zweisamkeit gefangen zu sein oder darin verloren zu gehen.

Früher fühlte ich mich in meiner Ehe so. Unsere Arbeit trennte uns oft voneinander. Er flog irgendwohin. Ich flog irgendwohin. Ich fühlte mich angeregt, und wenn es nicht einsam für mich war, schien es gesund zu sein. Wir drückten das sogar in einer treffenden Metapher aus: Wir reisten in verschiedenen Booten durchs Leben, die so oft wie möglich im gleichen Hafen festmachten.

Nun ersehnten wir nichts weiter, als unsere kleinen Dingis an derselben Boje festzumachen, um die Wellen jede Nacht gemeinsam friedlich an den Bug schlagen zu hören.

Unsere Freunde haben über eine ebensolche Meinungsänderung berichtet.

Was ist passiert?

Nun, du erkennst, dass es nie so schön ist, die Ereignisse des Tages am Telefon zu teilen, als den Tag zusammen zu verbringen. Seite an Seite erlebst du das Leben gleichzeitig. Du speicherst dieselben Dinge als Erinnerungen, deren Details jedes Mal wieder hervortreten, wenn du sie erzählst.

Im anderen Fall speicherst du verschiedene Erinnerungen. Egal, wie wichtig sie sind, für den anderen, der nicht dabei war, sind es nur Geschichten. Darüber hinaus bemerkst du, wenn du zurückblickst, dass du aus unbedeutenden Gründen zu viele Wochen und Monate an idiotischen Orten verbracht hast. Wenn du vorwärts blickst, brauchst du außerdem nicht mehr mit einem Auge darauf zu schielen, dass das Ende nahe ist und mit jedem Tag näher kommt.

Im mittleren Alter hast du manchmal das Gefühl, dass du nur noch Tage zu leben hast.

Als Kinder spielten meine Freunde und ich ein kleines Spiel, bei dem wir vorgaben, dass über uns eine Atombombe abgeworfen worden war. Wir hatten nur noch zehn Minuten zu leben. Was würden wir tun? Wohin würden wir gehen? Wessen Hand würden wir halten wollen, wenn das Ende nahte?

Paul und Linda McCartney haben sich das früh ausgemalt und hielten sich 30 Jahre lang dran. Ich nehme an, dass sie durch die Musik, das Lachen und die schönen Zeiten vergaßen, dass sie jemals loslassen müssten.

Susan Ager

4

Einander verstehen

Es gibt nichts, was du tun, erreichen oder kaufen kannst, das den Frieden, die Freude und das Glück überstrahlt, die du erlebst, wenn du eng mit dem Partner verbunden bist, den du liebst.

Drs. Evelyn und Paul Moschetta

Die Strichliste

Lieben heißt, unsere Freude
durch die Freude eines anderen
zu empfinden.

Gottfried Wilhelm van Lubreitz

Als der Film endete, setzte eine lebhafte Unterhaltung im Raum ein. Das warme Feuer, glitzernde Weihnachtsbeleuchtung und das Lachen der Familie zauberten ein zufriedenes Lächeln auf mein Gesicht. In dem Moment sagte Mutter »Wer will....«, und der Raum leerte sich schneller als die Tribüne bei einem Fußballspiel, das gerade verloren ist.

Todd, mein Freund, und ich waren die Einzigen, die übrig blieben. Mit einem verstörten Gesichtsausdruck fragte er mich, was gerade passiert sei. Ich sah das Lachen in den Augen meiner Mutter und sagte zu Todd. »Wir werden gleich mit dem Wagen meiner Mutter zum Tanken fahren.«

Er antwortete schnell: »Es friert draußen, und es ist fast 23.30 Uhr.«

Lächelnd sagte ich: »Dann zieh dir besser deinen Mantel und Handschuhe an.«

Nachdem wir eilig das Eis von der Windschutzscheibe gekratzt hatten, sprangen wir in den Wagen. Auf dem Weg zur Tankstelle bat Todd um eine Erklärung dafür, warum wir um alles in der Welt so spät in der Nacht für meine Mutter zum Tanken fuhren. Ruhig lächelnd sagte ich: »Wenn meine Geschwister und ich in den Ferien heimkommen, helfen wir meinem Vater dabei, für meine

Mutter den Wagen voll zu tanken. Es ist für uns alle zu einem Spiel geworden. Wir können schon voraussagen, wann Mutter fragen wird, und der Letzte, der im Zimmer ist, muss tanken fahren.«

»Das muss ein Scherz sein!«, antwortete Todd.

»Da gibt es kein Entkommen«, sagte ich.

Während das Benzin in den Tank lief, rieben wir unsere Hände und hüpften von einem Bein auf das andere, um uns warm zu halten.

»Ich verstehe das immer noch nicht. Warum fährt eure Mutter nicht selbst zum Tanken?«, fragte Todd.

Mit einem amüsierten Lachen in den Augen sagte ich: »Ich weiß, es hört sich verrückt an, aber lass es mich erklären. Meine Mutter hat seit über zwei Jahrzehnten nicht mehr selbst getankt. Mein Vater fährt immer für sie zum Tanken.« Leicht irritiert fragte Todd mich, ob es meinem Vater nie etwas ausgemacht habe, die ganze Zeit über seine Frau zum Tanken fahren zu müssen. Kopfschüttelnd sagte ich einfach: »Nein, er hat sich nie beklagt.«

»Verrückt«, entgegnete Todd prompt.

»Nein, eigentlich nicht«, erklärte ich ruhig. »Als ich im zweiten Jahr während der Ferien vom College nach Hause kam, dachte ich, dass ich über alles Bescheid wüsste. Ich war auf diesem Emanzipationstrip. An einem Abend packten meine Mutter und ich Geschenke ein, und ich erzählte ihr, dass mir mein Ehemann, wenn ich verheiratet wäre, beim Saubermachen, Wäschewaschen, beim Kochen und so weiter helfen müsste. Dann fragte ich sie, ob sie nicht manchmal die Nase voll davon hätte, Wäsche zu waschen und Geschirr zu spülen. Sie erzählte mir ruhig, dass es ihr nichts ausmachte. Das war für mich schwer zu begreifen. Ich hielt ihr einen Vortrag über das Leben in den Neunzigerjahren und über die Gleichheit der Geschlechter.

Mutter hörte mir ruhig zu. Nachdem wir dann die Schleifen beiseite gestellt hatten, schaute sie mir direkt in die Augen. ›Eines Tages wirst du das verstehen, meine Kleine.‹

Das irritierte mich nur noch mehr. Ich verstand überhaupt nichts. Also verlangte ich nach einer ausführlichen Erklärung. Mutter lachte und begann, mir zu erklären:

›In einer Ehe gibt es einige Dinge, die du gerne tust, und andere, die du nicht gerne tust. Also setzt ihr euch zusammen hin und überlegt, welche kleinen Dinge ihr bereitwillig für den anderen erledigt. Ihr teilt die Verantwortung. Mir macht es wirklich nichts aus, die Wäsche zu waschen. Stimmt, es kostet Zeit, aber es ist etwas, das ich für deinen Vater tue. Andererseits fahre ich nicht gerne zum Tanken. Der Geruch des Benzins stört mich. Ich mag auch nicht gern in der Kälte stehen. Also tankt dein Vater immer für mich. Er kauft ein, und ich koche. Er mäht den Rasen, und ich mache sauber. Ich könnte noch tausend Beispiele aufzählen. ›Siehst du‹, fuhr meine Mutter fort, ›in einer Ehe gibt es keine Strichliste. Du tust kleine Dinge für den anderen, um sein Leben einfacher zu machen. Wenn du es als eine Hilfe für den Menschen betrachtest, den du liebst, dann stört es dich nicht, wenn du Wäsche wäschst oder kochst oder irgendetwas anderes erledigst, weil du es aus Liebe tust.‹

Im Lauf der Jahre habe ich oft über die Worte meiner Mutter nachgedacht. Sie sieht die Ehe auf eine großartige Art. Ich mag es, wie meine Eltern aufeinander Acht geben. Und weißt du was? Wenn ich einmal verheiratet bin, dann möchte ich auch keine Strichliste führen.«

Todd war während der restlichen Heimfahrt ungewöhnlich ruhig. Nachdem er den Motor abgestellt hatte, wandte er sich mir zu und nahm mit einem liebevollen Lächeln und einem Zwinkern in den Augen meine Hände in die seinen.

»Wann immer du willst«, sagte er mit weicher Stimme, »werde ich für dich zum Tanken fahren.«

Marguerite Murer

Verbunden werden

Gott ist im Detail.
Ludwig Mies van der Rohe

Meine Frau Lisa und ich kämpften dafür, die kleine, wöchentlich erscheinende Zeitung herauszugeben, deren Produktion wir uns in Guthrie, Oklahoma, gewidmet hatten. Ich schrieb, und Lisa verkaufte Anzeigen. Viele Nächte lang arbeiteten wir bis Mitternacht, während der Rest der Stadt und unsere Kinder schliefen.

In einer solchen Nacht krochen wir ins Bett, nur um ein paar Stunden später wieder hinauszukriechen. Ich aß meine Cornflakes, trank ein großes Glas Wasser und fuhr dann Richtung Oklahoma City zum Drucker. Lisa machte unsere fünf Kinder fertig und schickte die drei älteren mit ihren Lunchpaketen in der Hand zur Schule. Ich war so müde, dass ich eigentlich gar nicht Auto fahren durfte. Lisa war so müde, dass sie eigentlich gar nichts tun dürfte..

»Es ist 21 Grad, und die Sonne scheint. Ein weiterer schöner Tag«, tönte der Discjockey fröhlich aus dem Autoradio. Ich achtete nicht auf ihn.

Doch das durch das Abbild eines großen Softdrinks hervorgerufene Bedürfnis konnte ich nicht ignorieren. Ich gestand mir ein, dass ich es nie bis in die Stadt schaffen würde und hielt nur ein paar Meilen von unserem Haus entfernt an dem Kiosk an der Bundesstraße.

In der Zwischenzeit übte Lisa in ihrem erschöpften Zustand eine uns nur allzu bekannte Kunstform aus: bei den Stadtwerken anrufen und erklären, warum wir mit der Zahlung der Rechnung im Rückstand waren. Gleichzeitig musste sie darum bitten, dass uns das heiße Wasser und die Klimaanlage nicht gleich abgestellt wurden. Sie suchte die Telefonnummer heraus und wählte.

Als ich aus dem Wagen stieg und den Kiosk betrat, hörte ich den öffentlichen Fernsprecher klingeln. Außer mir war weit und breit kein Mensch zu sehen, doch schaute ich mich weiter suchend um. »Telefon!«, rief ich wie zu Hause.

Es muss die falscheste der falschen Nummern sein, dachte ich. Dann hörte ich mich selbst sagen. »Warum nicht?« Ich ging hinüber zum Telefon und nahm den Hörer ab. »Hallo?«, sagte ich.

Stille. Dann ein Aufschrei.

»Thom! Was um alles in der Welt machst du bei den Stadtwerken?«

»Lisa? Was um alles in der Welt machst du in der Leitung eines öffentlichen Fernsprechers in einem Kiosk an der Bundesstraße?«

Wir tauschten die ganze Palette von »Unglaublich!« bis »Ist ja richtig unheimlich!« aus. Ich rechnete damit, dass gleich ein Fernsehmoderator um die Ecke kommen und »Verstehen Sie Spaß?« fragen würde.

Wir telefonierten weiter, und unsere erstaunten Ausrufe wechselten in eine Unterhaltung über. Eine richtig ruhige Unterhaltung, ohne Eile und Unterbrechungen, unsere erste seit langer Zeit. Wir sprachen sogar über die Stromrechnung. Ich sagte Lisa, sie solle etwas schlafen, und sie sagte mir, ich solle den Sicherheitsgurt benutzen und unterwegs nicht so viel Wasser trinken.

Ich wollte immer noch nicht auflegen. Wir hatten eine wunderbare Erfahrung zusammen gemacht. Obwohl die Telefonnummer der Stadtwerke und des öffentlichen Fernsprechers nur durch eine Ziffer voneinander abwichen, war meine Anwesenheit dort doch so unwahrscheinlich, dass wir nur annehmen konnten, dass Gott wusste, was wir beide mehr als alles andere an jenem Morgen brauchten: die Stimme des anderen. Er stellte eine Verbindung zwischen uns her.

Dieser Anruf war der Anfang einer feinen, sich nach und nach vollziehenden Wandlung innerhalb unserer Familie. Wir fragten uns beide, wie wir uns so sehr von unserer Arbeit bestimmen lassen konnten, dass wir unsere Kinder in der Obhut einer fremden Person ließen, die sie zu Bett brachte. Wie konnte ich Lisa und den Kindern am Frühstückstisch gegenübersitzen, ohne jemals »Guten Morgen« zu sagen?

Zwei Jahre später hatten wir die Arbeit, die unser Leben so sehr dominiert hatte, aufgegeben, und ich hatte eine neue Stelle bei einer Telefongesellschaft. Nun behaupte noch jemand, Gott habe keinen Sinn für Humor.

Thom Hunter

Vertauschte Rollen

Mary war mit einem Chauvinisten verheiratet. Sie arbeiteten beide ganztags, aber er tat nie irgendetwas im Haus und schon gar keine Hausarbeit. *Das*, erklärte er, sei Frauensache.

Doch eines Abends kam Mary von der Arbeit nach Hause und sah, dass die Kinder gebadet waren, eine Ladung Wäsche in der Waschmaschine und eine weitere im Trockner steckte, das Abendessen im Ofen stand und der Tisch schön gedeckt war und sogar Blumen nicht fehlten.

Sie war erstaunt, und sie wollte sofort wissen, was los war. Es stellte sich heraus, dass Charley, ihr Ehemann, einen Zeitungsartikel gelesen hatte, der darauf hinwies, das arbeitende Ehefrauen mehr Sinn für Romantik hätten, wenn sie nicht so müde von ihrer täglichen Hausarbeit wären, nicht zu vergessen, dass sie zusätzlich einen Vollzeitjob durchzustehen hatten.

Am nächsten Tag konnte sie es kaum erwarten, ihren Freunden im Büro darüber zu berichten.

»Wie ist es ausgegangen?«, fragten sie.

»Tja, es war ein super Abendessen«, sagte Mary. »Charley hat sogar abgespült, den Kindern bei ihren Hausaufgaben geholfen, die Wäsche zusammengenommen und sie in den Schrank gelegt.«

»Und danach?«, wollten ihre Freunde wissen.

»Die Rechnung ging nicht auf«, sagte Mary. »Charley war zu müde.«

The Best of Bits & Pieces

Unangenehm eng

Manchmal sind lustige Erinnerungen eine ganz besondere Art, sich einen geliebten Ehegatten ins Gedächtnis zu rufen. Sie helfen, den schmerzlichen Verlust etwas zu mildern. Bevor er verschied, gab mein Ehemann diese Geschichte unter unseren Freunden gern zum Besten. Nun bringt sie mich zum Lächeln, wenn ich sie erzähle.

Der Sohn unserer Nachbarn sollte 1971 in einer katholischen Kirche in einem Außenbezirk der Stadt getraut werden, und mein Mann und ich waren eingeladen. Wir eilten sofort in das örtliche Warenhaus, und ich kaufte ein schönes rosa Leinenkleid mit Jacke und all jenen schicken, farblich darauf abgestimmten Accessoires. Das Kleid war etwas eng, aber ich hatte bis zur Hochzeit am 30. Juni noch einen Monat Zeit und würde ein paar Pfunde abnehmen.

Der 29. Juni rückte näher, und ich hatte natürlich noch kein bisschen abgenommen, dafür aber ein ganzes Kilo zugenommen. Doch, so überlegte ich, ein schöner, neuer Hüfthalter würde die Situation retten. Also hielten wir auf unserem Weg stadtauswärts wieder bei dem Geschäft an. Ich lief hinein und sagte zu dem Verkäufer, dass ich einen Hüfthalter in Größe L suche.

Der Verkäufer holte die Schachtel mit dem gewünschten Hüfthalter, auf der Large stand, und fragte, ob ich ihn anprobieren wolle. »Nein, danke, ein großer wird passen. Ich brauche ihn nicht anzuprobieren.«

Der nächste Tag wurde sehr heiß, und ich kleidete mich erst eine knappe Stunde, bevor es Zeit zur Abfahrt war, für die Hochzeit an.

Ich öffnete die Schachtel mit dem Hüfthalter und fand einen neuen, mit Satin besetzten Hüfthalter für 49,95 Dollar in Größe S vor. Da es zum Kauf eines neuen Hüfthalters zu spät war, das Kleid aber ohne Hüfthalter nicht richtig saß, brach im Hotelzimmer zwischen mir und dem Hüfthalter ein Kampf aus. Haben Sie schon einmal versucht, 20 Pfund Tomaten in einen 5-Pfund-Sack zu schütten? Zu guter Letzt hielt mein Mann – der sich dabei fast totlachte – den Hüfthalter an beiden Seiten fest und zwängte mich dann hinein. Als ich erst einmal fest in meinem Hüfthalter saß, legte ich all die pinkfarbenen Accessoires an, die nicht ganz so gut zu meinem lila angelaufenen Gesicht passten, und war fertig zum Aufbruch.

Auf dem Weg zur Kirche fragte mein Mann mich ständig: »Bist du in Ordnung? Du siehst komisch aus!« Dann lachte er. Männer wissen es einfach nicht zu schätzen, was Frauen der Schönheit willen alles auf sich nehmen!

Als wir uns in der Kirche vorsichtig auf den alten Holzstühlen niederließen, fragte er, ob ich so weit klar käme. Er wurde langsam unruhig, weil ich in ungewohnter Weise atmete. Ich sagte ihm, es ginge mir gut. Da wir Baptisten aus dem Süden sind und die Trauungszeremonien bei uns nicht länger als 30 Minuten dauern, nahm ich an, das die Trauung nicht sehr lange Zeit in Anspruch nehmen würde.

In derselben Reihe wie wir saßen noch zwei zierliche, alte Damen, die sich uns höflich vorstellten. Die eine der beiden sagte im Anschluss daran: »Ist das nicht bezaubernd, heute wird eine Hohe Messe gelesen.«

»Ja, sehr bezaubernd«, sagte ich, wandte mich dann an meinen Mann und fragte: »Was ist eine Hohe Messe?« Er zuckte nur mit den Schultern.

Wie ich später erfuhr, handelte es sich dabei unseligerweise um eine besondere Lesung der Messe, die eine Stunde zweiundzwanzig Minuten und achteinhalb Sekunden dauerte. Der Prieser hat alles gesegnet, nur meinen Hüfthalter hat er vergessen!

Auf der anderen, linken Seite des Ganges weinte die Mutter der Braut, und auf unserer Seite weinte ich. Eine der zierlichen alten Damen stieß ihre Nachbarin mit dem Ellbogen an und sagte: »Schau doch, wie bewegt sie ist.«

Wenn die wüssten – in meinem ganzen Leben hatte ich mich noch nie so unbeweglich gefühlt! Meine Fußgelenke schwollen an, meine Knie waren blau und meine Oberschenkel taub. Mein Mann zog mich mit meinen pinkfarbenen Accessoires auf und versuchte, mich durch seine ständigen Fragen zu beruhigen.

Sobald der Priester die beiden zu Mann und Frau erklärt hatte und die Hochzeitsgesellschaft den Gang entlang zurück auf den Ausgang der Kirche zusteuerte, reihte ich mich rasch als fünfte »Brautjungfer« ein. Meinen Mann hatte ich mit seinen Fragen »Geht es dir gut?«, »Kann ich dir helfen?«, »Kannst du noch atmen?« im Schlepptau.

»Bring mich einfach nur hier heraus!«, keuchte ich.

Wir tänzelten hinüber zu unserem Wagen auf dem Parkplatz, und als wir endlich dort angekommen waren, öffnete er die vordere und die hintere Tür bis nahe zum nächsten Wagen. An Ort und Stelle, im Angesicht Gottes, der Menschheit und der Hochzeitsgesellschaft zwängte ich meinen blauen, gequetschten Körper aus diesem Hüfthalter heraus! Zu meinem Horror flog mir dieser dumme Hüfthalter gerade, als ich den Fuß hob, um meinen Körper ein für alle Mal aus dieser elastischen Folterkammer zu befreien, aus der Hand und landete direkt unter dem Wagen, der neben uns parkte. Mein Mann lachte so sehr, dass er sich nicht einmal vorbeugen konnte, um ihn darunter hervorzuholen, und mir ging es zu schlecht, als dass ich mich darum gekümmert hätte. Also fuhren wir einfach davon.

Im Lauf der Jahre haben wir uns häufig gefragt, was die Gemeindemitglieder dieser noblen Vorstadtkirche wohl am nächsten Morgen dachten, als sie einen überdehnten, 49,95 Dollar teuren Hüfthalter mit Satinbesatz in Größe S auf ihrem Parkplatz fanden.

Barbara D. Starkey

Die reichste Frau der Welt

Ich habe gerade vier Tage mit einer Freundin von mir verbracht, die mit einem sehr reichen Mann verheiratet ist. Er schenkte ihr einen 35 000 Dollar teuren Rubinring zur Verlobung. Er schenkte ihr ein 25 000 Dollar teures Smaragdhalsband zum Muttertag. Er stellte ihr 250 000 Dollar für die Neudekoration ihres riesigen Hauses zur Verfügung, das auf einem 20 000 Quadratmeter großen Grundstück stand. Ihr Bad hat einen Bauwert von 120 000 Dollar. Sogar ihr Hund frisst von einem versilberten Teller, in den sein Name eingraviert ist.

Ihr Mann war mit ihr in der ganzen Welt – in Tahiti zum Sonnenbaden, in Paris zum Einkaufen, in London im Theater, in Australien auf Abenteuerreise. Es gibt keinen Ort, an den sie nicht reisen kann, nichts, das sie nicht kaufen kann, und nichts, das sie nicht haben kann – außer einer Sache: Er liebt sie nicht auf die Art und Weise, nach der sie sich sehnt.

Meine Freundin und ich, wir saßen gestern spät in der Nacht in ihrem Arbeitszimmer und redeten, wie nur Frauen zusammen reden können, die sich schon seit ihrer Kindheit kennen. Wir sprachen über unsere Körper, die sich mit jedem Jahr veränderten, über ihren runden Bauch, in dem das neue Leben wuchs, das sie in sich trug. Wir sprachen darüber, woran wir bisher geglaubt hatten, und über unsere Suche nach neuem Sinn. Wir sprachen natürlich auch über unsere Männer – über ihren reichen, erfolgreichen Financier und über meinen hart ums Überleben kämpfenden Künstler.

»Bist du glücklich?«, fragte ich sie. Sie saß für einen Augenblick ruhig da und spielte mit ihrem dreikarätigen diamantenen Hochzeitsring, den sie trug. Dann begann sie langsam, fast flüsternd, zu erklären, dass sie all ihren Reichtum schätzte, ihn aber für eine gewisse Qualität der Liebe, die sie bei ihrem Ehemann nicht fühlte, sofort eintauschen würde. Sie liebe ihn mehr auf intellektuelle Weise, als dass sie ihre Liebe für ihn *fühlte*. Viele seiner Werte im Leben stellten für sie nichts dar, und das ließ ihr sexuelles Interesse an ihm erlöschen. Obwohl er ihr treu ergeben war und auf sie Acht gab, vermittelte er ihr nicht das Gefühl, von Augenblick zu Augenblick geliebt zu werden – die Zuneigung, die Zärtlichkeit, die Sprache der Liebenden, das Zuhören, die Sensibilität, die Fürsorge, den Respekt, die Bereitschaft, seinerseits ihre Beziehung jeden Tag mit ihr neu zu gestalten.

Während ich meiner Freundin zuhörte, erkannte ich mehr denn je zuvor, dass die Liebe meines wirklichen Gefährten mich glücklicher machte als aller materielle Reichtum, den ein Mann mir je geben könnte. Es war nicht das erste Mal, dass ich aus tiefstem Herzen so empfand, doch war es wieder einmal eine Erinnerung an das große Glück, das mir beschieden war.

Ich dachte an die Schublade voller Karten und kleiner Liebesbeweise, die er mir geschrieben hatte, wobei die letzten drei fröhlich-witzigen Exemplare davon noch in meinem Portemonnaie steckten. Ich dachte daran, wie er mich anfasste, wie er beschützend meine Hand nahm, wenn wir die Straße überquerten, wie er über mein Haar strich, wenn ich meinen Kopf in seinen Schoß gelegt hatte, wie er mich packte und mir in den Nacken biss, wie er mein Gesicht mit Küssen übersäte, wenn ich seine Scharaden erraten hatte. Ich dachte an die Abenteuer, die wir im Geist zusammen erlebten, daran, wie wir Ideen und Konzepte entdeckten, wie wir unsere Vergangenheit sahen, wie wir einen Blick auf unsere Zukunft warfen. Ich dachte an unser Vertrauen, an unseren Respekt und an unseren Hunger nach dem Leben und unseren Hunger danach, etwas Neues zu lernen.

In dem Moment sah ich, dass meine Freundin mich und meine Beziehung beneidete. Sie, die in ihrem luxuriösen, prachtvollen Heim voller Juwelen saß, beneidete unsere Lebendigkeit, unsere Verspieltheit, unsere Leidenschaft und unsere Verbundenheit – ja, unsere Verbundenheit.

Denn in dem Moment sah ich, dass es unsere Verbundenheit war, die stärker als alles andere zwischen uns war. Die enge Verbundenheit, einander vollkommen zu lieben, so innig und so lange, wie wir können.

Es ist keine Verbundenheit, zu der wir uns vor anderen verpflichteten oder zu der wir uns voreinander vielleicht sogar mit Worten bekannten.

Sie wird nicht durch einen Diamanten oder auch nur durch ein einfaches Goldkettchen symbolisiert.

Sie wird nicht durch die Zeit oder sogar den Raum, in dem wir getrennt oder zusammen leben, definiert.

Es ist eher eine lebendige Verbundenheit, die jedes Mal, wenn wir einander in purer Freude begegnen, jedes Mal, wenn wir einander die Wahrheit sagen, jedes Mal, wenn einer von uns da ist, um den anderen zu unterstützen oder zu beruhigen, die jedes Mal, wenn wir neue, unverhüllte Eindrücke oder Gefühle teilen, wieder bestätigt wird.

Es ist eine Verbundenheit, die sich immer wieder auf jeder neuen Vertrauensebene, auf jeder neuen Ebene der Verletzlichkeit und in jeder neuen Tiefe der Liebe zeigt.

Es ist eine Verbundenheit, die wir immer wieder neu entdecken, so wie wir jeden Tag wieder neu entdecken, wer wir sind und wie viel Liebe unser Herz zu geben vermag.

Es ist eine Verbundenheit, die eine wahre Ehe des Geistes ist – ihre rituelle Vereinigung findet in jedem einzelnen Augenblick statt, den wir einander lieben, ihre Geburtsstunde ist jede einzelne Stunde des Tages, an dem die Liebe wächst.

Als ich heute nach Hause kam, wartete ein über eine hohe

Summe ausgestellter Scheck auf mich, Geld, das ich nicht erwartet hatte. Angesichts der Bedeutungslosigkeit all dieser aneinander gereihten Ziffern lachte ich.

Denn letzte Nacht, nach dem Gespräch mit meiner Freundin, habe ich den Unterschied zwischen »Geld haben« und »wirklich reich sein« erkannt, und ich wusste, dass ich schon die reichste Frau der Welt war.

Barbara De Angelis

Der Krieg um Mayonnaise

Als frisch getaufter Christ prahlte ich gewöhnlich damit, dass die Scheidungsrate der Ehen von praktizierenden Christen nur bei 1:1000 lag.

Dieses Argument hat leider seit langem seine Gültigkeit verloren.

Als Buchhändler und Rezensent stellte ich in der Tat fest, dass immer mehr Bücher zum Thema Eheproblem in der christlichen Literatur auftauchen. Wie dem auch sei, das feierliche Versprechen lautet jedenfalls »in guten wie in schlechten Tagen«, und wenn ich auf meine eigene Ehe zurückblicke, dann sehe ich, wie viele Fallgruben aus falschen Erwartungen entstehen.

Meine Frau dachte, sie hätte Ward Cleaver, den perfekten Familienvater der Fünfzigerjahre aus der damaligen Serie *Leave it to Beaver*, geheiratet, und ich nahm an, dass jede frisch gebackene Ehefrau einer Werbung aus *Good Housekeeping,* einem Magazin für Frau und Haushalt, entsprang, mit einem Gütesiegel auf der Stirn, einer Flasche Möbelpolitur in der einen und einem Kochlöffel in der anderen Hand.

Doch – welch eine Überraschung – wir hatten beide Unrecht. Ich machte diese Entdeckung am ersten Abend, als ich den Kühlschrank öffnete und mir ein Brot schmieren wollte. »Schatz … wo ist die Best-Foods-Mayonnaise?«

Stille. Dann: »Liebling… ich nehme keine Best-Foods-Mayonnaise, sondern Miracle Whip von Kraft.«

Wieder Stille.

Während der nächsten Tage stellten wir fest, dass sie Colgate benutzte, wohingegen ich mir mit allem, was gerade im Sonderangebot war, die Zähne putzte. Ich mochte grüne Oliven, sie verabscheute sie und aß nur schwarze. Wenn ich zitternd die Heizung aufdrehte und den Regler der Heizdecke etwas höher stellte, drehte sie beides sofort wieder herunter. Seit ihrer Kindheit daran gewöhnt, wollte sie sonntagnachmittags gerne ausfahren – worauf ich entgegnete: »Okay, das waren aber auch Zeiten, als das Benzin nur 12 Cent pro Liter kostete. Lass uns stattdessen lieber einen alten Film anschauen.«

Die schlimmste von allen Entdeckungen war, dass sie, eine Frühaufsteherin, wie ein Stück Toast aus dem Bett hüpfte, während ich aufwachte und das Gefühl hatte, als sei mein Pyjama an der Matratze festgenagelt. »Wenn Gott gewollt hätte, dass der Mensch den Sonnenaufgang genießt«, erklärte ich, »dann hätte er ihn auf eine spätere Tageszeit gelegt.«

An dem Abend, als wir feststellten, dass wir beide Nivea-Seife benutzten, feierten wir.

Ich glaube, wir entdeckten, dass keine Abweichung zu gering war, als dass sie nicht zu einem größeren Problem werden könnte, und dass zwei Monologe keinem Dialog entsprachen. Doch vor allem sahen wir, dass wir nicht länger zu einem getrennten Universum gehörten wie zu der Zeit, als wir Singles waren. Unsere Aufgabe bestand nur darin, zu einem neuen Universum zu verschmelzen, zu einem Universum, das wir zusammen bewohnen konnten.

Nach all diesen Jahren bin ich immer noch ein Nachtmensch, und meine Frau liebt noch immer die Morgenstunden. Was Ward Cleaver betrifft, so muss sie den Tatsachen einfach ins Gesicht sehen. Ich werde wahrscheinlich immer eher dazu neigen, die

Rolle von Beaver, dem Sohn, einzunehmen. Was sie betrifft, so bin ich der Ansicht, dass sie möglicherweise eher den Seiten des *National Enquirer*, einem Sensationsblatt, als *Good Housekeeping* entspringt.

Doch wir lieben uns – und infolgedessen mag sie mittlerweile Hafergrütze zum Frühstück (oder zu jedem anderen Zeitpunkt), während ich letztendlich verstehe, dass der Müll nicht allein hinauswandert.

Für unsere Heizdecke haben wir heute separate Wärmeregler, und wenn ich friere, ziehe ich einen Pullover an. Im Kühlschrank stehen Seite an Seite wie ein paar zufriedene Turteltauben je ein Glas Best-Foods-Mayonnaise und Miracle Whip von Kraft.

Nick Harrison

Hinter jedem bedeutenden Mann steht eine bedeutende Frau

Als Thomas Wheeler, Geschäftsführer der Massachusetts Lebensversicherungsgesellschaft mit dem Grundsatz der Gegenseitigkeit, und seine Ehefrau die Autobahn entlangfuhren, bemerkte er, dass sie wenig Benzin im Tank hatten. Wheeler nahm die nächste Abfahrt, und es dauerte nicht lange, bis er eine heruntergewirtschaftete Tankstelle fand, die nur eine einzige Zapfsäule besaß. Er bat den Tankwart, der allein arbeitete, den Tank zu füllen und das Öl zu kontrollieren, und vertrat sich dann auf dem Gelände ein wenig die Beine.

Als er zum Wagen zurückkehrte, sah er, dass der Tankwart und seine Ehefrau sich lebhaft unterhielten. Die Unterhaltung brach ab, als er dem Tankwart die Rechnung zahlte. Als er in den Wagen stieg, sah er den Tankwart winken und hörte ihn sagen: »Es hat mich gefreut, mit dir zu sprechen.«

Beim Wegfahren fragte Wheeler seine Frau, ob sie den Mann kenne. Sie räumte ein, dass dem so sei. Sie waren zusammen zur High-School gegangen und waren ungefähr ein Jahr lang regelmäßig zusammen ausgegangen.

»Mann o Mann, hattest du ein Glück, dass ich dann daherkam«, prahlte Wheeler stolz. »Wenn du ihn geheiratet hättest, wärest du jetzt die Frau eines Tankwarts und nicht die eines Geschäftsführers.«

»Mein Lieber«, antwortete seine Frau, »wenn ich ihn geheiratet hätte, wäre er jetzt Geschäftsführer, und du wärest der Tankwart.«

The Best of Bits & Pieces

5

Hindernisse überwinden

Solange dein Herz keinen Schmerz erfahren hat,
ist es nicht lebendig.
... Der Schmerz der Liebe lässt das Herz aufbrechen,
auch wenn es so hart wie Stein ist.

Hazrat Inayat Khan

Wo die Liebe hinfällt

> Erst wenn wir wirklich erkennen, dass uns auf dieser Erde nur eine begrenzte Zeit zur Verfügung steht – und dass wir nicht in Erfahrung bringen können, wann diese Zeit abgelaufen ist –, dann werden wir beginnen, jeden Tag ganz zu leben, so als sei es der letzte, den wir haben.
>
> *Elisabeth Kübler-Ross*

Niemand weiß, wo die Liebe hinfällt. Manchmal saust ihr Pfeil in den ungewöhnlichsten Ecken der Welt durch die Luft. Als er in einer Rehabilitationsklinik in einem Vorort von Los Angeles landete – einer Klinik, in der die meisten Patienten sich nicht aus eigener Kraft bewegen können –, gab es nichts, das den Stab der Mitarbeiter mehr verwunderte.

Als die Angestellten der Klinik die Neuigkeit erfuhren, brachen einige Krankenschwestern in Tränen aus. Der Verwalter bekam anfangs einen Schock, doch fortan betrachtete Harry MacNarama diesen Tag als einen der bedeutendsten Tage seines ganzen Lebens.

Die Frage, die sich nun stellte, lautete: Wie sollten sie das Brautkleid nähen? Er wusste, dass seine Angestellten einen Weg finden würden, und wenn eine der Krankenschwestern sich freiwillig dazu bereit erklären würde, wäre Harry sehr erleichtert. Er wollte, dass dies der schönste Tag im Leben zweier seiner Patienten – Juana und Michael – würde.

Michael, der in seinem Rollstuhl festgeschnallt war und mittels eines Ventilators atmete, erschien eines Morgens an Harrys Bürotür. »Harry, ich möchte heiraten«, verkündete Michael.

»Heiraten?« Harrys Kinnlade klappte herunter. War das ernst zu nehmen? »Wen?«, fragte Harry.

»Juana«, sagte Michael. »Wir lieben uns.

Liebe. Liebe hatte ihren Weg durch die Tore der Klinik gefunden und hatte diese beiden Körper erreicht, die ihren Eigentümern die korrekte Funktionsweise verweigerten, sie war in ihre Herzen eingedrungen – ungeachtet der Tatsache, dass diese beiden Patienten nicht in der Lage waren, sich selbst zu ernähren oder anzukleiden, und dass sie allein um zu atmen Ventilatoren brauchten, ungeachtet der Tatsache, dass sie nie wieder allein laufen könnten. Michael litt an spinaler Muskelatrophie und Juana an multipler Sklerose.

Wie ernst dieser Heiratsgedanke war, wurde offenkundig, als Michael den Verlobungsring hervorholte und so sehr strahlte, wie er es jahrelang nicht mehr getan hatte. Das Klinikpersonal hatte in der Tat nie einen freundlicheren, süßeren Michael gesehen, der ehedem einer der wütendsten Männer war, mit denen Harrys Angestellte zu tun hatten.

Der Grund für Michaels Wut war verständlich. 25 Jahre lang hatte er in einem Krankenhaus gelebt, in dem seine Mutter ihn, als er neun Jahre alt war, untergebracht und ihn bis zu ihrem Tod mehrmals pro Woche besucht hatte. Er war immer eine kleine Nervensäge gewesen, der die Krankenschwestern, die sich um ihn kümmerten, regelmäßig verfluchte, doch letztendlich hatte er das Gefühl, im Krankenhaus eine Familie gefunden zu haben. Die Patienten waren seine Freunde.

Er verstand sich ebenfalls sehr gut mit der 70 Jahre alten Betty Vogle, einer freiwilligen Helferin, die sich dadurch, dass sie seine Wäsche erledigte und wann immer sie konnte für ihn da war, bei ihm eingeschmeichelt hatte – was keineswegs eine leichte Aufgabe war.

Es gab da sogar einmal ein Mädchen, das in einem quietschenden Rollstuhl durch die Gegend fuhr. Er war sich sicher, dass sie ein Auge auf ihn geworfen hatte. Doch sie war nicht lange in der Klinik geblieben, und nachdem er mehr als sein halbes Leben dort verbracht hatte, konnte Michael nun auch nicht länger bleiben.

Die Klinik wurde geschlossen, und Michael wurde in die Rehabilitationsklinik verlegt, weit weg von seinen Freunden und, noch schlimmer, weit entfernt von Betty.

Zu jener Zeit wurde Michael zum Einzelgänger. Er kam nicht mehr aus seinem Zimmer heraus. Er ließ die Verdunkelung unten. Seine Schwester, eine rothaarige Frau voller Leben, geriet immer mehr in Sorge. Auch Betty, die länger als zwei Stunden fuhr, um ihn zu sehen, machte sich Sorgen. Doch Michaels Lebensgeister waren so sehr gesunken, dass keiner an ihn herankam.

Eines Tages, als er im Bett lag, hörte er dann ein bekanntes Quietschen unten aus der Halle. Es hörte sich genauso an wie dieser alte, quietschende Rollstuhl, in dem dieses Mädchen, Juana, in dem Krankenhaus, wo er früher lebte, gefahren war.

Das Quietschen machte vor seiner Tür Halt, und Juana schaute herein und bat ihn, mit ihr hinauszukommen. Seit dem Augenblick, als er Juana wieder sah, war er wie verwandelt, sie schien ihm neues Leben einzuhauchen.

Er schaute wieder zu den Wolken und zum blauen Himmel empor. Er begann, an den verschiedenen Rehabilitationsprogrammen der Klinik teilzunehmen. Er unterhielt sich stundenlang mit Juana. Sein Zimmer war sonnig und hell. Schließlich fragte er Juana, die seit ihrem 24. Lebensjahr im Rollstuhl saß, ob sie ihn heiraten wolle.

Juana hatte bereits ein schweres Leben hinter sich. Sie wurde von der Schule genommen, bevor sie die dritte Klasse beendet hatte, weil sie oft ohnmächtig wurde und hinfiel. Ihre Mutter dachte, sie sei faul, und schlug sie. Juana lebte in der Angst, dass ihre Mutter sie nicht länger haben wollte, und putzte deshalb, wenn es ihr gut ging, wie eine kleine Hausmagd die ganze Wohnung.

Wie bei Michael wurde bei ihr, noch bevor sie 24 Jahre alt war, ein Luftröhrenschnitt gemacht, damit sie atmen konnte. Zu jener Zeit wurde bei ihr zum ersten Mal multiple Sklerose diagnostiziert. Als sie um die 30 war, kam sie in ein Krankenhaus, in dem sie Tag und Nacht medizinisch versorgt wurde.

Als Michael ihr dann seinen Heiratsantrag machte, dachte sie, sie könne den Schmerz nicht ertragen, wenn er sich nur über sie lustig machte. »Er sagte mir, er liebe mich, und ich hatte solche Angst«, sagte sie. »Ich dachte, er würde mit mir spielen, aber er sagte, es sei tatsächlich so. Er sagte mir, dass er mich liebt.«

Am Valentinstag trug Juana ein Hochzeitskleid aus weißem Satin, das mit Perlen bestickt und weit genug war, damit es um ihrem Rollstuhl und ihr Ventilationsgerät drapiert werden konnte. Juana wurde mit Harrys Hilfe in den vorderen Teil des Raumes geschoben, und Harry übergab die Braut stolz dem Ehemann, als es so weit war. Ganze Sturzbäche voller Tränen liefen ihr über das Gesicht.

Michael trug ein gestärktes weißes Hemd, ein schwarzes Jackett und eine Fliege, die eng über seinem Luftröhrenschnitt saß. Er strahlte vor Freude.

Krankenschwestern standen dicht gedrängt in den Gängen. Patienten füllten den Raum. Eine Unmenge von Krankenhausangestellten hatten sich in den Hallen versammelt. Schluchzer kamen aus jeder Ecke des Raumes. In der ganzen Geschichte der Klinik hatten noch nie zwei Menschen, die ihr Leben an den Rollstuhl gefesselt verbringen mussten, geheiratet.

Janet Yamaguchi, die Leiterin der Rehabilitationsprogramme, hatte die Planung in die Hand genommen. Die Angestellten hatten ihr eigenes Geld gespendet, um rote und weiße Luftballons, passende Blumen und einen Torbogengang zu kaufen, der mit Blättern bestreut wurde. Janet brachte den Küchenchef der Klinik dazu, eine dreistöckige Hochzeitstorte mit Zitronenfüllung zu backen. Ein Marketingberater engagierte einen Fotografen.

Janet sprach sich bei der Planung mit den Familienangehörigen ab. Die Organisation der Hochzeit dieses Paares war eine der Aufgaben in ihrem Leben gewesen, die sie am stärksten herausgefordert und am meisten zufrieden gestellt hatte.

Sie dachte an alles.

Der krönende Abschluss der Zeremonie, der Kuss, konnte nicht ausgeführt werden. Janet nahm ein weißes Seidenband und band damit die Rollstühle des Paares als Symbol für den romantischen Augenblick zusammen.

Nach der Trauungszeremonie schlüpfte die Predigerin schnell aus dem Raum und versuchte, ihre Tränen zurückzuhalten. »Ich habe schon tausende von Paaren getraut, doch diese Trauung ist bis jetzt die schönste gewesen«, sagte sie. »Diese Menschen haben die Grenze überschritten und wahre Liebe gezeigt.«

An jenem Abend rollten Michael und Juana zum ersten Mal zusammen in ihr eigenes Zimmer. Das Klinikpersonal überraschte sie mit einem Flitterwochen-Abendessen und hatte zwei Gläser prickelnden Cidre für einen Toast zu zweit für sie vorbereitet. Michael und Juana wussten, dass sie mit ihrer Liebe viele Menschen bewegt hatten. Ihnen war das größte von allen Geschenken zuteil geworden: Wer weiß, wo es das nächste Mal hinfällt – das Geschenk der Liebe.

Diana Chapmann

Derians Vermächtnis der Liebe

Sicherlich stirbt nichts, aber etwas trauert.

Lord Byron

Unserem Sohn Derian wurde in den ersten 25 Stunden seines Lebens gute Gesundheit attestiert. Doch kurz bevor wir das Krankenhaus verlassen wollten, wurde er ganz blau im Gesicht. Er musste sofort am Herzen operiert werden. Von dem Zeitpunkt an, als uns die Ernsthaftigkeit von Derians Erkrankung mitgeteilt wurde, entwickelte sich unser Leben in eine andere Richtung. Wir änderten uns, weil wir keine andere Wahl hatten.

Wir hielten unser hilfloses Neugeborenes im Arm und warteten darauf, dass der Chirurg kam, um seine Brust zu öffnen. Wir versanken in einem Meer aus Verwirrung, Terror, Verzweiflung und Angst. Wir hielten einander an den Händen, als wir unser Baby ein letztes Mal küssten. Unsere Küsse waren mit der Hoffnung durchtränkt, dass wir ihn nach der erfolgreichen Operation wieder herzen, küssen und in unsere Arme schließen könnten. Dann kam das Team, nahm ihn vorsichtig aus unseren Armen und versprach uns, sehr gut auf ihn Acht zu geben. Uns brach es das Herz, als wir mit anschauen mussten, wie Derian von diesen Fremden in blauen Kitteln fortgetragen wurde. Mit Tränen in den Augen klammerten wir uns fest aneinander.

In dem Augenblick änderte sich unsere Beziehung zueinander. Vorher hatte es nie einen Anlass gegeben, bei dem wir einander wirklich gebraucht hatten. Doch niemand konnte in derselben Weise für unser Kind fühlen wie wir, und niemand konnte dem Kampf so entgegensehen wie wir. Niemand konnte denselben Schmerz und dieselbe Angst fühlen wie wir. Wir waren dazu bestimmt, dieses Kind aufzuziehen. Wir wuchsen zu einer gemeinsamen Kraft zusammen, einem starken Bund, zu Derians Eltern. Trotzdem war es seltsam, dass wir – auch in einer Situation, in der uns kein anderer als der Tod über die Schultern schaute und unseren kleinen Sohn bedrohte – nie den erforderlichen Mut aufbrachten, um gemeinsam zu ein und demselben Gott für das Leben unseres Sohnes zu beten.

Derian war ein Kämpfer und überstand die Operation. Doch ein paar Tage später hatte er einen kompletten Herzstillstand, und eine Nacht bevor er das Krankenhaus verlassen sollte, musste er erneut operiert werden. Unsere ersten 36 Tage als Eltern verbrachten wir im Krankenhaus.

Das Leben wurde zu einer Achterbahnfahrt – schnell und, je weiter die Zeit voranschritt, wild und unkontrollierbar. Drei Monate nachdem wir Derian mit nach Hause nehmen konnten, stellte ich fest, dass ich erneut schwanger war. Ich hatte oft gehört, dass Gott dem Menschen keine größere Last auferlegt, als er tragen kann, doch zu jener Zeit wusste ich, dass die Last für mich zu groß war.

Ich konnte mir nicht vorstellen, dass Gott annahm, ich könne so bald mit einem weiteren Baby fertig werden. Kurz vor der Niederkunft unseres zweiten Sohnes musste Derian erneut am Herzen operiert werden. Er überstand die Operation auch dieses Mal und erholte sich danach wieder.

Unser Sohn Connor wurde im September geboren. Ich hatte eine Unterrichtspause eingelegt und wollte meine Arbeit im zweiten Trimester desselben Schuljahres fortsetzen. Einen Monat bevor ich den Unterricht wieder aufnehmen wollte, gingen wir mit Derian zu einer Kontrolluntersuchung zum Kardiologen. Er sagte, dass Derian im nächsten Monat noch einmal am Herzen operiert werden müsste. Seine Worte entsetzten uns, da uns vorher gesagt worden war, dass er nicht mehr operiert zu werden brauchte. Es wäre seine vierte Herzoperation in seinem 17 Monate alten Leben.

Diese Mitteilung traf uns völlig unvorbereitet. Finanziell hatten wir mit einem dreimonatigen Mutterschaftsurlaub gerechnet, doch nun würde ich einen weiteren Monat unbezahlt freinehmen müssen. Eine andere Möglichkeit gab es nicht. Wie könnten wir uns das finanziell leisten? Wie könnten wir für ein Neugeborenes und Derian gleichzeitig sorgen? Wie viele Operationen würde sein kleines Herz noch durchstehen? Immer wieder die grundsätzliche Frage, ob er es schaffen würde. Wir hatten Angst. Unsere Realität riss uns aus dem Hauptstrom des Lebens. Wir gingen vor lauter Verantwortung und Verzweiflung unter.

Es war Dezember, und Weihnachten kündigte sich an. Wir versuchten, an den Festlichkeiten teilzunehmen, doch das Wissen, dass Derian im Januar wieder operiert werden musste, nahm das Frohe an Weihnachten. Feiertage waren immer ein wichtiger Teil in unserem Leben gewesen, und Robb konnte Weihnachten nicht völlig ohne Berücksichtigung der Tradition verstreichen lassen. Als er nach Feierabend auf eine Weihnachtsfeier eingeladen wurde, ergriff er diese Gelegenheit zur Zerstreuung, wenn auch nur, um wieder einmal die »Normalität« zu erleben. Ich freute mich darüber, dass er hinging. Ich wünschte und gönnte ihm eine kleine Weile ohne Sorge.

Derian und Connor schliefen an diesem Abend relativ schnell ein, und ich war dabei, mich zum Schlafengehen fertig zu machen, als Robb heimkam. Er war ungewöhnlich blass, schaute verstört aus und zitterte. Fast ängstlich wartete ich darauf zu erfahren, was passiert war.

Er sagte mit tiefer, ernster Stimme: »Patsy, ich muss mit dir sprechen. Mir ist auf dem Heimweg etwas Seltsames passiert. Als ich im Wagen unterwegs war, habe ich mit Gott gesprochen.«

Ich hielt den Atem an. Robb und ich hatten noch nie zuvor miteinander über Gott gesprochen. Nun lag zwischen uns etwas sehr Stilles, Ehrfürchtiges in der Luft. Ich hörte gebannt zu, als er fortfuhr.

»Patsy, ich sagte zu Gott, dass er, wenn er jemanden aus unserer Familie zu sich nehmen müsse, mich nehmen solle und nicht Derian.« Die Augen meines Mannes wurden rot, und ich konnte sehen, wie Tränen über sein Gesicht liefen. Dann fühlte ich die schwere Hitze einer Hand auf meiner Schulter und hörte die weiche, ruhige Stimme eines Engels flüstern: ›Derian wird es schaffen, mach dir keine Sorgen.‹«

Ich war sprachlos über die Kraft dessen, was Robert mir erzählte. Für einen kurzen Augenblick lang starrte ich ihn nur an. Dann umarmten wir einander, und Frieden kam über uns.

Dies war der bedeutendste Augenblick in unserer Ehe. Die Bereitschaft, seine spirituelle Begegnung mit mir zu teilen, war die innigste Erfahrung, die ich jemals durchgemacht habe. Er erlaubte mir, in seine Seele einzutreten, und was für eine Seele er hatte! Die Tiefe seiner Liebe zu unserem Sohn berührte mich in grundlegender Weise. Ich habe ihn nie wieder mit den gleichen Augen gesehen.

Unser Sohn überstand die Operation. In jenem Jahr nach unserer schweren Prüfung durch das Schicksal erreichte meine Beziehung zu Robb eine neue Ebene der Nähe, eine neue Tiefe der Liebe. Unser gemeinsam geteilter Glaube hatte nicht nur größere emotionale, sondern auch größere spirituelle Nähe geschaffen. Er stärkte und verband uns und bereitete uns auf Zukünftiges vor. Wir glauben, dass Robbs Engel uns zu dieser höheren Ebene in unserer Ehe führte, weil wir in nur zu naher Zukunft einer neuen Realität ins Auge blicken mussten – Derians fünfter Operation.

Dieses Mal schaffte es unser Baby nicht. Es starb kurz nach der Operation.

So verheerend der Verlust dieses Kindes auch war, Robb und ich bleiben in unserer Beziehung vereint. Es war, als hätte Derian uns das Vermächtnis einer tieferen Liebe füreinander hinterlassen. Trotz des Schmerzes glauben wir beide immer noch an Gebete, Wunder und einen allmächtigen Gott und, vor allem, an die heilige Führung, die uns nun durch einen kleinen Engel namens Derian zuteil wird.

Patsy Keech

In seinem Herzen eingraviert

Es war direkt vor Weihnachten. Mein Mann Dan und ein Freund von ihm, Mike, waren zu einem nicht weit von unserem Zuhause in Südkalifornien gelegenen Canyon aufgebrochen, um nachzusehen, ob die vor einigen Monaten infolge eines Feuers zerstörte Vegetation wieder nachgewachsen war. Dan und Mike gehörten beide der kalifornischen Native Plant Society an, einer Gesellschaft zum Schutz der einheimischen Pflanzenwelt. Sie waren richtige »Pflanzenhunde«, immer auf der Suche nach neuen Pflanzen, die sie in den Canyons und den Bergen in der Umgebung fotografieren konnten.

An jenem Tag entschloss Dan sich nach Mikes Aufbruch zu einer »Forschungstour im Alleingang«, er wollte zum Laguna Canyon, einem etwas abgelegeneren Gebiet in einer Zone, die nicht häufig erforscht wurde. Er war einige Meilen in den Canyon hineingewandert, hatte ein paar Fotos geschossen und wollte sich wieder auf den Rückweg zu seinem Geländewagen machen, als er auf ein mit Wasser durchtränktes Stück Erde trat, das nachgab. Er rutschte 10 Meter tief einen steilen Abhang hinunter und schlitterte gegen mehrere Bäume, bevor er auf einem Felsvorsprung landete. Er wusste sofort, dass mit seinem linken Bein etwas Schreckliches passiert. Es lag »unmöglich abgewinkelt« über seinem anderen Bein.

Der Sturz überraschte und verwirrte Dan. Er brauchte eine Weile, bis er erkannte, dass seine Verletzung zu ernst war, um weiterzulaufen. Dann sah Dan sich in ernsten Schwierigkeiten. Die Nacht würde bald hereinbrechen, und keine Menschenseele wusste, wo er sich befand. Er musste auf einen Hauptpfad gelangen, sonst würde er wahrscheinlich an Ort und Stelle sterben, ohne dass ihn irgendjemand finden könnte. Er befestigte das gebrochene Bein an dem gesunden und stützte sein Gewicht auf seine Hände. Dann begann er, Zentimeter um Zentimeter durch den Canyon zu robben.

Dan kam nur langsam und unter großen Schmerzen voran, er legte oft eine Pause ein und rief um Hilfe. Als einzige Antwort erhielt er den unheimlichen Klang seiner eigenen Stimme, die von den Wänden des Canyons widerhallte. Als die Sonne unterging, fiel die Temperatur ab. In den Bergen war es in der Nacht kalt, und Dan wusste, dass er wahrscheinlich das Bewusstsein verlieren würde, wenn seine Pausen zu lang wurden. Es wurde immer schwieriger für ihn, aber Dan zwang sich, seinen schmerzenden Körper nach jeder Ruhepause wieder auf seinen geschundenen Händen weiterzuschleppen. Diese schreckliche Reise setzte er weitere zwölf Stunden lang fort.

Schließlich gingen ihm seine Kräfte aus, und seine Entschlossenheit ließ nach. Er war bis zum Äußersten erschöpft und konnte sich keinen Zentimeter weiter fortbewegen. Obwohl es hoffnungslos zu sein schien, nahm er alle seine Kraft zusammen und rief um Hilfe.

Er war erstaunt, als Antwort auf sein Rufen eine Stimme zu hören. Eine richtige Stimme, kein weiteres höhnisches, leeres Echo. Es war Dans Stiefsohn – mein Sohn Jeb. Er und ich waren dort draußen mit der Polizei und dem Rettungsdienst, die nach Dan suchten.

Als Dan nicht nach Hause kam, war ich beunruhigt und rief bei Mike an. Zuerst versuchte Mike selbst, Dan zu finden, er fuhr von einem Canyon zum anderen und hielt nach Dans Wagen Ausschau. Schließlich rief er die Polizei an und meldete Dan als vermisst.

Ich blieb bis zu dem Augenblick stark und ruhig, als Jeb sagte, er habe Dans Stimme gehört. Dann brach ich in Tränen aus; die Angst und die Sorge, die ich seit Stunden verdrängt hatte, kamen nun zum Vorschein. Die Rettungsmannschaft brauchte über zwei Stunden, um Daniel aus der Schlucht zu holen. Danach trugen die Rettungssanitäter ihn auf einer Bahre fort, und als ich ihn im Krankenhaus sehen durfte, liefen mir erneut die Tränen über das Gesicht. Der Gedanke, wie nahe daran ich gewesen war, diesen wundervollen Mann zu verlieren, öffnete alle Schleusen. Erst als ich Dans Arme um mich herum fühlte, hörte ich schließlich auf zu schluchzen.

Als ich im Krankenhaus neben seinem Bett saß, klammerte sich mein Blick an seinem Gesicht fest, einem Gesicht, von dem ich gefürchtet hatte, es nie wieder zu sehen, und Dan erzählte mir seine Geschichte. Unmittelbar nach seinem Abrutschen im Canyon, als ihm die Ernsthaftigkeit seiner misslichen Lage bewusst wurde, so erzählte Dan, dachte er an mich und daran, wie sehr ich ihm fehlen würde, wenn er es nicht schaffte zurückzukommen. Als er auf dem Boden eines rauen Felsens lag, tastete er so lange um sich herum, bis er einen geeigneten Stein fand. Mithilfe dieses scharfkantigen Steines gelang es ihm, eine Nachricht für mich in einen großen Stein, der neben ihm lag, zu ritzen. Wenn das Schlimmste passieren würde, dann hoffte er, dass ich am Ende den Stein sehen würde und wüsste, dass er mich in seinem Herzen festgehalten hatte und ich immer bei ihm gewesen war.

Ich fing wieder fürchterlich an zu weinen. Ich wusste, welche tiefe Liebe ich für meinen Mann empfand, doch auf die Tiefe seiner Liebe zu mir, darauf war ich nicht vorbereitet:

Tief in den bewaldeten Bergen des Laguna Canyons liegt ein großer Stein, in den auf einer Seite ein Herz geritzt ist, und in diesem Herzen stehen die Worte »Elizabeth, ich liebe dich.«

Elizabeth Songster

Neue Leinentuchschuhe

> Gesegnet ist der Einfluss einer wahren, liebenden menschlichen Seele auf eine andere.
>
> *George Eliot*

Ich hatte keine Vorstellung davon, wo wir hingingen oder was wir taten. Wir gingen einfach nur. Ich dachte an all den Missbrauch, den ich unter den Händen meines Ehemanns zu erleiden gehabt hatte. In jenen Jahren wurde ich geschlagen, mein Wille wurde gebrochen, es wurde auf mich geschossen, und ich wurde mit dem Messer gestochen und vergewaltigt. Ich brachte schließlich den nötigen Mut und die Kraft auf, um ihn zu verlassen. Ich nahm meine beiden Mädchen, Kodie und Kadie, mit. Wir lebten bereits die dritte Woche auf der Straße. Ich versuchte, einen Job zu bekommen, aber ich konnte mir keinen Kindergarten leisten. Ich wollte arbeiten, aber ich wusste nicht, was ich mit den Mädchen machen sollte. Sie waren mit vier und zwei Jahren immer noch kleine Kinder. Ich wusste weder aus noch ein.

Ich ging zu verschiedenen örtlichen Missionen, doch sie schickten uns weg. Ich hatte die Geburtsurkunden der Kinder nicht mitgenommen, als ich meinen Mann verlassen hatte. Auf keinen Fall würde ich wieder zurück zu diesem Haus gehen. Nie im Leben!

Ein Kentucky-Fried-Chicken-Schnellrestaurant am Ort schmiss Hähnchen weg, die zu häufig aufgewärmt worden waren. Ich sprach mit dem Geschäftsführer und fragte ihn, ob ich sie für meine Mädchen haben könne. Er sagte, ich müsse warten, bis er die Hähnchen in den Müll schmiss. Hunger kennt keinen Stolz. Eine Kassiererin hörte das Gespräch mit an, und sie sagte, sie würden für uns oben auf den Mülleimer gelegt werden. Ich dankte ihr. Für ein paar Tage aßen wir auf diese Weise.

Eines Tages, als ich mit den Mädchen unterwegs war, machte ich an einer Pizzeria Halt, um zu schauen, ob ich ein Glas Wasser für die Kleinen bekommen könnte. Da sah ich ihn – muskulös, gut aussehend und Italiener. Er war der schönste Mann, den meine Augen je erblickt hatten! Ich wusste, dass ich schrecklich aussah, doch trotzdem lächelte er uns freundlich an. Ich fragte ihn, ob wir etwas Wasser haben könnten, und er sagte, wir sollten uns setzen, während er es holte.

Er brachte das Wasser und redete darüber, wie schwer es sei, in dieser Stadt eine Familie aufzuziehen. Er verließ uns kurz, weil das Telefon klingelte, und als er zurückkam, brachte er eine Menge zu essen mit. Mehr Essen, als ich den ganzen Monat über gesehen hatte! Es war mir so peinlich. Ich sagte ihm, dass ich kein Geld hätte, um dafür zu zahlen. »Das geht auf Kosten des Hauses«, sagte er. »Obwohl nur so schöne Damen wie Sie so behandelt werden.« Ich dachte, der muss ja verrückt sein!

Wir saßen für eine Weile und unterhielten uns über dieses und jenes. Dann fing er an, Fragen zu stellen, die mich nervös machten. »Woher haben Sie all diese blauen Flecke im Gesicht? Warum haben Sie keinen Mantel an?« So in der Art. Ich antwortete so ruhig, wie ich konnte. Er hörte nachdenklich zu. Dann wickelte er das Essen ein und packte es in das Netz vorn an der Karre. Ich wusch die Kinder auf der Toilette und versuchte, mich selbst etwas ordentlicher herzurichten. Ich sah schrecklich aus. Wir waren nicht schmutzig, aber wir sahen völlig ungepflegt aus. Als wir hinausgingen, dankten wir ihm, und er sagte uns, dass wir jederzeit, wann immer wir wollten, wiederkommen könnten. Doch ich wollte unser Willkommensein nicht überstrapazieren. Der Winter würde schnell hereinbrechen, und ich musste entweder durch einen Job eine Lösung finden, oder darüber nachdenken, wie ich nach Georgia kommen könnte, um im Schoß der Familie Schutz zu suchen. Wir gingen und begannen, uns nach einem Platz umzuschauen, an dem wir die Nacht verbringen konnten.

Eine Weile später, als wir ziellos umherwanderten, spuckte das Baby. Ich hatte gesehen, wie der Mann zusammen mit dem Essen ein paar Servietten eingepackt hatte, und als ich eine Serviette herausnehmen wollte, fand ich neun Dollar, die zu einem kleinen Bündel zusammengefaltet waren. *Vielleicht ist das Geld dort aus Versehen mit hineingeraten, als er mir das Essen gab*, dachte ich. Doch ich wusste, dass ich es nicht behalten konnte. Also machte ich kehrt und ging zu dem Restaurant zurück.

Da war er wieder. Ich sagte ihm, dass ich das Geld gefunden hätte und es zurückgeben wollte. »Ich habe es dort absichtlich hineingesteckt«, sagte er freundlich. »Es tut mir Leid, dass ich nicht mehr bei mir hatte.«

Warum tat er das? Ein Engel – das war mein erster Gedanke. Alles, was ich herausbringen konnte, war ein weiteres verlegenes »Danke schön«. »Bringen Sie die Mädchen morgen zum Mittagessen vorbei«, antwortete er. Ich war verwirrt! Warum war er so nett zu uns? Doch ohne jede weitere Hoffnung willigte ich ein und verabschiedete mich, und wir machten uns wieder auf den Weg.

Als wir die Straße zur Hälfte hinuntergelaufen waren, merkte ich, dass wir verfolgt wurden. Es machte mich nervös, weil ich zwei Kinder beschützen musste. Schnell verschwand ich mit den Kindern in einer engen Gasse und bemühte mich, das Baby noch etwas länger ruhig zu halten. Doch es wollte schreien und war nicht mehr aufzuhalten. Ich fühlte, wie jemand näher kam, und hielt den Atem an.

Es war der Mann aus dem Restaurant!

»Ich weiß, dass Sie keinen Ort haben, wo Sie bleiben können«, sagte er.

»Wie können Sie das wissen?« Mein Herz schlug rasend schnell. Würde er meine Kinder der staatlichen Fürsorge geben?

»Ich sehe es an Ihren Schuhen.«

Ich schaute hinunter auf meine Füße. Meine Leinentuchschuhe waren mit kleinen, lachenden Gesichtern übersät, aber sie waren zum Tragen ein wenig zu ausgetreten. Sie hatten überall Löcher und wurden nur noch durch dünne Fäden zusammengehalten.

Ich wurde puterrot. »Mmm«, stotterte ich, »ich trage eben gern bequeme Schuhe.«

»Schauen Sie«, sagte er, »hätten Sie gern einen warmen Ort, an dem Sie sich waschen und die Nacht verbringen können?«

Ich zögerte. Ich kannte diesen Typ überhaupt nicht! Stimmt, es gefiel mir, wie seine warmen braunen Augen mein Herz erwärmten, doch war das keine Grundlage für die Entscheidung, das Haus eines Fremden zu betreten.

»Danke«, sagte ich ruhig. »Nein.«

Er zeigte auf das Appartement über uns.

»Wenn Sie Ihre Meinung ändern, brauchen Sie nur heraufzukommen und an die Tür zu klopfen.«

Ich dankte ihm noch einmal und sah zu, wie er wegging.

Es wurde Zeit, die Mädchen für die Nacht fertig zu machen – wie man sie eben fertig machen kann, wenn man auf der Straße schläft. Als ich mich neben die Karre setzte, sah ich am Fenster über uns einen Schatten. Er war es. Er saß dort mehrere Stunden lang und passte einfach auf uns auf.

Schließlich fiel ich in einen unruhigen Schlaf. Ich war von meiner schrecklichen Lage erschöpft und hatte noch nicht einmal bemerkt, dass es angefangen hatte zu regnen, und zuerst merkte ich gar nicht, dass er dort über mich gebeugt stand. Es war drei Uhr morgens.

»Bitte«, sagte er, »bringen Sie die Mädchen nach oben. Ich möchte nicht, dass jemand krank wird.«

»Das kann ich nicht«, antwortete ich.

»Dann«, widersprach er, »werde ich wohl die Nacht hier draußen mit Ihnen verbringen müssen.« Damit setzte er sich auf den Boden.

Ich gab nach. »Es macht keinen Sinn, dass wir alle nass werden«, murmelte ich. Ich ließ ihn die Karre nach oben tragen, in der immer noch ein Kind saß. Er stellte mir und den Mädchen sein Bett zur Verfügung und machte es sich auf der Couch zurecht.

»Ist das so in Ordnung?«, fragte ich schüchtern.

»Versuchen Sie einfach zu schlafen, okay?« Damit sagte er mir gute Nacht. Doch ich konnte absolut nicht einschlafen. Ich hatte keine Angst mehr vor diesem freundlichen Mann. Ich war… nervös.

Am nächsten Tag ging er hinaus und kaufte für die Kinder ein paar neue Kleider und Spielsachen und für mich brachte er neue Leinentuchschuhe mit. Das ist nun fast sechs Jahre her. Wir sind immer noch zusammen, und wir haben auch zwei kleine Jungen. Ich danke Gott, dass er uns Johnnie Trabucco geschickt hat. Wir haben nun ein sicheres Zuhause und eine liebevolle Umgebung. Es gibt kein Schlagen und Schreien mehr.

Kim Lonette Trabucco

Love me tender

Das schwierigste Jahr einer Ehe ist
das, in dem man sich gerade befindet.
Franklin P. Jones

Es regnet. Natürlich. Warum sollte es das auch nicht tun, an dem schrecklichsten Tag in meinem Leben?

Die 18 Jahre alte Libby Dalton starrte aus dem Fenster, ihre Ellbogen hatte sie auf den Tisch gestützt und das Kinn in den Fäusten vergraben. Aufgestapelte Kartons warfen von Zeit zu Zeit ein unheimliches Muster an die Wand, wenn ein Blitz durch den Regen zuckte, der unaufhörlich an die Fensterläden hämmerte.

Innerhalb der nächsten Stunde würden sie ihr Zuhause und

ihre Familie verlassen, um in irgendeinem gottverlassenen Nest namens Levittown im Staate New York zu leben.

Es war ungefähr vor einem Monat gewesen, als Johnny mit seiner großen Neuigkeit in die Wohnung platzte... dem Angebot einer Stelle, der Chance, aus Milford herauszukommen und etwas zu machen, was er wirklich wollte. Wie hätte sie ihm sagen sollen, dass sie ihre Familie, ihr Zuhause, nicht verlassen konnte!

Elizabeth Jane Berens und John Dalton jr., die blonde, blauäugige Cheerleaderin und der gut aussehende Fußballspieler, waren während der ganzen Zeit auf der High-School ein Herz und eine Seele gewesen. Im letzten Jahr wurden sie zur Ballkönigin und zum Ballkönig gewählt und im Jahrbuch als das süßeste Paar der High-School von Milford bezeichnet.

Es waren die 50er-Jahre, und in den Kleinstädten Amerikas regierte das süße Leben. Elvis Presley war der unumstrittene King, und sein letzter Hit, »Love me tender«, schwirrte gerade über den Äther. Auf dem Abschlussball wiegte das süßeste Paar aus Milford einander verloren in den Armen, und die Band spielte »ihren Song«. Johnnys weiche Stimmme summte die Verse in ihr Ohr, und Libbys Herz schmolz dahin.

»Sei vorsichtig«, warnte ihre Mutter. »Du weißt, wie es Mädchen ergeht, die sich nicht zu benehmen wissen.«

Libby hatte nicht vor, eines der Mädchen zu sein, über die in den Umkleideräumen gesprochen wurde. Sie würden warten.

Doch am Abend vor der feierlichen Zeugnisvergabe machten sie sich ohne ein Wort zu irgendjemandem auf den Weg über die Staatsgrenze und standen vor einem Standesbeamten. Sie konnten nicht länger warten.

Am Arm ihres frisch gebackenen Ehemanns zeigte Libby stolz ihren Ehering vor. Sie sah sich enttäuschten Eltern gegenüber, die all ihre Träume wie Luftblasen im Wind zerplatzen sahen – das Stipendium vom Fußballverein, das Universitätsdiplom und auch das lange weiße Kleid mit Schleier.

»Bist du schwanger?«, fragte ihre Mutter, als sie Libby einen Moment zur Seite nehmen konnte.

»Nein«, beteuerte Libby. Die Frage verletzte sie.

Zuerst war es lustig, in dem kleinen Appartement, in dem sie scheinbar nie genug voneinander bekommen konnten, Mann und Frau zu spielen. Johnny arbeitete den ganzen Tag als Mechaniker in Buckners Werkstatt und besuchte abends eine Schule zur beruflichen Weiterbildung im technischen Bereich, um einen Abschluss als Elektriker zu machen. Libby bediente in einem kleinen, einfachen Restaurant am Ort. Das Neue wetzte sich schnell ab, und als sie in der Enge der zwei Räume übereinander stolperten, fingen sie an zu träumen und begannen, auf ein neues Haus zu sparen.

Heute, ein Jahr später, war Libby im fünften Monat schwanger, ihr war jeden Tag übel, und sie musste ihren Job aufgeben. Die alten Schulfreunde riefen nun, da dem Paar das Geld für Kinobesuche und Tanzvergnügen ausgegangen war, nicht mehr an. Häufige Streitereien traten anstelle der liebevollen Worte, als die Hoffnungen und Pläne für die Zukunft der Frustration des täglichen Überlebenskampfes wichen. Libby verbrachte die Tage und in letzter Zeit auch die Nächte allein in dem kleinen Appartement und vermutete, dass Johnny »Unsinn trieb«. Kein Mensch arbeitete *jede* Nacht.

Als sie nach einem erneuten Anfall ihrer allmorgendlichen Übelkeit in den Spiegel schaute, sah sie einen aufgedunsenen Körper und zerzaustes Haar.

Wer konnte Johnny einen Vorwurf machen, wenn er sich anderweitig umsah? Zu Hause wartete nur eine schwangere, aufgedunsene, hässliche Ehefrau und ständiger Geldmangel auf ihn.

Ihre Mutter schimpfte über ihr blasses Gesicht und die Ringe unter ihren Augen. »Du musst besser auf dich Acht geben, Libby«, sagte ihre Mutter zu ihr. »Denk an deinen Ehemann, denk an dein Baby.«

Libby dachte ja an nichts anderes – das Baby… dieser unförmige Klumpen in ihr, der ihre ganze Figur ruinierte und die Ursache ihres ständigen Unwohlseins war.

Dann kam der Tag, an dem Johnny ihr von der neuen Stelle in Levittown berichtete.

»Wir werden in ein firmeneigenes Haus ziehen«, sagte er, und seine Augen leuchteten. »Es ist klein, aber es ist besser als dieses Loch.«

Sie nickte und blinzelte schnell, um ihre Tränen vor ihm zu verbergen. Sie konnte Milford nicht verlassen.

Heute würde niemand vorbeikommen, um sich von ihnen zu verabschieden… Dafür hatten sie gestern bereits zu einer Abschiedsparty eingeladen. Als Johnny den letzten Karton schleppte, ging sie zum Abschluss noch einmal durch ihre erste Wohnung, ihre Schritte hallten auf dem nackten Holzfußboden. Der Geruch nach Möbelpolitur und Bohnerwachs hing noch in der Luft. Entfernte Stimmen füllten den Raum, als sie sich an den Abend erinnerte, an dem sie den Boden wachsten. Sie kicherten und schubsten einander und unterbrachen ihre Arbeit zwischendurch, um sich zu lieben. Zwei Räume voller Leben, die nun kalt und leer waren. Komisch, wie schnell sie zu unpersönlichen Quadern wurden, als hätte dort nie jemand gelebt oder geliebt. Sie schloss zum letzten Mal die Tür hinter sich und rannte zum Wagen.

Das Wetter verschlechterte sich während der Fahrt genauso wie ihre Laune.

»Es ist eine große Firma«, sagte Johnny. »Levittown Manufaktur… elektronische Bauteile… eine Chance, weiterzukommen…«

Sie nickte kurz und starrte dann wieder aus dem Fenster. Er gab seine Versuche, sich mit ihr zu unterhalten, schließlich auf, und sie fuhren schweigend dahin, nur das Schlagen der quietschenden Scheibenwischer war zu hören.

Als sie die Randbezirke von Levittown erreichten, hörte es auf zu regnen, und die Sonne brach hinter den aufreißenden Wolken hervor.

»Ein gutes Zeichen«, sagte Johnny und schaute zum Himmel hinauf.

Sie nickte still.

Nachdem sie sich ein paar Mal verfahren hatten, kamen sie bei ihrem neuen Zuhause an, und Libby starrte ernst auf den kleinen Kasten inmitten anderer identischer kleiner Kästen, wie aneinander gereihte Monopoly-Häuser.

»Wirst du jemals wieder lächeln, Lib?«

Sie kletterte aus dem Wagen und schimpfte mit sich selbst. *Werde erwachsen Libby. Glaubst du, dass es für ihn einfacher ist?*

Sie wollte sagen, dass es ihr Leid tat, doch die allzeit bereiten Tränen standen ihr schon wieder in den Augen, und sie wandte sich ab. Schweigend trugen sie die Kisten ins Haus und setzten sie dort ab, wo sie gerade Platz fanden.

»Setz dich hin und ruh aus, Lib«, sagte Johnny. »Ich werde den Rest ausladen.«

Sie setzte sich auf einen Karton und starrte aus dem Fenster. *Wenigstens hatte es aufgehört zu regnen.*

Ein Klopfen unterbrach ihre Gedanken, und sie öffnete einer jungen Frau in ihrem Alter die Tür, die offensichtlich ebenfalls schwanger war und einen kleinen Teller mit Keksen in der Hand hielt. »Ein Willkommensgruß für die neuen Nachbarn«, sagte sie. »Ich bin Susan, aber alle nennen mich Souie.«

Sie saßen auf den Kartons, aßen Kekse und tauschten sich über die Schwangerschaft aus, die morgendliche Übelkeit und die Rückenschmerzen. Souie hatte ihren Termin in zwei Monaten. Libby in vier.

»Ich kann morgen vorbeikommen und dir beim Einrichten helfen«, sagte Souie. »Es ist so schön, jemanden zum Reden zu haben.«

Amen, dachte Libby.

Nachdem Souie gegangen war, schaute Libby sich die Räume mit neuen Augen an. *In der Küche würden vielleicht blaue Gardinen passen…*

Die Tür wurde plötzlich aufgestoßen, Johnny kam hereingerannt, und durchsuchte in Windeseile die Kisten und Kästen. Er brachte ein kleines Radio zum Vorschein, steckte den Stecker in die Steckdose, und plötzlich tönte »ihr Lied« und die Stimme von Elvis durch die Küche.

Sie hörten, wie die Stimme des Discjockeys die Musik übertönte »… und das hier ist der Wunsch eines neuen Paares hier in der Stadt. Herzlichen Glückwunsch, John und Libby Dalton, zu eurem Hochzeitstag.«

Johnny hatte an ihren Hochzeitstag gedacht. Sie hatte ihn vergessen. Tränen strömten ihr über die Wangen, und ihre Wand aus Schweigen und Selbstmitleid, die sie um sich herum aufgebaut hatte, brach zusammen.

Er zog sie zu sich herauf, und sie hörte seine weiche, süße Stimme an ihren Ohren.

Sie tanzten zusammen zwischen den ungeöffneten Umzugskisten und schmiegten sich so fest aneinander, als entdeckten sie die Liebe zum ersten Mal. Das Sonnenlicht fand seinen Weg durch das Fenster in dem neuen Haus in der neuen Stadt, und als sie die ersten Fußtritte des neuen Lebens in sich fühlte, verstand Libby Dalton, was Liebe bedeutete.

Jacklyn Lee Lindstrom

Gibt es einen Märchenprinzen?

> Wahre Freude entsteht nicht durch den Komfort großer Reichtümer oder durch Lobesreden auf die Menschheit, sondern durch eine sinnvolle Beschäftigung.
>
> *W. T. Grenfell*

Während sie heranwachsen, glauben viele Mädchen an einen Märchenprinzen, der einzig in der Hoffnung auf einen günstigen Augenblick durch die Lüfte und über die Ebenen fliegt, in dem er herunter in ihr Leben schießen, sie ergreifen und sie aus einer verzweifelten, düsteren Welt in eine helle Welt der vereinten Freude entführen kann. Wenn die Mädchen dann zur Frau heranreifen, erleben sie regelmäßig einen kleinen Schock, wenn sie entdecken, dass sie Cinderella oder Schneewittchen sind und der Mann, von dem sie annahmen, dass er der Märchenprinz sei, sich als ein Dummkopf entpuppt.

Marianne hatte bisher ein Leben nach Art der Cinderella gelebt. Sie hatte im Alter von acht Jahren für einen Dollar Parkplätze gewischt und auf diese Weise versucht, sich selbst und ihre kleinen Brüder zu versorgen, während ihre Mutter mit einer Geisteskrankheit fertig werden musste und von einem Tag zum anderen lebte. Sie war gerade 20, als sie den Mann traf, von dem sie annahm, dass er ihr Märchenprinz sei.

Sie traf ihn dort, wo sie als Bedienung arbeitete, und er zog sie völlig in seinen Bann. Er war Musiker mit einer erfolgreichen Band und schien die größten, liebevollsten Augen zu haben, als sich sein Blick auf sie richtete. Warum auch nicht? Sie sah so süß aus wie Cinderella, hatte dunkelblonde Locken, smaragdgrüne Augen und ein Gesicht, das Unschuld und reine Liebe widerspiegelte, ein völlig ergriffener Teenager.

Alles, was Marianne denken konnte, war: *Er liebt mich. Er liebt mich. Er liebt mich.*

Zu der Zeit traf das auch zu. Mit der Schnelligkeit eines Hengstes nahm der Mann sie in seine Arme, nahm sie mit sich fort und heiratete sie. Es war alles perfekt, soweit Marianne das überschauen konnte. Sie hatte ein schönes Zuhause und freute sich, ihren Mann in seiner Band spielen zu sehen. Sie fühlte sich zum ersten Mal in ihrem Leben geliebt und bewundert. Schneewittchen lässt grüßen, es ist nicht mehr fern! Sie würde bald ein Baby bekommen.

Von der anderen Frau wusste sie nichts.

Das Schicksal der zwei stand auch in anderer Hinsicht unter einem schlechten Stern. Sie hatten nicht nur einander, sondern auch ihre rezessiven Gene geheiratet. Als ihr erster Sohn, Loren, geboren wurde, wusste Marianne, dass irgendetwas nicht stimmte. Er reagierte nicht auf Geräusche. Ein Jahr lang kämpfte Marianne sich von einer Arztpraxis zur anderen, doch nach Auskunft der Ärzte war alles in Ordnung.

Schließlich stellte ein Spezialist fest, dass Loren taub war. Es gab nichts, was sie für ihn tun konnte. Während der ersten beiden Lebensjahre ihres Sohnes weinte sie ständig, während ihr Ehemann an seinem Glauben festhielt, dass seinem Sohn nichts fehlte.

Die Ärzte versicherten ihnen, dass ein zweites Kind nicht an einer solchen Missbildung leiden würde. Doch als Lance geboren wurde, stellten sie sehr bald fest, dass er ebenfalls taub war.

Die Wände ihrer bereits leidgeprüften Ehe, die auf den Märchenträumen eines jungen Mädchens aufgebaut waren, begannen langsam zu bröckeln. Sie stürzten jedoch endgültig ein, als Marianne sich darüber ärgerte, dass ihr Ehemann nicht lernen wollte, mit ihren beiden Söhnen zu kommunizieren.

Das überließ er ihr. Sie lernte so schnell sie konnte Zeichensprache. Ihr Mann hatte kein Interesse daran. Wenn er mit den

Jungen sprach, behandelte er sie wie Hunde, tätschelte ihnen den Kopf und bellte ein oder zwei Worte in ihre Richtung.

Sie nahm ihre Söhne mit zu den Eltern ihres Mannes, doch seine Eltern ignorierten die Kinder.

Sie nahm ihre Söhne mit zum Einkaufen. Die Verkäufer schluckten, wenn die beiden unartikulierte Laute von sich gaben. Jetzt wusste sie auch über die andere Frau Bescheid.

Manchmal machte sich ihr Mann nicht die Mühe heimzukommen. Ihre Freundinnen meldeten sich nicht mehr bei ihr, und Marianne fühlte eine schmerzende Einsamkeit.

Der Stress und die Einsamkeit zerstörten Marianne langsam.

Sie trank Alkohol wie Wasser. Sie fütterte und kleidete ihre Söhne an, brachte sie ins Bett, aber sie weigerte sich, das Haus zu verlassen. Sie dachte daran, sich die Pulsadern aufzuschneiden.

»Stell dir vor, wenn nicht einmal deine Freunde und deine eigene Familie lernen wollen, sich mit deinen Söhnen zu verständigen«, erklärte sie. »Du musst nicht unbedingt Zeichensprache lernen. Freundlichkeit ist eine Sprache. Wir verstehen sie alle. Wenn du ein Kind wie dieses siehst, sei nicht geschockt. Schnapp nicht nach Luft und wende dich ab. Die Botschaft, die du dem Kind damit sendest, lautet: ›Meine Güte, bist du ein seltsames Wesen.‹ Streck vielmehr deine Hand aus und lächle.«

Lächeln, Umarmungen und Küsse retteten Mariannes Leben. Die Augen von Lance und Loren drückten tiefe Bewunderung und Liebe aus – wahre Liebe. Die Art Liebe, die Marianne in ihrem Leben nie erfahren hatte.

Marianne wurde klar, dass sie ihr eigenes Leben durch Alkohol und Panikattacken zerstören konnte, aber das Leben ihrer Söhne durfte sie nicht in dieser Weise wegwerfen. Sie arbeitete hart an sich selbst und ging wieder in die Schule, um einen Abschluss zu machen. Sie bekam eine Anstellung bei einer Versicherung und sparte jeden Pfennig, den sie verdiente.

Je besser sie sich selbst fühlte, desto stolzer wurde sie auf Loren und Lance. Sie nahm sie manchmal mit ins Büro, und ihre Kollegen überschütteten sie mit Freundlichkeit. Es wurde für sie und ihre Jungen Zeit, ihr Haus zu verlassen, die Bande zum Vater abzubrechen und ihr eigenes Leben aufzubauen.

An einem Tag, als sie ihre Söhne mit zur Arbeit genommen hatte, kam sie in das Büro des Versicherungsagenten, ein Mann namens Eric, und sah Loren auf seinem Schoß sitzen. Eric schaute zu ihr auf, und der Himmel begann um sie herum zu kreisen. Er sagte diese einfachen Worte: »Ich komme mir vor wie ein Idiot. Ich würde mich gern mit deinem Sohn unterhalten. Weißt du, wo ich Zeichensprache lernen kann?«

Marianne fühlte sich einer Ohnmacht nahe. Bisher hatte ihr gegenüber keine Menschenseele den Wunsch geäußert, zu lernen, sich mit ihren Söhnen zu unterhalten. Innerlich zitterte sie, als sie Eric erklärte, dass sie wüsste, wo er es lernen könne, wenn er tatsächlich daran interessiert sei. Es erschien ihr besser, nicht daran zu glauben, doch es stellte sich bald heraus, dass es ihm Ernst war. Er meldete sich zu einem Kurs an und konnte sie nach ein paar Tagen in der Zeichensprache begrüßen.

Wenn die Kinder sie begleiteten, nahm er sie zu einem Spaziergang an der Hafenmauer in der Nähe des Büros mit. Sie schloss sich ihnen oft an und beobachtete Eric, der langsam zu einem Meister der Zeichensprache wurde, wie er mit ihren Jungen sprach und lachte, wie es niemand zuvor getan hatte.

Jedes Mal, wenn ihre Söhne Eric sahen, begannen ihre Gesichter wie die Sonne und die Sterne am Himmel zu strahlen. Sie hatte sie noch nie so glücklich gesehen. Ihr Herz erzitterte, als sei eine Saite in ihm angeschlagen worden. Langsam verliebte sie sich.

Sie wusste nicht, ob Eric dasselbe für sie empfand, bis sie eines Abends gleichzeitig Feierabend und einen Spaziergang hinaus zum Pier über dem Pazifischen Ozean machten. Er deutete ihr an, dass er sie liebte und sie heiraten wollte. Mariannes Herz tanzte vor Freude.

Das Paar zog in eine kleine Stadt und eröffnete eine florierende Versicherungsagentur. Sie bekamen zwei weitere Kinder, Casey und Katie, die nicht taub geboren wurden, aber beide vor ihrem fünften Lebensjahr Zeichensprache erlernten.

In der glücklichsten Zeit ihres Lebens wachte Marianne jedoch immer wieder mitten in der Nacht auf, fühlte einen brennenden Schmerz in ihrem Ohr und fing an zu weinen. Ihr Benehmen war sehr rätselhaft, da sie an keine Zeit in ihrem Leben zurückdenken konnte, in der sie mehr geliebt wurde oder glücklicher war.

Eric fuhr in solchen Momenten mit seinen Händen durch ihre Haare, nahm ihr Kinn in seine Hand und fragte, was los sei. Sie konnte nur sagen: »Ich weiß nicht. Ich weiß nicht.« Er hielt sie dann für eine Weile. Wochen vergingen, und Marianne wachte immer wieder weinend auf.

Eines Nachts schoss sie dann wie ein zuckender Blitz in die Höhe und hatte die Antwort.

Sie erzählte Eric, ihrem »Ritter in schimmernder Rüstung«, schluchzend, dass sie nicht genug tat, um den tauben Kindern in dieser Welt zu helfen. Sie sollte der Welt zeigen, wie man mit diesen Kindern kommunizieren kann.

Eric nahm sie fest in seine Arme und sagte: »Lass uns das tun.«

Daraufhin gründeten sie zusammen »Hands Across America – Es fängt bei Ihnen an«, eine Organisation, die alle Menschen auffordert, die Zeichensprache zu erlernen, und Lernvideos herausgibt, die als Unterrichtsmaterial sowohl für taube als auch für gesunde Kinder dienen.

Sollten Sie jemals die Gelegenheit haben, sich mit Marianne zu unterhalten und sie zu fragen, ob an Märchen wie Cinderella oder Schneewittchen etwas Wahres dran ist, wird sie vermutlich antworten, dass sie in ihrem Leben über solche Geschichten eine Menge gelernt hat.

Sie wird wahrscheinlich sagen: »Es gibt viele Dummköpfe auf der Welt, aber es gibt sicherlich auch ein paar Märchenprinzen, und es gibt tatsächlich sehr viele Cinderellas.«

Diana Chapman

6

Über die Familie

Die einzige Art und Weise für immer zu leben besteht darin, jemanden zu lieben – dann lässt du wirklich ein Geschenk hinter dir.

Dr. med. Bernie Siegel

Eine Legende über die Liebe

Wenn Liebe nicht ohne
Einschränkungen gegeben und
genommen werden kann, dann ist es
keine Liebe, sondern ein Geschäft.
Emma Goldman

Edward Wellman verabschiedete sich im alten Land von seiner Familie und sah einem besseren Leben in Amerika entgegen. Papa übergab ihm die Familienersparnisse, die in einem Lederbeutel versteckt waren. »Die Zeiten sind hier sehr schlecht«, sagte er und umarmte seinen Sohn zum Abschied. »Du bist unsere Hoffnung.« Edward ging an Bord des Atlantikfrachters, auf dem jungen Männern, die sich zum Kohleschaufeln bereit erklärten, als Gegenleistung ein kostenfreier Transport für die einmonatige Überfahrt angeboten wurde. Sollte Edward in den Colorado Rockies Gold finden, dann könnte ihm schließlich der Rest der Familie folgen.

Unermüdlich bearbeitete Edward monatelang seinen Anteil des Goldgräberunternehmens, und die kleine Goldmine bescherte ihm ein mäßiges, aber stetiges Einkommen. Am Ende des Tages, wenn er sein aus zwei Zimmern bestehendes Häuschen betrat, sehnte er sich nach einem Gruß von der Frau, die er liebte. Dass er Ingrid zurücklassen musste, bevor er ihr offiziell den Hof machen konnte, war der einzige Wermutstropfen bei seinem amerikanischen Abenteuer. Ihre Familien waren seit Jahren befreundet, und so lange, wie er zurückdenken konnte, hatte er insgeheim gehofft, dass er Ingrid einmal zu seiner Frau machen könnte. Ihr langes, fliegendes Haar und ihr strahlendes Lächeln machten sie zur anmutigsten der Henderson-Schwestern. Er hatte gerade begonnen, sich bei Picknicks, die von der Gemeinde organisiert wurden, neben sie zu setzen und sich irgendwelche dummen Vorwände zu suchen, um bei ihr vorbeizuschauen, nur um sie zu sehen. Wenn er sich abends in seiner Hütte zu Bett legte, sehnte Edward sich danach, über ihr rotbraunes Haar zu streichen und sie im Arm zu halten. Schließlich schrieb er an Papa, damit er ihm half, seinen Traum wahr werden zu lassen.

Nach fast einem Jahr kam ein Telegramm mit einem Plan, wie er seinen Traum verwirklichen könnte. Herr Henderson hatte eingewilligt, seine Tochter zu Edward nach Amerika zu schicken. Da sie eine hart arbeitende junge Frau mit gutem Geschäftssinn war, würde sie für ein Jahr lang Seite an Seite mit Edward arbeiten und ihm helfen, sein Minengeschäft aufzubauen. Bis dahin könnten es sich beide Familien leisten, zu ihrer Hochzeit nach Amerika zu kommen.

Edwards Herz weitete sich vor Freude, als er sich im nächsten Monat darum bemühte, die Hütte in ein Heim zu verwandeln. Er kaufte eine Liege, auf der er im Wohnbereich schlafen konnte, und versuchte, seinen ehemaligen Schlafraum für eine Frau herzurichten. Die Vorhänge aus Jutesäcken vor den schmutzigen Fenstern ersetzte er durch Vorhänge aus mit Blumen gemustertem Stoff von Mehlsäcken. Auf den Nachttisch stellte er in eine Blechdose, die als Vase diente, getrockneten Salbei, den er auf einer Wiese gepflückt hatte.

Schließlich kam der Tag, auf den er sein ganzes Leben lang gewartet hatte. Mit einem Strauß frisch gepflückter Gänseblümchen in der Hand ging er zum Bahnhof. Dampfschwaden stiegen auf, und die Räder quietschten, als der Zug langsam einfuhr. Edward suchte jedes Fenster nach Ingrids leuchtendem Haar und ihrem strahlenden Lächeln ab.

Sein Herz schlug in erwartungsvoller Vorfreude schneller, doch dann hielt es mit einem dumpfen Schlag inne. Nicht Ingrid, sondern ihre ältere Schwester Marta stieg aus dem Zug. Sie stand schüchtern vor ihm, ihre Augen zu Boden gerichtet.

Edward starrte sie völlig sprachlos an. Dann reichte er Marta mit zitternden Händen den Strauß. »Willkommen«, flüsterte er, und seine Augen brannten. Ein Lächeln huschte über ihr unscheinbares Gesicht.

»Ich war geschmeichelt, als Papa sagte, dass du nach mir geschickt hast«, sagte Marta und schaute ihm kurz in die Augen, bevor sie ihren Kopf wieder sinken ließ.

»Ich hole dein Gepäck«, sagte Edward mit einem gezwungenen Lächeln. Sie gingen zusammen zum Gepäckwagen.

Herr Henderson und Papa hatten Recht. Marta hatte einen sehr guten Geschäftssinn. Während Edward in der Mine arbeitete, erledigte sie die Büroarbeit. Auf ihrem improvisierten Schreibtisch in einer Ecke des Wohnbereichs schrieb sie detaillierte Berichte über alle Aktivitäten, die die Goldmine betrafen. Innerhalb von sechs Monaten verdoppelte sich ihr Vermögen.

Ihre köstlichen Mahlzeiten und ihr ruhiges Lächeln gaben dem Häuschen den wundervollen Anstrich der Anwesenheit einer Frau. *Es ist aber die falsche Frau*, trauerte Edward, wenn er abends erschöpft auf sein Lager fiel. *Warum haben sie Marta geschickt?* Würde er Ingrid jemals wieder sehen? Konnte er seinen lebenslangen Traum, Ingrid zu seiner Frau zu machen, begraben?

Ein Jahr lang arbeiteten, scherzten und lachten Marta und Edward zusammen, aber sie liebten einander nicht. Einmal hatte Marta Edward auf die Wange geküsst, bevor sie sich in ihren Raum zurückgezogen hatte. Er lachte nur verlegen. Ab dem Zeitpunkt schien sie mit ihren erfrischenden Wanderungen in den Bergen und den langen Gesprächen nach dem Essen auf der Veranda zufrieden zu sein.

An einem Nachmittag im Frühling wuschen sintflutartige Regenfälle den Berghang weg und unterspülten den Eingang zu ihrer

Mine. Edward füllte wie verrückt Sandsäcke und versuchte, damit die Wassermassen zu stoppen. Er war völlig durchnässt und erschöpft, und seine hektischen Bemühungen schienen aussichtslos zu sein. Plötzlich tauchte Marta an seiner Seite auf und hielt den nächsten Jutesack auf. Edward schaufelte Sand hinein, und Marta schwang ihn mit der Kraft eines Mannes oben auf den Schutzwall und griff zum nächsten Sack. Stundenlang arbeiteten sie knietief im Schlamm, bis der Regen nachließ. Hand in Hand gingen sie zurück zum Häuschen. Über einer warmen Suppe seufzte Edward: »Ohne dich hätte ich die Mine nie retten können. Vielen Dank, Marta.«

»Gern geschehen«, antwortete sie mit ihrem gewohnten Lächeln und ging dann ruhig in ihren Raum.

Ein paar Tage später kam ein Telegramm mit der Ankündigung, dass die Familien Henderson und Wellman in der nächsten Woche ankämen. So sehr er es auch zu unterdrücken versuchte, der Gedanke, Ingrid wieder zu sehen, ließ Edwards Herz in der alten, gewohnten Weise schneller schlagen.

Er und Marta gingen zusammen zum Bahnhof. Sie sahen, wie ihre Familien am anderen Ende des Bahnsteigs aus dem Zug stiegen. Als Ingrid erschien, wendete sich Marta an Edward: »Geh zu ihr«, sagte sie.

Erstaunt stotterte Edward: »Was meinst du damit?«

»Edward, ich wusste immer, dass ich nicht das Henderson-Mädchen bin, nach dem du geschickt hast. Ich habe bei den von der Gemeinde organisierten Picknicks beobachtet, wie du mit Ingrid geflirtet hast.« Sie nickte in Richtung ihrer Schwester, die gerade aus dem Zug stieg. »Ich weiß, dass du sie und nicht mich als Frau an deiner Seite haben möchtest.«

»Aber ...«

Marta legte ihre Finger auf seine Lippen. »Schsch«, brachte sie ihn zum Schweigen. »Ich liebe dich, Edward. Das habe ich immer getan, und deshalb ist mein größter Wunsch, dich glücklich zu sehen. Geh zu ihr.«

Er nahm ihre Hand von seinem Gesicht und hielt sie fest. Als sie zu ihm aufschaute, sah er zum ersten Mal, wie schön sie war. Er dachte an ihre Spaziergänge durch die Wiesen, ihre ruhigen Abende am Feuer, ihre Unterstützung, als sie an seiner Seite die Sandsäcke hielt. Dann wurde ihm klar, was er schon seit Monaten wusste.

»Nein, Marta. Ich möchte dich.« Er zog sie in seine Arme und küsste sie mit all der Liebe, die aus ihm hervorbrach. Ihre Familien versammelten sich um sie und riefen im Chor: »Wir kommen zur Hochzeit!«

LeAnn Thieman

Dazugehören

Die Autobahn lag vor und unser Zuhause hinter uns. Der Fotograf und ich brachen im Auftrag einer Zeitung zu einer dreitägigen Tour auf.

Unser Ziel war die Columbia-Schlucht: dort, wo der Columbia River zwischen Washington und Oregon einen meilenweiten Korridor bildet; dort, wo sich die Windsurfer aus dem ganzen Land einfinden, um auf den Wellen zu tanzen, die durch den »Nuklearwind« erzeugt werden; dort, wo ich weit entfernt von meinem Neun-bis-fünf-Job war, weit entfernt von Abgabeterminen, der alltäglichen Routine, den Besorgungen, weit entfernt davon, die Kinder in Hetze zum Baseballtraining fahren zu müssen und peinlich darauf bedacht zu sein, dass meine Socken nicht im Schlafzimmer herumlagen. Weit entfernt von der Welt der Verantwortung.

Offen gesagt, war es kein perfekter Abschied gewesen. Unsere Familie drehte gerade etwas am Rad. Unser Wagen, Baujahr 81, zeigte so etwas wie Auto-Alzheimer. Wir waren alle müde, reizbar und versuchten, unsere Erkältungen wieder loszuwerden. Mein acht Jahre alter Sohn wollte mit seiner falschen Version eines Broadway-Musicals aufheitern, doch es war aussichtslos.

Ich war damit beschäftigt gewesen, alles Notwendige für die Reise zu organisieren, und meine Frau Sally beschäftigten die drei Tage mit zusätzlicher, sorgenvoller Verantwortung, die meine drei Tage Freiheit für sie bedeuteten.

»Daddy, kommst du am Donnerstagabend zu meiner Vorführung in der Schule?«, fragte Jason, mein Achtjähriger, inmitten des ganzen Chaos vor meiner Abreise. Wäre ich Bill Cosby, hätte ich mit gut gelaunter Miene »Ja, natürlich« gesagt, und alle wären – zumindest für eine halbe Stunde – glücklich und zufrieden gewesen. Doch mir war an diesem Morgen nicht so sehr nach Bill Cosby und seiner Show. »Nein, Jason, ich werde nicht hier sein«, sagte ich. »Tut mir Leid.« Ich gab Sally kurz einen Kuss und war unterwegs.

Nun, Stunden später, war ich weit entfernt von meiner Familie, befreit von dem Durcheinander, den Rotznasen und dem Anspruch auf meine Zeit. Wir kannten einander kaum, und während der Fahrt kamen der Fotograf und ich ins Gespräch. Er hatte ungefähr mein Alter, Mitte 30, war verheiratet, hatte aber keine Kinder. Er und seine Frau hatten so viele Situationen erlebt, in denen Paare mit Kindern völlig angebunden waren. Sie hatten verzweifelt nach einem Babysitter gesucht und die Idee einer spontan geplanten Reise dann doch aufgeben müssen. Er erzählte davon, wie er und seine Frau kürzlich zu zweit zur Schlucht gefahren seien. Meine Gedanken überschlugen sich fast. *Zu zweit? Wie war das?*

Ich erinnerte mich vage an diese Art Freiheit. Nach Lust und Laune aufbrechen; kein Bitten und Betteln, Pferd zu spielen, wenn du so müde bist und nur noch alle viere von dir strecken möchtest; keine Zimmer, über die ein Tornado hinweggefegt zu sein scheint. Dadurch, dass er keine Kinder hatte, lagen bei dem Fotografen auch keine sechs Monate alten Pommes auf dem Boden seines Wagens, keine Beine von Superman-Figuren auf dem Armaturenbrett und keine mit Schokolade verschmierten Straßenkarten in seinem Handschuhfach. *Was hatte ich nur falsch gemacht?*

In den nächsten Tagen erkundeten wir trotz Regen die Schlucht – 300 Meter hohe Basaltwände auf jeder Seite des Columbia-Flusses, Windsurfer in fluoreszierenden Anzügen, die wie Neonstechmücken Kielwasserlinien auf der Wasseroberfläche zogen. So faszinierend wie das Land und das Wasser waren auch die Windsurfer.

Es gab tausende von ihnen, fast alle aus den geburtenstarken Jahrgängen. Sie verbrachten ihre Tage auf dem Wasser, ihre Nächte in der Stadt und den Morgen im Bett. Jeder vierte Wagen hatte ein Brett auf dem Dach. In den Straßen waren Nummernschilder aus dem ganzen Land zu sehen.

Einige dieser »Bretter-Köpfe« waren freie Folge-dem-Wind-Geister, die aus dem Kofferraum ihres Wagens lebten; andere waren etablierte Yuppies, die für ein Wochenende kamen oder hier Urlaub machten. Am Abend wurde die Hauptstadt am Fluss zur oregonschen Version einer kalifornischen Strandstadt: geburtenstarke Jahrgänge, die aßen, tranken und fröhlich feierten, verirrt in einer leichtfertigen, die Freiheit über alles liebenden Welt.

Als ich diese Gruppe sah, hatte ich das Gefühl, einen verlorenen, alten Stamm zu entdecken. *Willst du damit sagen, dass diese Leute in Diskotheken zu den Klängen von Rockmusik tanzten, während ich mich damit plagte, festgeklemmte Fahrradketten zu reparieren? War es so, dass diese Leute sich fragten, welche Farbe ihr neues Surfbrett haben sollte, während ich Schecks für den Lebensmittelhändler, den Kieferorthopäden und das College ausstellte? Was hatte ich nur falsch gemacht?*

Am letzten Abend war es immer noch bewölkt, was den Fotografen störte und die Laune widerspiegelte, die mich erfasst hatte; wir brauchten beide Sonne, aber das hatte verschiedene Gründe.

Als ich aus dem Motelzimmer hinunter auf den Fluss starrte, empfand ich eine Art Leere, so als gehörte ich nicht dazu. Nicht hier. Nicht zu Hause. Nirgendwo. Erst als die Winde der Schlucht den Fluss zu einem Wellenmeer mit weißen Schaumkrönchen aufpeitschten, schlug der Wind der Freiheit gegen meine Überzeugungen. Glaube. Ehe. Kinder. Arbeit. Ich hatte mein Leben an diesen Dingen festgemacht, und doch ertappte ich mich dabei, wie ich von dieser festen Position abwich. *Hatte ich etwas falsch gemacht? Hatte die schwere Last der Verantwortung ausgedient? Würde ich eines Tages, wenn ich älter wäre, plötzlich einer bitterkalten Realität entgegensehen und reumütig wünschen, dass ich mit dem Wind gezogen wäre?*

Ich machte mich gerade zum Schlafengehen zurecht, als ich sie sah – eine Karte in meinem Koffer, unter meinen Kleidern vergraben. Sie war von Sally. Auf ihr waren Kühe zu sehen – meine Frau und ihre Vorliebe für Viehzeug –, und es stand einfach darauf: »Ich liebe dich bis zum Einholen der Kühe.«

Ich starrte mehrere Minuten lang auf die Karte und wiederholte die Worte. Ich schaute auf dieselbe Handschrift, die ich von Liebesbriefen aus dem College kannte, von unserer Heiratsurkunde, zwei Geburtsurkunden und einem Testament.

Als ich zu Bett ging, brauchte ich nicht an der Rezeption Bescheid zu sagen, dass ich durch einen Anruf geweckt werden wollte; ich hatte bereits einen erhalten. Die Karte durchbrach mein hart gewordenes Herz, verurteilte meine Selbstsucht und brachte meine unklare Perspektive wieder ins Lot. Ich wusste genau, wo ich hingehörte.

Am nächsten Tag kam ich nach einem zweistündigen Interview, einer sechsstündigen Fahrt und einem Sprint um drei Blöcke gespannt und außer Atem in der Schule meines Sohnes an. Der Programmteil mit dem Gesang hatte vor 20 Minuten begonnen; hatte ich Jasons Auftritt verpasst? Ich lief in die Cafeteria. Sie war voller Menschen. Fast panisch arbeitete ich mich durch die Elternmassen hindurch, die den Eingang verstopften, bis schließlich die Bühne mit den Kindern vor mir auftauchte.

Dann hörte ich sie: 25 Erstklässler mit Stimmen, die verzweifelt versuchten, den Ton zu treffen, der noch fünf Jahre entfernt lag. Mein Blick schweifte auf der Suche nach Jason über diesen Haufen bunt zusammengewürfelter Kinder. Schließlich sah ich ihn. Er stand wie üblich in der vordersten Reihe, dicht gedrängt zwischen ein paar Mädchen, deren Bazillen wie Ameisen über ihn hinwegkrochen, was nach einem Blick auf sein Gesicht unschwer zu erkennen war.

Er sang gut, doch selbst wenn er sein Zimmer aufräumen sollte, legte er mehr Enthusiasmus an den Tag. Plötzlich blickte er in meine Richtung, und seine Augen leuchteten strahlend auf, ein Strahlen, das einem Vater nur bei einer Vorführung in der ersten Klasse vergönnt ist, wenn sein Blick sich mit dem seines Kindes trifft. Er hatte mich gesehen: Das war ein Augenblick, der immer in meinem Gedächtnis eingebrannt bleiben wird.

Später fiel mein Blick durch ein Meer von Gesichtern auf Sally und unseren anderen Sohn. Nach der Vorführung trafen wir vier uns inmitten dieser großen Gesellschaft von Eltern mit Kindern und nahmen die ganze Aufregung um uns herum fast überhaupt nicht wahr.

Ich fühlte keine Leere, sondern starke Verbundenheit. Wie konnte einem Mann solch ein Segen widerfahren?

In den kommenden Tagen nahm ich meine Rolle im Leben wieder auf: als Fahrradreparierer und Brötchenverdiener, als Ehemann und Vater, Rollen, die einen Windsurfer verzweifelt aufstöhnen lassen würden.

Doch bei aller Aufregung, die das Windsurfen bot, entschied ich, dass ich jederzeit das Strahlen meines achtjährigen Sohnes in der vordersten Reihe wählen würde.

Trotz des freien Lebens in der Schlucht werde ich immer die Verantwortung wählen, für die Frau zu sorgen, die gelobt hatte, mich bis zum Einholen der Kühe zu lieben.

Bob Welch

Jemanden für sich haben

> Wenn ich ein Herz vor dem
> Zerbrechen bewahren kann, habe ich
> nicht umsonst gelebt.
>
> *Emily Dickinson*

Jede Mutter möchte, dass ihre Tochter glücklich ist und geliebt wird. Jede Tochter möchte bis in alle Ewigkeit glücklich leben. Deshalb war es für meine Tochter Jackie und mich hart, als sie eine allein erziehende Mutter wurde. Wir mussten beide akzeptieren, dass ihr Leben nicht dem Bild entsprach, das wir beide davon hatten, wie die Dinge sein sollten.

Als ob nicht schon alles schlimm genug war, beschloss Jackie dann in der Hoffnung auf ein besseres Leben, mit ihrem zwei Jahre alten Sohn Kristopher wegzuziehen. Obwohl der Umzug bedeutete, dass wir meilenweit voneinander entfernt wohnen würden, sodass ich sie und Kristopher sehr vermissen würde, wusste ich, dass sie die richtige Entscheidung getroffen hatte.

Jackie war Krankenschwester, und sie hatte eine Stelle an der örtlichen Klinik bekommen, wo sie abends arbeiten konnte. Schließlich lernte sie auch einen jungen Mann etwas näher kennen. »Er ist wundervoll, Mama«, berichtete sie mir. Obwohl sie sehr glücklich zu sein schien, war ich skeptisch. *Was hatte der Mann in Bezug auf meine Tochter für Absichten? Würde er ihren Sohn akzeptieren? Würde er sie freundlich und liebevoll behandeln, oder würde er ihr nur noch mehr Schmerzen und Kopfzerbrechen bereiten, als sie sowieso schon in ihrem Leben ertragen musste?* Wie sehr ich auch versuchte, diese Fragen aus meinen Gedanken zu verbannen, sie waren ständig präsent.

Dann passierte etwas, das alle Eltern und Großeltern fürchten: Der kleine Kristopher wurde sehr krank. Immer, wenn er getragen oder berührt wurde, weinte er und klagte über Schmerzen im Bein. Nach mehreren angsterfüllten Tagen diagnostierten die Ärzte bei ihm Osteomyelitis, Knochenmarksentzündung – es war sehr ernst. Die Entzündung schien sich auszubreiten, und er wurde ins Krankenhaus eingeliefert, sodass er sofort operiert werden konnte.

Nach der Operation wurde Kristopher zurück in sein Zimmer gebracht und bekam intravenöse Infusionen. In seinen kleinen Rippen steckten mehrere Schläuche, um die operierte Wunde auszuspülen. Doch trotz der Spülung der Wunde und trotz des Antibiotikums hatte er weiterhin hohe Temperatur. Kristopher verlor an Gewicht, er hatte keinen Appetit mehr und wurde ein trauriger kleiner Junge.

Die Ärzte sagten, dass weitere Operationen notwendig seien, um die Infektion zu stoppen, und sein kleiner Körper musste die schmerzvolle Prozedur noch einmal über sich ergehen lassen. Danach lag Kristopher in seinem Kinderbettchen und war an so viele Schläuche angeschlossen, dass er überhaupt nicht mehr bewegt, hochgehoben und gehalten oder in den Armen seiner Mutter gewiegt werden konnte.

Jede Nacht, wenn Jackie zurück zur Arbeit gehen musste, fuhr ich den langen Weg, um Kristopher zu besuchen. Ich konnte nur ein paar Stunden bleiben, weil die Rückfahrt mehrere Stunden lang dauerte. Jedes Mal wenn ich aufbrechen wollte, fing Kristopher an zu weinen: »Bitte, Großmutter, geh nicht weg. Wenn du weggehst, dann habe ich niemanden mehr für mich.« Jedes Mal brach mir sein Bitten und Betteln fast das Herz. Doch ich wusste, dass ich gehen musste, also versicherte ich ihm, dass ich ihn lieb hätte, und versprach ihm, bald wiederzukommen.

Eines Abends, als ich mich während meines allabendlichen Besuchs in der Klinik dem Zimmer meines Enkels näherte, hörte ich jemanden mit Kristopher sprechen. Es hörte sich wie eine Männerstimme an. Als ich näher kam, konnte ich die Stimme deutlicher hören – sie war ruhig und freundlich und redete besänftigend auf Kristopher ein. *Wer konnte hier sein und so mit meinem Enkelsohn sprechen?* Ich war erstaunt.

Ich betrat das Zimmer, und was ich sah, nahm mir den Atem.

Dort in dem Kinderbettchen lag der junge Mann, von dem mir meine Tochter die ganze Zeit erzählt hatte. Seine 1,80 Meter große Statur war so klein zusammengerollt, wie es eben ging; sein breiter Rücken war gegen die Stäbe des Kinderbettchens gepresst; seine langen Arme waren um Kristopher geschlungen und hielten ihn wie ein wertvolles Bündel.

Der junge Mann schaute mit einem weichen, erklärenden Lächeln zu mir auf und sagte mit zärtlicher Stimme: »Babys müssen festgehalten werden. Da wir ihn nicht aus dem Bettchen nehmen können, habe ich beschlossen, hineinzuklettern und ihn festzuhalten.«

Tränen der Freude traten in meine Augen. Ich wusste, dass meine Gebete erhört worden waren. Meine Tochter hatte wirklich einen Mann mit einem zärtlichen, mitfühlenden Herzen gefunden. Kristophers Wunsch war erfüllt worden: Nun hatte er jemanden »für sich«.

Kristopher ist heute 20 Jahre alt und vollkommen genesen. Der feine junge Mann meiner Tochter, John, wurde zum besten Stiefvater, den der Junge jemals bekommen konnte.

Maxine M. Davis

Fotos machen

Ich werde einen bestimmten Samstag mit meinem Sohn im April 1997 immer in besonderer Erinnerung behalten. Torey war fünf Jahre alt und gewöhnte sich gerade an die neue Regelung, die wir seit meiner Scheidung von seiner Mutter getroffen hatten. Es war ein relativ ruhiger Scheidungsprozess, bei dem wir beide unsere eigenen Wege gegangen sind und um nichts gekämpft haben. Ich stellte fest, dass ich jetzt effektiv mehr Zeit mit Torey verbrachte. Ich konnte ihn während der Woche sehen, wenn ich vorher anrief, und verbrachte jedes zweite Wochenende mit ihm. Das Leben war nicht gerade perfekt, aber es hätte noch viel schlimmer kommen können. Die einzige Sorge, die noch an mir nagte, war die Angst, dass Torey durch unsere Scheidung zu der Ansicht gelangen könnte, es gäbe keine glücklichen Ehen, und das wünschte ich mir nicht für ihn.

Ich holte Torey an besagtem Freitag wie üblich von der Schule ab. Ich erzählte ihm, dass ich für den nächsten Tag eine Überraschung geplant hätte, aber nicht mehr dazu sagen würde. Er platzte fast vor Neugier und bat um weitere Hinweise. Mit dem Hinweis, dass das der letzte Tipp sei, sagte ich schließlich, dass wir irgendwohin gehen würden. Daraufhin begann er zu raten, so wie Kinder es tun: in den Park, auf den Spielplatz, an den Strand, und so ging es weiter. Er vermutete sogar, dass wir zu seinen Großeltern fahren würden, die jetzt in Miami wohnten, oder zu seinem besten Freund, Trenton Stimes, der im letzten Jahr nach Kalifornien umgezogen war.

Als sein Schwall von Fragen ihn der Antwort auf die brennende Frage nicht ein Stück näher brachte, versuchte er es mit seiner alten Schauspielnummer. Er hätte mich fast herumgekriegt, aber stattdessen sagte ich, ich würde ihm nur noch einen einzigen Hinweis geben. »Du musst die Polaroidkamera mitnehmen, weil du bestimmt viele Fotos machen willst.« Irgendwie schien ihn das zufrieden zu stellen.

Ich nehme an, er dachte, wenn ich meinte, dass er gerne Fotos machen würde, dann müsste es ein schöner Ort sein, oder ihm gefiel einfach die Idee, seine Kamera zu benutzen. Wie auch immer, bis zum nächsten Morgen war Ruhe. Punkt acht Uhr war er fertig zum Aufbruch. Er versuchte nicht einmal mehr herauszufinden, wohin wir gingen. Er hatte die Kameratasche um seine Schultern gehängt und drängte mich jeden Schritt des Wegs zur Eile. Er war wirklich sehr erpicht darauf, dorthin zu gelangen, wohin wir unterwegs waren – wo immer das auch sein mochte.

Beim Fahren schaute ich immer wieder zu ihm hinüber, damit ich sein Gesicht sehen konnte, wenn wir das Schild mit der Aufschrift »Lowry Park Zoo« erreichten. Torey war vorher noch nie in einem Zoo gewesen, doch hatte er mehrmals darüber gesprochen. Seine Aufregung begeisterte mich. Es war noch besser, als ihn an Weihnachten zu beobachten oder damals, als wir seinen Welpen Snoop zum ersten Mal nach Hause brachten.

Am Eingang des Parks hatte sich eine kleine Schlange gebildet, und Torey gab seiner Ungeduld dadurch Ausdruck, dass er immer wieder aus der Reihe heraustrat und seinen Hals reckte, um soviel wie möglich sehen zu können. Ich schaute nach vorn und sah, was den Stau verursacht hatte. Es war ein älteres Ehepaar, das nur sehr langsam vorankam. Sie gingen nebeneinander und hielten sich an den Händen, mit der anderen Hand hielten sie sich am Geländer fest, sodass sie, während sie über den Holzsteg liefen, nicht überholt werden konnten.

Ich hatte Angst, dass Torey, da er es so eilig hatte, irgendeine Bemerkung über das alte Ehepaar machen könnte, die uns möglicherweise in Verlegenheit bringen würde. Um ihn abzulenken, begann ich deshalb mit ihm über die Tiere im Zoo zu sprechen. Torey war bald völlig von ihnen eingenommen und lief kurz darauf von einem Gehege zum anderen. Als wir in der Nähe der Orang-Utans waren, fiel ihm seine Kamera ein.

»Dad! Ich muss ein paar Fotos machen! Hilfst du mir?« Ich nahm ihm die Kameratasche ab, öffnete sie und nahm die Kamera heraus. Dann sah ich, dass nur noch ein letztes Bild auf dem Film war. Da wir keinen Reservefilm dabeihatten, erklärte ich Torey, dass er sich zuerst alle Tiere anschauen und dann entscheiden müsse, von welchem er ein Foto haben wolle. Dann müssten wir noch einmal losgehen, um zu knipsen.

Zuerst war er etwas verwirrt, doch die Aufregung, dort zu sein, gewann die Oberhand, und er konzentrierte sich wieder auf die Tiere. Nachdem wir über das ganze Gelände gelaufen waren, machten wir an einem Kiosk Halt, um unseren Durst zu löschen.

Als wir unsere Limonade tranken, fragte ich Torey, ob er bereits wisse, was er fotografieren wolle.

Er nickte und sagte: »Ja! Kann ich jetzt gehen, und das Foto machen?«

Ich fragte ihn, was er denn fotografieren wolle, doch er lächelte schüchtern und wollte es mir nicht sagen. Ich dachte, das sei die Reaktion darauf, dass ich ihm nicht erzählt hatte, dass wir in den Zoo gingen. Deshalb sagte ich schließlich, er könne, wenn er nicht außer Sichtweite ginge, gehen, um das Foto zu schießen.

Er zeigte auf einen Platz neben den Schimpansen und sagte: »Kann ich da hinübergehen?«

Ich nickte und blickte ihn misstrauisch an, weil ich wusste, dass er irgendetwas im Schilde führte. Die Schimpansen gehörten nicht zu seinen Lieblingstieren. Torey rannte bis zu dem Platz, auf den er gezeigt hatte und schaute zu mir zurück, um sich meiner Zustimmung zu versichern. Ich nickte ihm zu.

Ich sah, wie er die Kamera hob und knipste, aber ich konnte nicht sagen, worauf er die Kamera gehalten hatte, da eine kleine Gruppe Besucher im Weg gestanden hatte. Er kam mit der Kamera zu mir zurückgelaufen, die das Foto noch entwickelte. Zuerst wollte er es mir nicht zeigen, aber er wusste, dass er es nicht für immer vor mir geheim halten konnte, und ließ es mich schließlich begutachten.

Vor Erstaunen stand mir der Mund offen, als ich auf das entwickelte Bild hinunterschaute. Es zeigte das ältere Ehepaar, das wir am Eingang gesehen hatten. Sie hatten ihre Arme umeinander gelegt und lächelten Torey an.

»Sind sie nicht toll?«, strahlte er. »Heute ist ihr 51. Hochzeitstag, und sie lieben sich immer noch. Ich hörte, wie sie es sagten.«

In dem Moment wusste ich, vielleicht zum ersten Mal seit der Scheidung, dass alles gut gehen würde. Ich sah, dass Torey verstand, dass seine Mutter und ich nie einen 51. Hochzeitstag feiern würden, aber dass wir für ihn beide sehr besondere Menschen waren.

Ich wusste, dass Torey sogar im Alter von fünf Jahren irgendwie erfasste, dass jene Menschen, die 50 Jahre oder länger zusammenblieben, ganz besondere Menschen waren, beeindruckend genug, um sie auf einem Foto festzuhalten. Ich wusste, dass Torey als Erinnerung an unseren Ausflug an jenem Tag einen Schnappschuss von der wahren, andauernden Liebe behalten wollte.

Ken Grote

Das Zwinkern

> In der Ehe bist du niemals der Ehemann oder die Ehefrau, du bist die Liebe zwischen den beiden.
>
> *Nisargadatta*

Vor nicht langer Zeit gab mein Ehemann, mit dem ich nun 13 Jahre verheiratet bin, zu, dass ihm hinsichtlich seiner Entscheidung, mich zu heiraten, Zweifel gekommen waren. Am Nachmittag vor unserer Eheschließung wollte er bei dem Festsaal etwas abgeben, wo unser Empfang stattfinden sollte. Meine Eltern waren schon dort. Mama, die für ihre Kochkünste bekannt war, hatte die Verantwortung für eine einfache, aber köstliche Mahlzeit für nicht weniger als 150 Gäste übernommen. Als mein Fastehemann hereinkam, sah er meinen Vater gelassen an der Tür sitzen, die zur Kirche führte, und hörte meine Mutter gegen den armen Mann toben und wettern. Papa saß da, während Mama eine ganze Reihe von Klagen gegen ihn vom Stapel ließ. Es ging, angefangen damit, dass ein Glas Mixed Pickles fehlte, bis hin zu den zu dünn geschnittenen Scheiben Schinken, alles auf sein Konto.

Jene, die meine Eltern kannten, würden wahrscheinlich bezeugen, dass sie eine etwas seltsame Ehe führten. Offen gestanden würden die meisten von ihnen Mama als die Furie und Papa als ihr Opfer bezeichnen.

Als einziges Kind und von meinen Eltern als »Baby, das ihr Leben veränderte« bezeichnet, wuchs ich als Zeugin ihrer ganz besonderen Beziehung zueinander auf. Zum Zeitpunkt meiner Geburt waren sie bereits seit über 20 Jahren verheiratet. Ich erinnere mich daran, dass ich mir die Frage stellte, ob andere Eltern ihre Ehe auch so führten wie meine Eltern. Im Lauf der Jahre wurde ich älter und begann, die Interaktion zwischen anderen Paaren unter die Lupe zu nehmen. Je mehr ich andere Beziehungen studierte, fragte ich mich, warum um alles in der Welt meine Eltern geheiratet hatten, ganz zu schweigen davon, warum sie zusammengeblieben waren, wenn doch Scheidungen so normal sind wie der Ölwechsel beim Auto.

Als ich 16 war, wurde Mama – sie ist Diabetikerin – ernsthaft krank und musste für fast zehn Tage ins Krankenhaus. An einem Nachmittag kam ich von meinem Teilzeitjob nach Hause und sah Papa am Küchentisch sitzen. Er legte eine Patience nach der anderen. Alle paar Minuten schaute er auf die Uhr. Er hatte noch nicht zu Mittag gegessen, was höchstwahrscheinlich darauf zurückzuführen war, dass sich seine Kochkünste auf das Kaffeekochen beschränkten. Ich bereitete ihm eine warme Mahlzeit zu, und er nahm danach sein Patiencespiel wieder auf. Das Telefon klingelte, und ich ging an den Apparat im Wohnzimmer.

»Hallo, Schatz.«

»Hallo, Mama. Ich hoffe, du fühlst dich besser als heute Morgen, als ich bei dir war.«

»Viel besser. Ist Papa noch zu Hause, oder ist er schon losgefahren?«

»Nee, er ist noch hier.«

»Hat er sich unterwegs etwas zu essen geholt? Ich habe ihn heimgeschickt. Er sollte sich ein bisschen ausruhen. Er sieht so müde aus. Ich habe ihm gesagt, er solle unterwegs anhalten und sich einen Hamburger oder irgendetwas anderes holen. Das Essen im Krankenhaus ist schrecklich. Dein Vater sollte das Zeug nicht essen. Es ist schlimm genug, wenn ich das tun muss. Ich habe ihm gesagt, er soll nicht vor sechs wiederkommen.«

»Nein, er hat sich unterwegs nichts geholt, aber ich habe ihm gerade Mittagessen gekocht.

»Danke, das ist lieb. Ich muss aufhören. Sie wollen mir Blut abnehmen. Bis morgen.«

Ich ging in die Küche zurück, um aufzuräumen. »Das war Mama. Ich habe ihr gesagt, dass du gegessen hast.«

Er schaute wieder auf die Uhr: Punkt sechs Uhr. »Danke für das Mittagessen, Kleines. Das war genauso gut, als hätte Mama es gekocht. Ich muss jetzt zurück ins Krankenhaus.«

Er suchte seine Spielkarten zusammen, steckte sie in die Schachtel zurück und ging.

Ich erinnere mich noch genau an die Geschehnisse an jenem langen zurückliegenden Tag. Nicht etwa, weil ich damals irgendetwas Besonderes bemerkte, sondern weil meine Mutter krank war und ich von meinem Vater ein so großes Kompliment für meine Kochkünste erhalten hatte.

Wenn ich zurückblicke, erkenne ich, dass die Charakteristik der Beziehung meiner Eltern zu einem großen Teil aus ihrem Verhalten an jenen schwierigen Tagen abzulesen ist: die Besorgnis meiner Mutter um meinen Vater, obwohl sie selbst sehr krank war und das Verhalten meines Vaters, der die Minuten zählte, bis er wieder an die Seite meiner Mutter zurückkehren konnte. Beide Verhaltensweisen sprechen Bände. Diese zwei Menschen teilten viel mehr, als die Außenwelt jemals ermessen konnte.

Der Einblick, der mir zuteil wurde, ist unbezahlbar. Keine zwei

Beziehungen sind gleich. Es ist wie bei einem Vergleich von zwei Blättern desselben Baumes. Oberflächlich betrachtet scheinen sie identisch zu sein, aber es sind die kleinen, undefinierbaren Unterschiede, die beide einzigartig machen.

Was für andere oder für mich wie eine seltsame Verbindung aussieht, ist für das betreffende Paar selbstverständlich. Beziehungen sind das, was du hineinsteckst, und das, was du herausnimmst. Die einzigen Menschen, die den Wert dessen beurteilen können, was sie erhalten, sind diejenigen, die in dieser Verbindung stecken. Ich glaube, Liebe ist in erster Linie eine persönliche Angelegenheit; sie kann am besten durch die Person, die sie erhält, geschätzt werden.

Mein Ehemann erzählte mir, dass ihn an diesem zurückliegenden Tag – dem Tag vor unserer Hochzeit, als er sich fragte, was um alles in der Welt da auf ihn zukommen würde –, nur eine Sache davon abgehalten hatte, die Flucht zu ergreifen. Als er hinter der Bar auftauchte und die Tiraden meiner Mutter durch den ganzen Saal tönten, sah er zu meinem armen, geplagten und gequälten Vater hinüber; mein Vater zwinkerte ihm zu und lachte.

Vor 10 Jahren starb Papa unerwartet nach fast 50 Jahren Ehe. Mama erlitt nur zwei Monate nach Papas Tod einen starken Schlaganfall, nach dem sie an den Rollstuhl gefesselt war. Mama lebte danach noch 6 Jahre. Sie harrte aus und begrüßte ihre beiden Enkelkinder, bevor sie uns verließ, um sich Papa anzuschließen.

Ich zweifle nicht daran, dass Mama, sobald sie durch die Himmelstür trat und Papa sah, zu 99,9 Prozent auf ihn zu schimpfen begann, weil er sein Haar schneiden lassen musste oder weil seine Hosen nicht gebügelt waren. Sicherlich schaute Papa dann zu Petrus hinüber, zwinkerte ihm zu und lachte.

Karen Culver

Die kleinen roten Stiefel

Beobachte. Warte ab. Die Zeit
wird sich entfalten, und ihren
Zweck erfüllen.

Marianne Williamson

Als meine Enkelin Tate kürzlich ihren fünften Geburtstag feierte, machte ihre Mutter ihr ein ganz besonderes Geschenk – ein Paar rote Cowgirlstiefel, die ihr selbst gehört hatten, als sie ein kleines Mädchen war. Tate zog die kleinen roten Stiefel an und tanzte aufgeregt im Zimmer herum. Meine Gedanken kehrten zu jenem Nachmittag zurück, an dem meine Schwiegertochter Kelly mir die kleinen roten Stiefel gezeigt und mir von dem Tag berichtet hatte, an dem sie sie zum ersten Mal trug. Kelly machte an jenem Tag nicht nur die aufregende Erfahrung, ihr erstes Paar richtiger Cowgirlstiefel zu tragen, sondern sie begegnete an ebendiesem Tag auch ihrer ersten Liebe.

Er war ihr erster »älterer Mann« – sie war fünf, und er war sieben! Er lebte in der Stadt, und sein Vater hatte ihn an einem Sonntagnachmittag auf die Farm von Kellys Großvater mitgenommen, damit er auf einem Pferd reiten konnte. Kelly saß auf der obersten Zaunlatte und schaute zu, wie ihr Großvater das Pony sattelte. Sie war stolz auf ihre glänzenden, neuen roten Stiefel und sichtlich darum bemüht, sie nicht schmutzig zu machen.

In dem Moment kam der Stadtjunge herüber, um sie zu begrüßen. Er lächelte Kelly an und bewunderte ihre roten Cowgirlstiefel. Es muss Liebe auf den ersten Blick gewesen sein, denn Kelly hörte sich selbst, wie sie ihm einen Ritt auf ihrem Pony anbot. Sie hatte vorher noch nie jemanden auf ihrem Pony reiten lassen.

Kellys Großvater verkaufte die Pferderanch im Laufe des Jahres, und sie sah den kleinen Jungen nie wieder. Doch aus irgendeinem Grund hatte sie den geheimnisvollen Tag, an dem sie fünf Jahre alt wurde, nie vergessen, und jedes Mal, wenn sie ihre roten Cowgirlstiefel anzog, dachte sie an den süßen kleinen Stadtjungen. Als Kelly aus den Stiefeln herauswuchs, beschloss ihre Mutter, sie nicht wegzuwerfen, sondern sie irgendwo zu verstauen. Kelly hatte die kleinen roten Stiefel so sehr geliebt.

Viele Jahre vergingen. Kelly wuchs zu einer schönen, jungen Frau heran und lernte meinen Sohn Marty kennen. Sie heirateten und bekamen eine Tochter, Tate. Eines Tages, als Kelly in ein paar alten Kartons herumwühlte und Sachen für den Straßenverkauf suchte, fand sie die kleinen roten Stiefel. Angenehme Erinnerungen ließen ihr Herz weit werden. »Ich liebte diese Stiefel«, erinnerte sie sich mit einem Lächeln. »Ich glaube, ich schenke sie Tate zum Geburtstag!«

Tates Lachen brachte mich wieder in die Gegenwart zurück. Ich sah, wie mein Sohn seine kichernde Tochter in seinen Armen hochhielt und mit ihr durch den Raum tanzte, sie hatte ihre roten Geburtstagsstiefel an.

»Ich mag deine neuen roten Cowgirlstiefel, mein kleiner Schatz«, sagte er zu ihr. »Sie erinnern mich aus irgendeinem Grund an den Tag, an dem ich mein erstes Pony ritt. Ich war kaum älter als du.«

»Ist das eine wahre Geschichte, Papi? Oder eine, von der wir glauben sollen, dass sie wahr ist? Hat sie ein Happyend? Ich liebe Geschichten mit einem glücklichen Ende«, sagte Tate. Sie mochte es gern, wenn ihr Vater Geschichten über seine Kindheit erzählte, und bat ihn, ihr über seinen ersten Ritt auf einem Pony zu erzählen. Marty lachte über Tates nie endende Flut von Fragen und setzte sich in den großen Liegesessel. Tate kletterte auf seinen Schoß.

»Es gab einmal«, begann er, »einen kleinen Jungen, der sieben Jahre alt war, ich lebte in der großen Stadt St. Louis in Missouri.

Und weißt du, was ich mir mehr als alles in der Welt wünschte? Ein Pferd! Ich erzählte meinem Papa, dass ich, wenn ich groß wäre, ein richtiger Cowboy sein wollte. Mein Papa nahm mich in dem Sommer auf eine Farm nicht weit von hier mit und ließ mich auf einem richtigen Pony reiten. Ich erinnere mich an ein kleines Mädchen auf der Farm, das auf einem Zaun saß. Sie hatte neue rote Cowgirlstiefel an, genau wie deine.«

Kelly saß da und hörte Marty zu, wie er ihrer Tochter von seinem ersten Ritt auf einem Pony erzählte. Als er von den roten Stiefeln erzählte, weiteten sich ihre Augen erstaunt, und ihr Herz pochte verwundert auf: Marty war der süße Stadtjunge gewesen, den sie damals im Alter von nur fünf Jahren getroffen hatte!

»Marty«, sagte sie mit zitternder Stimme, »ich war das kleine Mädchen. Es war die Farm meines Großvaters, und das sind dieselben roten Stiefel!«

Tate saß glücklich auf dem Schoß ihres Vaters und war sich nicht des geheimnisvollen Moments bewusst, in dem ihre Eltern erkannten, dass sie sich als Kinder begegnet waren und dass sie sogar zu jener Zeit bereits die besondere Verbindung gespürt hatten, die zwischen ihren beiden Herzen bestand.

Jeannie S. Williams

Ein unzertrennliches Band

Der menschliche Geist ist stärker als alles, was ihm widerfahren kann.

C. C. Scott

Das junge Paar steht vor der Kirche, sein Arm ist zärtlich um ihre Taille gelegt. Bevor sich Familie und Freunde versammeln, haben sie fünf weiße Kerzen angezündet. Der Kuss, den sie sich geben, lässt Zuschauern den Atem stocken.

Das könnte die Hochzeit von Cliff und Regina Ellis sein. Sie zeigen ganz selbstverständlich ihre Verbundenheit.

Doch nein, dies ist die Trauerzeremonie für ihre fünf Jahre alte Tochter Alexandra, die zwei Jahre lang gegen ihr Krebsleiden angekämpft hatte.

Am Tag bevor sie starb, begleiteten ihre Eltern sie genauso aus dem Leben heraus, wie sie sie in ihm willkommen geheißen hatten – sie drückten sie in warmem, umhüllendem Badewasser fest an sich.

Sie erzählten ihr von Delfinen, genau wie jene, mit denen sie vor ein paar Wochen in Hawaii geschwommen war. Sie legten sie oben in einem ruhigen Zimmer in ihr großes Bett, zündeten Kerzen an, spielten langsame Musik, sangen leise ihre Lieblingslieder und hielten sie fest. Sie verabschiedete sich von ihrer Katze Simba und ihrem drei Jahre alten Bruder Zacharias sowie von fünf Familiengenerationen und von Freunden. Als sie aufhörte zu atmen, saßen sie noch einige Stunden einfach nur bei ihr und ließen sie dann gehen.

Im Alter von nur 31 und 29 Jahren sind Cliff und Regina ein ungewöhnliches junges Ehepaar. Stark, liebevoll und weise, weiser, als ihr Alter vermuten lässt. Obwohl die tödliche Krankheit ihres Kindes eine Ehe unheimlich belastet, wurde die ihre durch die lange Krankheit von Alex noch stärker gefestigt.

Als sie nach zwei Monaten über den Tod ihrer Tochter und seine Auswirkungen nachdachten, kamen sie zu dem Ergebnis, dass das Fundament ihrer Beziehung ihre Verbundenheit war; ihre Verbundenheit einander gegenüber und Zach gegenüber als Eltern, die er verdiente; der Stiftung gegenüber, die sie gegründet hatten, um Informationen und Unterstützung für andere krebskranke Kinder bereitzustellen; und Verbundenheit, die es ihnen ermöglichte, dieses schreckliche, chaotische Jahr zu überstehen, in dem sie in einem Augenblick den Sonnenuntergang genossen und sich im nächsten fragten, wie das Leben so grausam sein konnte.

Regina Rathburn und Cliff Ellis hatten sich in den frühen Achtzigerjahren in der High-School kennen gelernt. Sie war neu auf der Schule, stand noch am Anfang, und er war im letzten Jahr. Manchmal gingen sie öfter miteinander aus, dann wieder seltener, und als sie in ihrem letzten Jahr war, wurde es ernst. Es schien, als seien sie Seelenpartner, die füreinander geschaffen waren, wie für niemanden sonst. Cliff war »lustig, sensibel, herzlich«. Regina war »schön, mit einer sehr starken Persönlichkeit«.

Als sie 1988 heirateten, wünschten sie sich viele Kinder – die Art Familie, die Regina kannte, in der alles zusammen besprochen, zusammen gelacht und geweint wurde. »Ich war schon immer realistisch«, sagt Regina. »Ich wusste, dass die Ehe eine Menge harter Arbeit erfordert. Ich hatte niemals die Vorstellung, dass alles einfach und wunderbar wäre. Wenn wir uns weiterentwickeln und verändern wollen, mussten wir daran arbeiten.«

Alexandra wurde bald danach geboren, ein vollkommenes Baby, das nach der Geburt Probleme mit der Atmung bekam. Als sie schließlich nach Hause durfte, nahmen Regina und Cliff mit ihrer Tochter ein warmes Bad, sicher in des Schicksals Händen. Drei Jahre später kam Zach dazu. Ihre Träume wurden wahr, und sie hatten, als sie ihr Geschäft im Griff hatten, viel Zeit für ihre Kinder.

Dann wurde bei Alex am Rücken Krebs diagnostiziert. Zweieinhalb Jahre lang kämpften sie erfolgreich dagegen an, mit Chemotherapie und allem. Cliff rasierte seinen Kopf, damit sein Haarschnitt zum kahlen »Chemo-Schnitt« seiner Tochter passte.

Gegen Ende des Winters brach der Krebs erneut aus. Alex lehnte eine Rückenmarkstransplantation ab; nicht mehr ins Krankenhaus, flehte sie. Sie wollte nach Hawaii fahren und mit einem Delfin schwimmen, also machten sie sich auf den Weg.

Keiner der beiden Elternteile wusste, wie der andere reagieren würde, wenn das Ende kam. Würden sie dieselben Menschen sein? Würden sie einander nach solch einem Verlust noch lieben können? Doch selbst als sie sterbend in dem großen Bett ihrer Eltern lag, hatte Alexandra ihnen ein unschätzbares Geschenk gemacht:

»Sie nahm meine Hände und die Hände meines Ehemanns«, sagte ihre Mutter. »Über ihrem kleinen Körper legte sie unsere Hände ineinander, so als wollte sie mit ihrer letzten Handlung hier auf Erden ein unzertrennliches Band zwischen ihnen herstellen.

In jenem Moment schaute ich Cliff an und dachte, *Gott, er ist so schön!* Was für ein hingebungsvoller Vater er gewesen war. Ich sah in ihm diese Liebe, dieses unglaubliche Geben. Wir waren für sie da – in hundertprozentiger Teamarbeit. Wir legten besonderen Wert auf unsere Herzen, unsere Tochter, unsere Beziehung – genauso, wie wir es bei ihrer Geburt getan hatten.«

Der Blick von Cliff und Regina traf sich über ihr Wohnzimmer hinweg, als sie sich an diese unvergessliche Nacht erinnerten.

»Und ich schaute Regina an«, sagte Cliff, »und konnte mir nicht vorstellen, sie mehr zu lieben. Ich war sogar noch mehr zu ihr hingezogen – es war unglaublich.«

Sie wussten, dass trauern Alleinsein erfordert, und gaben einander genügend Raum.

Sie verstanden, dass die Ehe – besonders die unter Stress stehende Ehe – ihre Höhen und Tiefen hat; einige Tage sind einfach deprimierend, doch das ist kein Grund, den anderen zu verlassen.

Sie sind einstimmig der Meinung, dass Kinder für sie die vorrangige Aufgabe sind – und dass sie ihnen die meiste Freude bereiten.

Schieben Sie alles auf, aber nehmen Sie sich Zeit für Ihre Kinder, appellieren sie an andere Eltern.

In dem hart erworbenen und für junge Menschen ungewöhnlichen Wissen, dass das Leben kurz ist und so gut wie möglich genossen werden sollte, verbringen sie ihre begrenzte Zeit nur mit Menschen oder Aktivitäten, die sie mögen und als bedeutungsvoll erachten.

Sie wissen es zu schätzen, dass die Zeit den Menschen ändert, und ermutigen sich gegenseitig zur Weiterentwicklung.

Sie akzeptieren, dass es sogar in den schwärzesten Momenten des Lebens etwas Wertvolles zu entdecken gibt.

»Ich dachte, der Tod von Alex würde uns völlig zerstören – ich dachte, sie zu verlieren, würde bedeuten, mich selbst zu verlieren«, gab Regina zu. »Ich wusste nicht mehr, wer ich war. Doch Cliff sagte etwas, das der innersten Wahrheit unserer Ehe entspricht: Wer immer wir auch sind, wir werden zusammen sein.«

Jann Mitchell

7

Die Flamme, die noch brennt

Jene, die nie in der Tiefe wurzelnde Nähe kennen gelernt haben und daher auch nicht die Verbundenheit einer glücklichen, gegenseitigen Liebe, haben das Beste verpasst, was das Leben zu bieten hat.

Bertrand Russell

Mittwochs

Die Größe in kleinen Dingen
macht die Größe des Lebens aus.
Eugenia Price

Sie ist meine Frau, meine Geliebte, meine beste Freundin. Unsere Ehe hält und wächst seit über 14 Jahren. Nach all dieser Zeit zusammen kann ich ehrlich sagen, dass meine Liebe zu Patricia nicht im Mindesten abgenommen hat. Tatsächlich fasziniert mich ihre Schönheit von Tag zu Tag mehr. Die besten Zeiten meines Lebens sind Zeiten, die ich mit ihr verbracht habe, ob wir nun ruhig zusammen ferngesehen oder einen frohen Nachmittag in einem Spielcenter verbracht haben.

Es gibt kein Geheimnis, das offenbaren könnte, warum unsere Ehe hält, während so viele andere scheitern. Es gibt kein Patentrezept, das ich anbieten könnte, außer der Tatsache, dass der wichtigste Wesenszug unserer Beziehung in ihrer Romantik liegt: Der Sinn für Romantik kam bei unserer ersten Begegnung auf und war danach immer präsent. Sehr oft geht die Romantik, die in der Anfangsphase einer Beziehung entsteht, später in der Ehe verloren. Was mich betrifft, so lebe ich in dem Gefühl, dass ich noch immer um Patricia werbe, und aus diesem Grund ging die Romantik bei uns nie verloren.

Romantik ist keine Sache, die gelehrt oder imitiert werden kann. Man kann nur durch einen anderen Menschen romantisch sein. Patricia, die seit 14 Jahren meine Ehefrau ist, hat die Romantik in mir geweckt. Sie ist der Anlass meiner romantischen Gefühle. Patricia hat immer das Beste in mir zum Vorschein gebracht. Die verschiedenen Facetten unserer Romantik sind so zahlreich, dass sie an dieser Stelle nicht alle aufgelistet werden können. Wir haben jedoch ein besonderes romantisches Intermezzo, das ich vor 15 Jahren ins Leben rief.

Bevor wir heirateten, konnten Patricia und ich uns während der Woche nicht so häufig sehen, wie wir es uns wünschten. Die Wochenenden vergingen wie im Fluge, und die Tage dazwischen zogen sich endlos in die Länge. Ich entschied, dass ich etwas unternehmen musste, damit die Tage der Woche schneller vergingen oder damit wir zumindest während der Woche etwas hatten, auf das wir uns freuen konnten.

Auf diese Weise begann es an einem Mittwoch vor ungefähr 15 Jahren: Ich kaufte eine Karte und gab sie Patricia. Es gab keinen besonderen Anlass. Die Karte drückte lediglich aus, wie sehr ich sie liebte und wie sehr ich an sie dachte. Den Mittwoch wählte ich aus dem einfachen Grunde aus, weil er in der Mitte der Woche lag.

Seit jenem Tag habe ich keine einzige Woche ausgelassen – Patricia hat jeden Mittwoch eine Karte von mir erhalten, jede Woche, jeden Monat, jedes Jahr.

Der wöchentliche Kauf einer Karte ist mir nicht zur Gewohnheit geworden. Meine romantische Botschaft ist es, jede Woche die richtige Karte auszusuchen. Manchmal führt mich die Suche nach einer passenden Karte in viele verschiedene Kartenläden. Ich bin dafür bekannt, dass ich eine Menge Zeit damit verbringe, vor den Kartenständern zu stehen und Dutzende verschiedener Karten zu lesen, bevor ich die richtige auswähle. Das Bild und die Worte auf der Karte müssen für mich eine spezifische Bedeutung haben und mich an Patricia und unser beider Leben erinnern. Die Karte muss ein Gefühl in mir hervorrufen. Wenn eine Karte mir Tränen der Freude in die Augen treibt, weiß ich, dass ich die richtige Karte gefunden habe.

Patricia wacht jeden Mittwoch auf und freut sich auf ihre Karte, und obwohl sie weiß, dass sie da sein wird, leuchten ihre Augen jedes Mal vor Aufregung, wenn sie den Umschlag aufreißt und den Inhalt liest. Auch ich finde es immer noch jedes Mal spannend, ihr eine Karte zu geben.

Am Fuße unseres Bettes steht eine mit Messing beschlagene Kiste, die alle Grußkarten enthält, die Patricia während der letzten 15 Jahre von mir erhalten hat, hunderte und aberhunderte von Karten, eine so liebevoll geschrieben wie die andere. Ich kann nur hoffen, dass unser gemeinsames Leben so lange dauern wird, dass ich zehn messingbeschlagene Kisten mit meinen wöchentlichen Botschaften füllen kann, die meine Liebe, meine Zuneigung und vor allem meine Dankbarkeit für die Freude ausdrücken, die Patricia in mein Leben gebracht hat.

David A. Manzi

Ewig jung

Solange du bewundern
und lieben kannst,
genießt du ewige Jugend.

Pablo Casals

Während der 26 Jahre meiner Ehe ist etwas Seltsames passiert. Meine Eltern sind älter geworden; unsere Kinder sind so weit und können ihr Nest verlassen. Aber ich bin nicht gealtert. Ich weiß, dass die Jahre vergangen sind, denn ich spüre, dass die Erscheinungen der Zeit an mir vorübergezogen sind. Vorbei sind die Zeiten der Plateauschuhe und der Jeans in Größe 38. Verschwunden ist das eifrige Gesicht eines jungen Mädchens, das zu jeder Herausforderung bereit ist. Doch irgendwie ist die Zeit bei mir stehen geblieben – wie bei Tinkerbell. Denn in den Augen und im

Geiste meines Ehemanns … bin ich immer noch 18 und werde es auch immer bleiben … so sorglos und launenhaft wie in der Zeit, als wir uns kennen lernten.

Er nennt mich immer noch seinen »kleinen, süßen Schatz«. Er schaut mit mir zusammen Furcht erregende Filme in einem Kino voller kreischender Teenager an. Wir halten Händchen und essen Popcorn so, wie wir es vor vielen Jahren taten. Wir verfolgen immer noch Feuerwehrwagen, essen in kleinen, einfachen Restaurants und hören Rock 'n' Roll aus den Sechzigern.

»Du würdest gut darin aussehen«, sagt er und zeigt auf ein schönes Mädchen im Kaufhaus. Sie hat blondes Haar, das ihr über den Rücken wallt, trägt ein Kettenhemd und kurze Shorts. Habe ich erwähnt, dass sie um die 20 ist? Ich will laut auflachen, doch ich weiß es besser – er meint es ernst.

Jedes Jahr im Juli gehen wir bei uns auf die Kirmes. In einer heißen Sommernacht stromern wir über staubiges Festgelände und nehmen alle Lichter und Geräusche in uns auf. Wir knabbern an unserem Maiskolben, und er kauft mir kitschige Souvenirs. Budenbesitzer preisen ihre Waren entlang des Mittelgangs an. Er wirft mit einem Pfeil auf ein Dartbrett voller Luftballons und versucht Jahr um Jahr den großen ausgestopften Bären zu gewinnen. Während andere Paare in unserem Alter sich auf Bänken ausruhen, fahren wir in Karussells. Hinauf, hinunter und im Kreis – wenn die quietschenden Räder der Achterbahn ihren letzten Looping drehen, halten wir uns fest. Gegen Ende des Abends sind wir an unserem Lieblingsplatz zu finden, hoch oben im Riesenrad teilen wir uns rosa Zuckerwatte und schauen auf ein Meer aus farbenfrohen Neonlichtern.

Manchmal frage ich mich, ob ihm bewusst ist, dass ich vier Jahrzehnte älter geworden bin, dass die Kinder, die ich zur Welt gebracht habe, eigene Kinder haben könnten. Sieht er die ersten grauen Haare nicht? Die Falten um meine Augen herum? Spürt er meine Unsicherheit? Hört er mein Knie knacken, wenn ich mich bücke? Ich beobachte ihn, beobachte, wie er mich beobachtet aus jungen, lachenden Augen, und ich weiß, dass er sich all dessen nicht bewusst ist.

Ich frage mich oft, wo wir in weiteren vier Jahrzehnten sein werden. Ich weiß, dass wir zusammen sein werden, doch wo das sein wird, kann ich nicht sagen. In einem Altenheim? Mit unseren Kindern zusammen? Irgendwie passen diese Bilder nicht. Nur ein Bild ist klar und konstant. Ich schließe meine Augen und schaue weit in die Zukunft... ich sehe uns... einen alten Mann und seinen kleinen, süßen Schatz. Ich habe weißes Haar, sein Gesicht ist faltig. Wir sitzen nicht vor irgendeinem Gebäude und schauen zu, wie die Welt an uns vorüberzieht. Nein, wir sitzen ganz oben im Riesenrad, halten Händchen und teilen uns rosa Zuckerwatte in einer warmen Julinacht.

Shari Cohen

Ich liebe dich immer noch

Etwa vier Meter abseits der Straße in der Ostkurve der Bundesstraße 103, die in Nord-Süd-Richtung durch die Stadt Newbury in New Hampshire (Einwohnerzahl ungefähr 1500) verläuft, hockt eine braungraue Steinplatte, die grob geschätzt die Größe eines Mannes hat. Ihr südliches Antlitz ist platt, fast eben und zeigt im Winkel einer Reklametafel in Richtung des Verkehrs, der aus Norden kommt.

Vor ungefähr 25 Jahren stand gegenüber dem Stein auf der Westseite der Straße ein schmuckes weißes, mit Zedernholzschindeln gedecktes Haus, in dessen Hinterhof – so die Überlieferung – ein Dutzend Hühner herumpickten. Ihre Eier trugen zum Frühstück (und einem kleinen Nebenverdienst) einer Familie mit Namen Rules bei, deren Tochter Gretchen schön, gewitzt, versonnen und 16 Jahre alt war.

Es gab da ebenfalls einen Jungen, einen schüchternen Jungen, auch versonnen, dessen Name heute in Vergessenheit geraten ist, der sich sehr nach Gretchen Rule sehnte. Er suchte nach Wegen, es ihr zu sagen oder zu zeigen – ohne es sich selbst einzugestehen –, bis er auf den Stein stieß: »HÄHNCHENFARMERIN, ICH LIEBE DICH«, schrieb er in 20 Zentimeter großen, gesprühten und gemalten Buchstaben darauf, in einer Nacht – so oder so ähnlich ging die Geschichte –, als der Mond und die Sterne hoch am Himmel standen. Das Mädchen sah es und erriet den Autor (obwohl es wirklich nur eine Vermutung war), und die Stadt und die Insassen der vorbeifahrenden Fahrzeuge lächelten, stellten ihre eigenen Vermutungen an und gingen weiter ihrer Wege.

Die Nachricht war jahrelang zu sehen, obwohl das wachsende Dornengestrüpp sie zu überwuchern drohte und die Buchstaben zu verblassen begannen, die einst so fett und weiß gewesen waren.

Gretchen Rule ging fort nach Harvard und lebte danach ihr Leben. Aus dem Jungen, wer immer es auch war – oder ist – wurde ein Mann. Der Stein wurde zum Relikt, eine unzeitgemäße Liebesbotschaft.

Eines Nachts vor zehn oder vielleicht zwölf Jahren (niemand sah es, und niemand kann es heute mit hundertprozentiger Sicherheit sagen) wurde das Dornengestrüpp zurückgeschnitten. Die Nachricht wurde nachgezogen und erneuert: »HÄHNCHENFARMERIN, ICH LIEBE DICH IMMER NOCH.«

Der Stein diente als Orientierungspunkt. »Es ist die erste links nach dem Hähnchenstein«, pflegten die Ortsansässigen zu sagen. Die ersten Worte, die ein Kind im Kindergarten von Newbury – heute ein Teenager – lesen konnte, waren »Hähnchen«, »Liebe« und »Farmer«.

Die Skiurlauber, die von Boston nach Norden in Richtung Sunapee fuhren, sponnen Geschichten über eine unglückliche Liebe, und kaum jemand bemerkte, dass alle ein oder zwei Jahre die Buchstaben erneuert und das Gestrüpp zurückgeschnitten wurde.

Dann, spät im April letzten Jahres beschwerte sich ein unbekannter Anrufer über »Graffiti« beim örtlichen Büro des New-Hampshire-Verkehrsvereins in Newbury. Am Abend desselben Tages war eine zwanzig Zentimeter hohe, rostfarbene Grundierung alles, was von der einstigen Liebe eines schüchternen Jungen übrig geblieben war. Der *Concord Monitor* überschrieb sein Requiem mit der Schlagzeile: »Liebesbotschaft an Hähnchenfarmerin existiert nicht mehr«.

Eine Woche verging. Dann, im Morgengrauen des 30. April, einem Mittwoch, ging die neue Sonne über der hartnäckigsten Liebe von New Hampshire auf: »HÄHNCHENFARMERIN, ICH LIEBE DICH IMMER NOCH.«

Die gleiche Nachricht, die gleichen 20 Zentimeter großen Buchstaben. Doch diesmal kräftiger: fett, eher gemalt als gesprüht.

In Newbury ergriffen die Bewohner, die nun inspirierter denn je waren, Maßnahmen, um ihren Orientierungspunkt am Leben zu erhalten. »Eine Petition für den Erhalt des Status quo an den öffentlichen Verkehrsverein von New Hampshire« nannten sie es und sammelten Unterschriften dafür – innerhalb eines Tages 192 Stück. Der Verkehrsverein antwortete schriftlich: Die Nachricht des Hähnchensteins sei für immer gesichert.

Sicherlich musste auch irgendwo ein schüchterner Mann in den Vierzigern lächeln.

Geoffrey Douglas

Nur ein ganz gewöhnlicher Dienstag

An einem stürmischen Dienstag in den frühen Fünfzigerjahren kam ein guter Freund von uns vorbei, um uns die Nachricht von der Geburt seiner Tochter zu bringen. Er fragte meinen Mann Harold, ob er mit ihm ins Krankenhaus käme. Sie sagten, ich solle sie zum Abendessen zurück erwarten.

Die beiden machten bei einem Blumengeschäft Halt, um für die junge Mutter einen Blumentopf mit Tulpen auszusuchen, und es kam meinem Liebsten in den Sinn, auch für seine Ehefrau Tulpen mitzubringen. Darüber hinaus entschied er sich noch für zwei Dutzend rote Rosen und setzte alles unter die Ausgaben, die ich in unserer Liste für Beerdigungen und Sonstiges vorgesehen hatte. (Ich nehme an, er war der Ansicht, dies falle unter Sonstiges.)

Nach dem Besuch im Krankenhaus gingen sie noch kurz auf ein Bier in das Gasthaus »Zum Hahn« und nahmen die Blumen mit, damit sie im Wagen nicht welkten. Wie das so ist, führte eins zum anderen, und die Stammgäste des Hauses erkundigten sich nach Sinn und Zweck der roten Rosen und der Tulpen. Unvorbereitet und etwas ärgerlich antwortete Harold: »Sie sind ein Geschenk zum Hochzeitstag für meine Dot.«

Doch es war nicht unser Hochzeitstag und auch nicht mein Geburtstag. Nur ein ganz gewöhnlicher Dienstag. Ein Stammgast nach dem anderen gab meinem Mann und seinem Freund einen Drink zur Feier seines Hochzeitstages aus. Gegen 21.30 Uhr zogen die Stammgäste ihn dann damit auf, dass er allein feierte. »Meine Frau hatte bis zehn Uhr zu tun«, antwortete er. »Sie trifft mich hier zum Steakessen im Kiefernzimmer.« Daraufhin bestellte er nicht nur für uns, sondern für alle Stammgäste des Hauses Steaks. Der Wirt deckte die Tafel frohen Mutes für 18 Personen.

Nun gab es ein Problem – wie konnte ich dazu bewegt werden, auf der Bildfläche zu erscheinen? Es war nicht mein Lieblingsrestaurant, es war spät, er hatte das Abendessen verpasst, und ich war höchstwahrscheinlich besorgt und verärgert.

Mein Angetrauter rief ein Taxi und sagte dem Fahrer, der ein Freund von ihm war, dass er nach Dublin fahren und zu Dot sagen solle, er sei in Schwierigkeiten im Gasthaus »Zum Hahn« und sie solle sofort kommen. Ich war in Nachthemd und Bademantel und hatte hässliche metallene Lockenwickler im Haar, als der Taxifahrer klingelte. Ich warf einen Mantel über, zog meine Stiefel an und lief hinaus.

Die Bar war leer, als wir im »Hahn« ankamen. »Meine Güte«, sagte ich. »Es muss wirklich etwas Ernstes sein.« Eine Kellnerin führte mich in den verdunkelten Bankettraum. »Überraschung! Überraschung!« Harold stand auf und hielt mir meinen Stuhl hin. Er küsste mich auf die Wange und flüsterte: »Ich werde es dir später erklären.« Das wird er tun, darauf kannst du wetten.

Nun gut, Rosen sind Rosen, Steak ist Steak, und verheiratet ist verheiratet, in guten wie in schlechten Tagen. Ich roch an den Rosen, lächelte meinen fremden Gästen zu und unter dem Tisch gab ich meinem Mann hörbar einen Tritt. Ich hatte nie zuvor mit diesen Menschen gespeist und würde es aller Wahrscheinlichkeit nach auch nie wieder tun, doch wusste ich, dass ihre Glückwünsche aufrichtig waren. Ich tanzte in meiner Zubettgehgarderobe und meinen Stiefeln sogar den »Hochzeitstagwalzer«, um die Tatsache zu feiern, dass es nur ein ganz gewöhnlicher Dienstag war.

Dorothy Walker

Schatz, du bist …

mein sonniger Himmel,
mein liebstes Mittel,
mein Bett so warm,
mein Hafen im Sturm,
mein süßestes Geschenk,
mein Gefühlsaufschwung,
mein bester Freund,
bis ganz zum End,
meine Inspiration,
meine Zielstation,
mein scheinendes Licht,

mit und ohne Sonnenlicht,
mein Herzensflimmer,
mein Ärgerdimmer,
mein Schmerzlinderer,
mein Frühlingsfeuer,
mein seltener Edelstein,
die Antwort auf mein Gebet,
mein Herz und meine Seele,
die Abrundung meines Lebens,
mein Karussell,
mein Hoch und Tief,
meine beste Chance,
mein letzter Tanz,
mein bester Treffer,
meine süße Goldorange,
mein Energiespender,
mein Appetitanreger,
meine aufgehende Sonne,
meine Freude am Abend,
mein Tanzpartner,
mein Herzensgärtner,
die Quelle meines Lebens,
mein ewig Trost,
mein himmlisches Geschenk,
dem ich bestimmt,
mein lockendes Feuer,
mein größtes Verlangen,
mein Seelenpartner,
mein süßes Schicksal,
meine traumhafte Geliebte,
meine »Erste vor allen anderen«,
mein Vertrauen,
mein gesunder Menschenverstand,

mein Lebensgrund,
bis ich verschwind.

Nur für den Fall, dass du es nicht wusstest.

David L. Weatherford

Unser 20. Hochzeitstag

> Es gibt nur eine Frage, die wirklich ernst zu nehmen ist. Sie lautet: ...was kann man tun, damit die Liebe auf Dauer bestehen bleibt?
>
> *Tim Robbins*

Ich lächle, wenn Bigamie in dem Sinne definiert wird, dass ein Ehepartner zu viel vorhanden ist, und Monogamie als dasselbe bezeichnet wird. Meiner Meinung nach ist die Ehe eine abenteuerliche, lebenslange Kommunikation. Das war sie sicherlich mit meinem Ehemann Marty.

Marty und ich sind seit über 20 ereignisreichen und erfüllten Jahren zusammen.

Er ist, das sage ich mit all meiner Zuneigung, nur ein ganz normaler Mann mit einer sehr bodenständigen Art. Neulich erzählte ich Marty zum Beispiel, dass ich mit dem Gedanken spielen würde, das Malen anzufangen. Er blickte zu mir herüber und fragte prompt: »Halbglanz oder Latex?«

Das ist Marty.

Ich erinnere mich an die Monate vor unserem 20. Hochzeitstag, ich begann über unsere Ehe nachzudenken und mich zu fragen, ob das wirklich alles sei, was es sein könnte. Ich erinnerte mich an die lange zurückliegende, geheimnisvolle Faszination zu Beginn einer neuen Beziehung – die Aufregung, jemanden zu treffen, über den du nichts weißt, und langsam die bewundernswerten Züge seiner Persönlichkeit zu entdecken; die Freude daran, Gemeinsamkeiten herauszufinden, die erste Verabredung, die erste Berührung, der erste Kuss, das erste Kuscheln, das erste *alles*.

Eines Morgens waren mein guter alter Ehemann und ich früh auf und befanden uns auf unserem gewohnten, sechs Kilometer langen Spaziergang. Obwohl die Umgebung sehr schön aussah, war ich in meinen Gedanken ganz woanders. Ich dachte über all die Dinge nach, die einem nach 20 Jahren Ehe zu fehlen scheinen, und fragte mich, ob ich tatsächlich neue Erfahrungen, die ich machen wollte, an mir vorüberziehen ließ. Wir hatten gerade die Dreikilometermarke auf unserem Weg erreicht, ein schattiges Plätzchen, an dem zwei Zedern einen natürlich abgeschiedenen, privaten Bogen über uns bildeten. Als wir wieder umkehren wollten, zog mein Mann mich an sich, nahm mich in seine Arme und küsste mich.

Ich war so in meinen Gedanken über all die neuen Erfahrungen, die ich vorüberziehen ließ, versunken, dass sein Kuss mich völlig überraschte.

Und da, schweißnass, inmitten dieses heißen, klebrigen, gierigen Kusses, erkannte ich plötzlich in einer Flut von Gedanken die Geschenke, die sich während der 20 Jahre mit Marty angesammelt hatten. Wir hatten einander gegenseitig über den Tod dreier Elternteile und zweier Brüder hinweg getröstet. Wir hatten die Examensfeier seines Sohnes miterlebt. Wir hatten von Neuschottland bis hin zu den kanadischen Rocky Mountains gecampt. Wir hatten am 4. Juli mit meiner Familie in Irland gefeiert, und wir waren in Alaska am Bay entlang gewandert. Wir hatten viele Kartoffeln zusammen gegessen, viele Sonnenaufgänge zusammen gesehen und einen großen Teil unseres Lebens miteinander geteilt.

Ich habe mit keinem anderen menschlichen Wesen so vieles geteilt – außer mit meinem Ehemann, und in diesem Augenblick *waren* wir dabei, etwas Neues zu teilen. Einen Spaziergang, eine zärtliche, sichere und reiche Partnerschaft, die jeden Tag neue Liebe hervorbrachte, und einen Kuss, den es vorher nicht gegeben hatte und den es auch nie wieder geben würde. Dieser Augenblick *war* neu, wie es jeder weitere Augenblick immer sein würde.

Jener Tag, unser 20. Hochzeitstag, nahm für mich eine völlig andere Bedeutung an, eine Bedeutung, die mir seit dem Tag immer im Gedächtnis geblieben ist: In unserer ältesten Verbindung kann unsere neueste feierliche Errungenschaft liegen.

Maggie Bedrosian

Strahlt die an, die ihr liebt

Mutter Teresa gab den Menschen oft unerwartet einen Ratschlag. Als eine Gruppe Amerikaner, von denen viele in der Lehre tätig waren, sie in Kalkutta besuchte, baten sie um einen Ratschlag, den sie mit nach Hause zu ihren Familien nehmen konnten.

»Strahlt eure Ehefrauen an«, sagte sie zu ihnen, »strahlt eure Ehemänner an.«

In der Annahme, dass dieser Rat möglicherweise zu einfach sei, da er von einer unverheirateten Person erteilt wurde, fragte jemand aus der Gruppe: »Sind Sie verheiratet?«

»Ja«, antwortete sie zur Überraschung aller, »und manchmal ist es sehr schwer, Jesus anzustrahlen, denn er kann sehr hohe Anforderungen stellen.«

Eileen Egan

8

Ewige Liebe

Die zärtlichen Worte, die wir zueinander sagten, sind im verborgenen Herzen des Himmels gespeichert: Eines Tages werden sie wie Regentropfen herunterfallen und alles benetzen, und unser Geheimnis wird sich grün blühend über die ganze Welt ausbreiten.

Rumi

Reisauflauf

Sheila kam ärgerlichen Schritts in den Aufenthaltsraum gestapft, an ihrer Uniform klebten Essensreste. »Ich verstehe nicht, wie du das machst!«, schnaubte sie Helen, die leitende Krankenschwester der Nachtschicht, an. Sheila ließ sich in einen Stuhl fallen und schaute mürrisch auf ihr zerdrücktes Lunchpaket. »Frau Svoboda hat gerade wieder ihr Tablett nach mir geworfen. Sie ist so aufgebracht, dass ich nicht weiß, wie ich es schaffen soll, sie vor dem Schlafengehen zu waschen. Warum hast du mit ihr nicht so viel Ärger?«

Helen lächelte mitfühlend. »Ich hatte auch schon genug raue Nächte mit ihr. Doch ich bin schon länger hier und kenne außerdem ihren Ehemann.«

»Ja, Troy. Ich habe von ihm gehört. Das ist so ziemlich das einzige Wort, das ich verstehe, wenn sie richtig loslegt.«

Helen schaute die junge Krankenschwesternschülerin ruhig an. Wie konnte sie ihr erklären, was sie hinter dem alternden Äußeren der Pflegeheimbewohner sah, um die sie sich kümmerte? Sheila war nur für den Sommer hier, und es war fraglich, ob diese Zeit ausreichte, um die Härtefälle lieben zu lernen.

»Sheila«, begann sie zögernd. »Ich weiß, dass es schwer ist, mit Menschen wie Frau Svoboda zu arbeiten. Sie benimmt sich barsch, kommt einem nicht entgegen und hat eine ganz gemeine, linke Tour drauf.« Sheila lächelte kläglich. »Doch sie ist mehr als der tägliche Altersschwachsinn, den du von ihr siehst.«

Helen stand auf, um sich noch eine Tasse Kaffee einzuschenken. »Ich möchte dir gerne erzählen, was ich erlebte, als ich die Svobodas zum ersten Mal traf.

Als Frau Svoboda aufgenommen wurde, war sie noch nicht so schlimm wie heute, doch sie hatte es in sich. Gewöhnlich beklagte sie sich über die kleinsten Dinge – ihr Tee wäre nicht heiß genug, ihr Bett nicht richtig gemacht. An ihren schwarzen Tagen beschuldigte sie uns alle, sie zu bestehlen. Ich hatte keine Geduld mit ihr, bis eines Tages zufällig ihr Ehemann während der Badezeit anwesend war. Ich machte mich schon auf den gewöhnlich mit ihr stattfindenden Kampf gefasst, als er fragte, ob er helfen könne. ›Sicher‹, sagte ich dankbar. So lange, bis ich den Lift in die Wanne herunterzulassen begann, war alles in Ordnung. Doch zum Glück waren die Sicherheitsvorkehrungen eingeschaltet, denn sie fing an zu treten und zu schreien.

Ich begann sie schnell zu waschen, ganz darauf bedacht, die Prozedur schnell hinter uns zu bringen, als Troy seine Hand auf meinen Arm legte. ›Lassen Sie sie sich kurz an das Wasser gewöhnen‹, bat er und begann auf Russisch beruhigend auf sie einzureden. Nach kurzer Zeit wurde sie ruhig, sie schien ihm zuzuhören. Sehr sanft nahm er mir den Waschlappen und die Seife ab und wusch ihre beiden Hände. Dann wusch er sehr langsam und vorsichtig ihre Arme und Schultern und arbeitete sich sanft auf ihrer faltigen, blassen Haut vor. Jede Berührung war eine Liebkosung, jede Bewegung ein Versprechen. Plötzlich wurde mir bewusst, dass ich Zeugin eines kurzen Augenblicks seltener Intimität war. Nach einer Weile schloss sie ihre Augen und ließ sich entspannt ins warme Wasser sinken. ›Meine schöne Nadja‹, murmelte der Mann. ›Du bist so schön.‹ Zu meiner Überraschung öffnete Frau Svoboda ihre Augen und entgegnete murmelnd: ›Mein schöner Troy.‹ Noch erstaunlicher war es, dass sie Tränen in den Augen hatte!

Herr Svoboda verstellte die Nackenstütze und ließ ihr Haar ins Wasser gleiten. Die alte Frau seufzte vor Vergnügen, als er darüber strich, es wusch und ausspülte. Dann küsste er sie auf die Schläfen. ›Alles erledigt, meine Schöne. Aufstehen bitte.‹

Ich musste bei ihnen bleiben, obwohl sie mich nicht brauchten.

Doch hatte ich einen Eindruck von der geliebten, umsorgten Frau bekommen, die sich tief im Inneren hinter dieser abgebröckelten Fassade des Alters verbarg. Ich hatte sie nie zuvor auf diese Weise gesehen. Ich kannte nicht einmal ihren Vornamen.«

Sheila war ruhig, sie rührte, ohne dabei aufzuschauen, ihren Joghurt um. Helen holte tief Luft und fuhr mit ihrer Erzählung fort.

»Frau Svoboda blieb an jenem Tag den ganzen Nachmittag ruhig. Ihr Mann half mir, sie anzuziehen und sie abends zu füttern. Sie beschwerte sich über das Essen und kippte dann ihre Suppe um. Herr Svoboda brachte alles in Ruhe wieder in Ordnung und wartete, bis ihr Wutanfall vorüber war. Dann gab er ihr langsam den Rest der Mahlzeit und sprach zu ihr, bis es Zeit zum Schlafengehen war.

Ich sorgte mich um den alten Mann, er sah völlig erschöpft aus. Ich fragte ihn, warum er darauf bestand, so vieles selbst zu tun, während wir für diese Arbeit bezahlt wurden. Er wandte sich mir zu und sagte einfach: ›Weil ich sie liebe.‹

›Aber Sie machen sich kaputt‹, antwortete ich.

›Das verstehen Sie nicht‹, fuhr er fort. ›Wir sind seit fast 49 Jahren verheiratet. Als wir anfingen, war das Leben auf unserer Farm härter, als Sie es sich vorstellen können. Die Trockenheit ließ unsere Saat verdorren, und es gab nicht genügend Weideland für das Vieh. Unsere Kinder waren klein, und ich wusste nicht, wie wir den Winter überstehen sollten. Ich fühlte mich hilflos, und das machte mich ärgerlich. In dem Jahr war es sehr schwer mit mir auszukommen. Nadja nahm meine Launen hin und ließ mich in Ruhe, doch eines Abends verlor ich beim Essen die Nerven. Sie hatte unser Lieblingsgericht, Reisauflauf, gemacht, und das Einzige, was mir durch den Kopf ging, war die Überlegung, wie viel Zucker und Milch sie dafür verbraucht hatte.

Plötzlich konnte ich es nicht mehr ertragen. Ich nahm meine Schüssel, schleuderte sie an die Wand und stürmte hinaus in die Scheune. Ich weiß nicht, wie lange ich dort gewesen war, aber gegen Abend, als die Sonne unterging, kam Nadja, um nach mir zu sehen. ›Troy‹, sagte sie, ›du bist mit deinen Sorgen nicht allein. Ich habe versprochen, an deiner Seite zu stehen bei allem, was das Leben uns beschert. Doch wenn du das nicht zulässt, dann musst du gehen.‹ Sie hatte Tränen in den Augen, aber sie sprach mit fester Stimme. ›Du bist im Augenblick nicht du selbst, aber wenn du bereit bist, wieder bei uns zu sein, sind wir hier.‹ Dann küsste sie mich auf die Wange und ging zurück ins Haus.

Ich verbrachte jene Nacht in der Scheune, und am nächsten Tag machte ich mich auf den Weg in die Stadt, um nach einer Arbeit zu suchen. Nach ungefähr einer Woche war ich bereit aufzugeben. Ich hatte das Gefühl, vollständig versagt zu haben, als Farmer, als Mann. Ich machte mich auf den Weg nach Hause, ohne zu wissen, ob ich willkommen war, doch ich hatte sonst keinen Ort, zu dem ich hätte gehen können. Als sie mich über die Wiese kommen sah, kam Nadja mit fliegenden Schürzenbändern herbeigelaufen. Sie schlang ihre Arme um mich, und ich fing an zu weinen. Ich hing wie ein neu geborenes Baby an ihr. Sie streichelte mir nur über den Kopf und hielt mich im Arm. Dann gingen wir ins Haus, als ob nie etwas geschehen wäre.

Wenn sie mir während meiner schlimmsten Zeit die Treue halten konnte, während der härtesten Zeit in unserem Leben, kann ich nun zumindest versuchen sie zu beruhigen und sie an die guten Zeiten erinnern, die wir zusammen hatten. Wir lächelten einander immer an, wenn wir Reisauflauf aßen, und es ist eines der wenigen Dinge, an die sie sich noch erinnert.‹«

Helen war still. Plötzlich stieß Sheila ihren Stuhl zurück. »Meine Pause ist vorbei«, sagte sie und wischte die Tränen weg, die über ihre Wangen liefen. »Und ich kenne eine alte Dame, die ein neues Essen braucht.« Sie lachte Helen an. »Wenn ich nett und freundlich frage, wette ich darauf, dass in der Küche auch ein Reisauflauf für sie aufgetrieben werden kann.«

Roxanne Willems Snopek

Ein Zeichen seiner Liebe

Es kam mir nie in den Sinn, dass unsere Flugtickets für mich hin und zurück und für Don nur einfach waren. Wir befanden uns auf dem Weg nach Houston zur Herzchirurgie. Es war Dons dritte Operation, aber ansonsten war er gesund und robust und erst 61 Jahre alt. Sein Arzt war davon überzeugt, dass er diesen Herzklappenaustausch gut überstehen würde. Andere hatten zwei oder mehrere Operationen überlebt. Don würde das auch schaffen.

Der Tag der Operation kam. Ein sehr langer Tag. Nach sechs Stunden im OP kam der Arzt heraus und sagte mir, dass sie es nicht schafften, Don von der Herz-Lungen-Maschine abzunehmen. Sein Herz würde nicht wieder einsetzen. Ein Schrittmacher für die linke Herzklappe wurde eingesetzt. Nach zwei Tagen musste dieser implantierte Schrittmacher wieder entfernt werden. Er blieb fünf Tage lang im Koma und erhielt jede denkbare Überlebenshilfe. An dem Morgen, als die Ärzte ihre Köpfe schüttelten und sagten, dass es so aussähe, als würden wir die Schlacht verlieren, kam ich zur gewohnten Zeit, hielt seine Hand und sagte ihm, wie sehr ich ihn liebte und dass ich wüsste, dass er sich darum bemühte zurückzukehren, doch dass ich ihn freigeben musste, so dass er das tun konnte, was immer er tun musste. »Ich werde dich immer lieben«, sagte ich. »Ich möchte, dass du weißt, dass ich zurechtkommen werde, wenn du gehen musst.« In der Nacht starb er.

Zurück nach Hause nach Denver – mein sich liebevoll sorgender Bruder begleitete mich. Meine Kinder kamen zur Beerdigung und boten mir lieb großartige Unterstützung an. Ich war immer noch komplett orientierungslos. Ich hatte Don wieder gefunden, nachdem ich mich 30 Jahre zuvor auf dem College von ihm getrennt hatte. Jeder von uns hatte sein eigenes Leben geführt, ich in Houston, Don in Denver. Ich war geschieden, und als ich auf einen Brief und ein Foto von diesem Freund aus der Collegezeit stieß, verspürte ich den Wunsch, ihm zu schreiben. Ein »Hallo nach 30 Jahren«. Ich fand seinen Namen im Telefonbuch von Denver und schickte den Brief ab. Ich war gespannt. Er antwortete. Er teilte mir mit, dass seine Frau gerade gestorben sei, zwei Monate bevor mein Brief kam. Wir korrespondierten und beschlossen schließlich, uns wieder zu treffen. Wir verliebten uns auf dieselbe leichte, angenehme Art, wie wir es schon vor so vielen Jahren getan hatten. Wir heirateten im April, zwei Jahre nach unserem Wiedersehen. Ich zog nach Denver. Wir verbrachten sechs ruhige, wunderbare Jahre zusammen. Wir hatten damit gerechnet, dass uns viel, viel mehr Zeit bleiben würde.

Einen Tag vor der Beerdigung saß ich auf der Veranda hinten zum Garten hinaus und fühlte mich so, als wäre mein Leben auch vorbei. Mehr als alles andere sehnte ich mich nach der Gewissheit, dass mit Don jetzt alles in Ordnung war, dass er keine Schmerzen mehr hatte und in Frieden ruhte und dass sein Geist immer in der Nähe sein würde. »Zeig es mir«, flehte ich. »Bitte, gib mir ein Zeichen.«

Don hatte in dem Sommer einen Rosenstrauch für mich gepflanzt, der jetzt gelbe Rosen tragen sollte. Er hatte mich immer seine »gelbe Rose aus Texas« genannt. Der Strauch enttäuschte insoweit, als er in drei Monaten nicht eine einzige Knospe hervorgebracht hatte. Nun fiel mein starrer Blick auf diesen Rosenstrauch. Verwirrt und meinen Augen nicht trauend, stand ich auf und ging näher heran, um besser sehen zu können. Einer der Stiele hatte viele vollkommene Knospen, die sich gerade öffneten. Es waren sechs vollkommene gelbe Knospen, eine für jedes Jahr unseres Zusammenseins. Tränen schossen mir in die Augen, als ich »Dankeschön« flüsterte. Eine vollkommene gelbe Rosenknospe lag am nächsten Tag bei seiner Beerdigung in Dons Hand.

Patricia Forbes

Warten

Ein weiterer Tag war vergangen. Ein weiterer Tag des Nichtstuns. Ich saß in einem kleinen dunklen Raum und starrte auf einen an der Wand montierten Fernsehapparat. Schöne Tapeten und Gardinen lagen im Schatten verborgen. Das einzige Fenster, das auf eine Steinwand zeigte, war bei Tageslicht trostlos und bot am Abend keinerlei Ablenkung. Die heilsamen Gerüche unterschieden sich nicht mehr von denjenigen der Desinfektionsmittel. Ich wusste nicht, wann ich aufgehört hatte, sie wahrzunehmen.

Die Besuchszeit war auch für diesen Abend abgelaufen. Wie viele Abende würde es noch geben? Wie lange musste ich noch zusehen, wie mein Jerry, mein Ehemann und mein bester Freund, gegen diese gnadenlose Krankheit ankämpfte, die uns zerstörte? Wie hatte solch ein gesunder und energiegeladener Mensch diesem Monster von einer Krankheit zum Opfer fallen können? Lymphom: der Großteil unserer Familie und Freunde hatte bisher nicht einmal davon gehört.

Als ich seinem flachen, schweren Atemrhythmus zuhörte, fuhr ich mit meinen Händen abwesend kämmend durch mein Haar und fragte mich ungläubig, wie wir auf diese Weise enden konnten. Vor fast 24 Jahren, an meinem Hochzeitstag, hatte ich Gott versprochen, dass ich Jerry nie verlassen würde, bis einer von uns beiden stürbe. Die 18-jährige verspielte Braut im weißen Hochzeitskleid hatte geglaubt, dass der Tod nur diejenigen heimsuchte, die es ihm erlaubten. Doch jetzt, zwei Jahrzehnte später, betete eine 42-Jährige mit gebrochenem Herzen dafür, dass Gott ihren erschöpften Ehemann bald von seinem Leiden befreien möge.

Ich rutschte auf dem unbequemen Sessel, in dem ich während des letzten Monats jede Nacht geschlafen hatte, hin und her. Im vorherigen Zimmer gab es einen Sessel mit verstellbarer Rückenlehne. Doch nun starb Jerry und lag auf der Intensivstation. In den hier für Besucher vorgesehenen Räumen gab es nur Stühle mit hölzernen Armlehnen. Sie waren offensichtlich so gestaltet, dass sie die Wartenden entmutigen sollten. Es war nicht möglich, drei Stühle zu einem Bett zusammenzuschieben. Nahmen sie keine Kenntnis davon, dass wir warten mussten, jene von uns, die während der letzten Tage, der letzten Stunden bei ihren Lieben wachten?

Als ich das Klackern hoher Absätze zu einem leisen, traurigen Echo verhallen hörte, öffnete ich die Tür zum Flur, nur um mich davon zu überzeugen, dass es da draußen noch eine Welt gab. Die anderen Male war es anders im Krankenhaus gewesen. Wir hatten immer noch etwas Hoffnung auf Besserung, wenn nicht sogar Heilung. Die anderen Male konnten wir uns noch unterhalten, zusammen lachen und uns gegenseitig Mut machen. Doch jetzt lag es mehr als einen Monat zurück, seitdem Jerry das letzte Mal mit mir gesprochen hatte oder mir mit seinen Blicken durch den Raum gefolgt war. Er konnte mir nicht einmal mehr zeigen, dass er mein Flüstern wahrnahm oder verstand. Doch ich sprach immer noch zu ihm, meine Stimme zitterte vor Liebe, Sehnsucht und Leid, und ich hatte die Hoffnung, dass er, wo immer er auch war, mich vielleicht hören könnte:

»Liebling, du bist immer noch der wichtigste Mensch in der ganzen Welt für mich.«

»Ich werde dich nicht verlassen. Das verspreche ich.«

Doch jene braunen Augen, die mir sonst immer strahlend zugezwinkert hatten, antworteten mir nur mit einem leeren, starren Blick.

Warten. Das Warten war für die Familie auf der anderen Seite des breiten Ganges vorüber. Opfer eines Schlaganfalls, 87 Jahre alt. Sie hatte eine Woche lang ruhig und still in ihrem Bett gelegen. Die Einstellung auf »Kein Signal« stellte sicher, dass keine heroischen Maßnahmen zu ihrer Rettung ergriffen wurden und ihr Ableben nicht noch stärker traumatisiert wurde. An ebenjenem Abend war es passiert – eine gute Mutter, die ein langes und erfülltes Leben hinter sich hatte, war ruhig eingeschlafen. Obwohl ihre Kinder, Schwiegertöchter und -söhne und ihre Enkel sich alles andere als ruhig verhalten hatten. Ihr Wehklagen hatte eine Krankenschwester dazu veranlasst, schnellen Schritts die Türen zu den Zimmern der anderen Patienten zu schließen, damit sie die lauten Klagerufe nicht hören konnten. »O nein!« »Sie ist tot!« »Geh und hol John!« »Geh und hol Frank!« »Großmutter, komm zurück!« Wie konnten sie so wenig Rücksicht auf jene von uns nehmen, die noch warteten? Warten.

Ich versuchte ihrer Hysterie zu entfliehen, indem ich die Lautstärke des Fernsehers so hoch wie möglich aufdrehte und meine beste Freundin anrief. »Betty, rede mit mir. Erzähl mir, wie dein Tag heute war. Fang an zu erzählen und hör nicht eher wieder auf, bis ich es dir sage.« Betty war immer eine bessere Freundin gewesen, als ich es verdient hatte. Ohne zu fragen, begann sie zu erzählen und redete so lange, bis ihre ruhige Stimme das Hämmern in meiner Brust beruhigte.

Immer noch wartend, versuchte ich zu denken. Ich versuchte zu planen. Was, wenn ich mit dem unausweichlichen Moment nicht zurechtkäme? Ich würde die Krankenschwestern zu einem Versprechen verpflichten müssen. »Bitte helft mir, wenn es passiert, während ihr hier seid. Ich denke, ich werde es schaffen, aber wenn ich es nicht schaffen sollte, dann schließt mich ins Bad ein oder stopft mir ein Handtuch in den Mund. Falls ich jegliche Würde verliere, lasst mich die anderen bitte nicht stören.«

Unruhig und gegen die ständigen Sorgen über unsere Kinder und deren Schmerz ankämpfend, versuchte ich all dem vorübergehend zu entfliehen. Bei einem Spaziergang zum Getränkeautomaten käme ich am südlichen Fenster vorbei, einem richtigen Fenster, das mir einen Blick auf Straßenlaternen, Verkehr, Menschen und ein entfernt gelegenes Einkaufszentrum – auf das normale Leben – erlauben würde, an das wir gewöhnt sind. Ich flüsterte Jerry zu, dass ich mir eine Pepsi holen ginge.

Als ich in die Nacht hinausschaute, sehnte ich mich nach meinen Mädchen. Meine Mutter, die eigentlich das Leben genießen und mit anderen Senioren an Busfahrten teilnehmen sollte, kümmerte sich um unseren Haushalt. Carol, 22, hatte die Schule geschmissen. Sie traf ihre eigenen Entscheidungen, und einige beunruhigten mich. Mary, in der fünften Klasse, war, was Aussehen und Interessen betraf, ganz das Kind ihres Vaters. Sie vermisste die Aufmerksamkeit, die er ihr immer entgegengebracht hatte. Ich hatte sie in der ganzen Zeit während Jerrys Erkrankung sehr vernachlässigt, doch vor allem in diesen letzten schrecklichen sechs Monaten. Unser geistreicher kleiner Kobold hatte in der Schule Probleme, doch ich war hier und wartete, und sie war daheim. Sie war erst zehn und würde noch lange Zeit bei mir sein, sodass ich bestimmt Zeit genug hätte, um alles wieder gutzumachen. Ganz bestimmt.

Mit einem tiefen Seufzer wandte ich mich vom Fenster ab und bemerkte eine junge Frau. Klein, sandfarbenes Haar, sie lachte. Sie hatte eine Einkaufstasche, ein Portemonnaie und etwas zu essen aus dem Laden nebenan in der Hand. Offensichtlich hatte sie den Tag mit dem Besuch bei einem Patienten verbracht.

Sie drückte auf den Knopf am Fahrstuhl, drehte sich zu mir um und schaute mich an. »Ich gehe heim.«

Da schlug alles über mir zusammen. Selbstmitleid überflutete mich. Es war einfach alles zu viel, als dass ich es ertragen konnte. Ich fühlte mich hilflos, war wütend und erschöpft. »Ich war seit über sechs Wochen nicht mehr zu Hause«, sagte ich mit angespannter Stimme.

Sie kam auf mich zu, setzte ihre Tasche ab und legte den Kopf zur Seite. »Was ist los?«

»Mein Mann liegt im Sterben.«

Plötzlich fühlte ich, wie sich ihre Arme um mich legten und

mich festhielten, als wäre ich ein verängstigtes Kind, als wollten sie sagen: »Lass es einfach raus.« Ich weinte.

So standen wir für einige Augenblicke dort, ich weinte leise an ihrer Schulter, und sie wiegte mich in ihren Armen, als ob sie mich schon ein ganzes Leben lang kannte. Ich hörte, wie sich die Türen des Fahrstuhls öffneten und trat zurück.

»Der Fahrstuhl ist da«, sagte ich, während ich wieder zu mir kam.

»Macht nichts«, sagte sie und schüttelte den Kopf. »Kann ich irgendetwas für Sie tun? Gibt es irgendetwas, das Sie brauchen?«

»Nein«, ich blieb dabei, »bitte, gehen Sie ruhig.« So schickte ich sie weiter ihres Wegs und ging zurück zu Jerrys Raum, um weiter zu warten.

Zwei Tage später starb Jerry.

Wo immer Sie auch sind, meine namen- und gesichtslose Fremde, ich möchte Ihnen danken. Wie konnte ich behaupten, dass ich nichts brauchte? Die Umarmung, die Sie mir gaben, war genau das, was ich brauchte. Es war eine Umarmung, die ich gerne von Jerry bekommen hätte. Es war eine Umarmung, die sagte: »Du bist nicht allein.« Es war eine Umarmung, die mich, gerade als ich dachte, dass ich keine Kraft mehr hätte und nicht mehr weiter könnte, wieder aufrichtete und mich die letzten beiden Tage überstehen ließ. Vor allem war es eine Umarmung, die mich daran erinnerte, dass es, auch wenn mein Jerry gegangen wäre, noch Liebe in der Welt geben würde und sie mich irgendwie erreichen würde, wenn ich sie bräuchte. Das Einzige, was ich tun musste, war warten.

Ann W. Compton

Liebe nach der Scheidung

> Wenn du nach dem Guten in den anderen Ausschau hältst, entdeckst du das Beste in dir selbst.
>
> *Martin Walsh*

Er lag aufgebahrt im Sarg, der an den Seiten mit kleinen metallenen Silhouetten von Seemöwen verziert war. Blumen in einer unendlichen Farbenpracht bedeckten den Sarg und standen dicht an dicht an den umliegenden Wänden. Schleifen, mit den Aufschriften »Ruhe in Frieden« und »Herzliches Beileid« waren um die Ständer mit den Blumen drapiert. Die widerstreitenden Gerüche der Blumen und des warmen Raumes voller Menschen trugen das Ihre zu der schweren Atmosphäre stiller Erwartung bei. Wurde dem Tod das Wort erteilt, so schuf er ein surrealistisches Bild.

Die melancholischen Klänge der Orgel verstummten, und der Gottesdienst musste jeden Augenblick beginnen. Viele Angehörige waren auf das Podest getreten und hatten dem Toten mit großer Eloquenz die Ehre erwiesen und Vorkommnisse aus der Vergangenheit skizziert. Einige Kommentare des Geistlichen rührten zu Tränen und riefen stilles Schmunzeln hervor. Schließlich fragte der Geistliche, ob noch jemand von den Trauergästen aus dem Stegreif etwas sagen wolle.

Als ich aufstand und mich als »Bonnie, die geschiedene Ehefrau des Verstorbenen« vorstellte, war ich mir des »Zischens« bewusst, das durch die Luft schwirrte, als jeder Kopf herumfuhr, um mich im hinteren Teil des Raumes stehen zu sehen. Niemand war überraschter als ich selbst, als ich aufstand, um das Wort zu ergreifen! Obwohl die Trauer meine Sinne betäubt hatte, fühlte ich die offensichtliche Spannung, die durch die Furcht der Trauernden vor dem zu Stande kam, was ich sagen könnte oder würde. Auch ihnen waren schon Geschichten über wütende geschiedene Ehepartner zu Ohren gekommen, die in solch einer Situation beißende Lobreden ausspien.

Während unserer Ehe waren Greg und ich sehr nahe Freunde geworden und hatten viele wertvolle Erfahrungen zusammen geteilt. Die Gründe und Erinnerungen, die mit der Scheidung zusammenhingen, waren unwichtig geworden, als sich unsere Freundschaft nach der Trennung sogar noch zu vertiefen begann.

Ich hatte kürzlich eine sehr schmerzvolle emotionale Krise erlitten, und Greg und seine Verlobte wurden zu treuen Helfern. Wir hatten immer noch Vermögen zusammen, und wir drei arbeiteten und verbrachten Freizeit miteinander, wobei beide Seiten mit Respekt und Zuneigung kooperierten.

Der Geistliche hatte zu den versammelten Freunden und der Familie über Gregs frühere Jahre und seine Abenteuer als junger Erwachsener gesprochen. Daraufhin sprach er 10 Sekunden lang steif über unsere 16-jährige Ehe und ging dann zu anderen Erinnerungen über. Ich konnte diesen Moment einfach nicht vorüberziehen lassen, ohne des Reichtums der Zeitspanne zu gedenken, die wir miteinander verbracht hatten.

Mit tränenüberströmtem Gesicht und lautem Schluchzen sprach ich kurz, aber mit Liebe und Zuneigung über unsere gemeinsame Geschichte. Ich amüsierte mich über unseren lieben Greg und darüber, wie er »unschuldig« zwischen seiner Verlobten und mir die Dinge in Aufruhr brachte. Ich versicherte ihnen, dass er nicht weit kam, da wir beide seine Spitzbübereien sehr wohl kannten.

Die Vielzahl der starrenden Augen nahmen einen weichen Ausdruck an, als sie meinen einfühlsamen Worten lauschten. Ein Lächeln begann sich in den Mundwinkeln der zusammengekniffenen Lippen zu formen. Ich konnte die Wärme und Akzeptanz sehen und spüren, und ich war durch die Zuneigung jener getröstet, die sie erneuerten, als sie mich langsam nach vielen Jahren wieder erkannten.

Nach der Andacht kamen viele von Gregs langjährigen Freunden und Verwandten zu mir, um Umarmungen und freundliche Worte über gemeinsame Erinnerungen auszutauschen. Für kurze Augenblicke fühlten wir uns alle in unsere jüngeren Jahre und Beziehungen versetzt, die so voller Hoffnung und himmlischer Erwartung warten. Es war eine angemessene Beerdigung für einen Mann, der viel zu jung und lebenslustig war, um so früh zu sterben.

Wahre Liebe muss nach der Scheidung nicht dem Schicksal zum Opfer fallen. Dass jeder seines Weges ging, war richtig. Doch nach der erforderlichen Zeit, die wir getrennt voneinander verbracht hatten, konnten wir mit einer Innigkeit wieder zueinander finden, die uns besser tat als unsere Ehe. Ich bin dankbar für unsere Bereitschaft und Fähigkeit, die Trennung zu überwinden und etwas Besseres hervorzubringen. Meine öffentliche Rede, in der ich Greg bei seiner Beerdigung alle Ehre erwies, war die Bestätigung einer Wahrheit, von der ich fest überzeugt bin: Auch wenn die Form einer Beziehung sich verändern mag, so muss die Liebe nicht notwendigerweise sterben.

Bonnie Furman

Der Tanz

Du kannst dir nicht aussuchen,
wie oder wann du sterben wirst.
Du kannst dir nur aussuchen,
wie du leben willst. Jetzt.

Joan Baez

Dar und ich liebten es zu tanzen. Das war wahrscheinlich das Erste, was wir zusammen taten, lange bevor wir unser Leben gemeinsam verbrachten. Wir wuchsen in einer kleinen Berggemeinde in Oregon auf, wo fast jeden Samstagabend Tanzfeste veranstaltet wurden, manchmal in der Grange Hall und manchmal zu Hause bei Nelson Nye. Nelson und seine Familie liebten Musik und Tanz so sehr, dass sie einen gesonderten Tanzraum an ihr Haus anbauten, der Platz für mindestens drei Gruppen von Squaredancern bot. Einmal im Monat oder auch häufiger luden sie die ganze Gemeinschaft zum Tanz ein. Nelson spielte Geige, und seine Tochter Hope spielte Klavier, und der Rest von uns tanzte.

Zu jener Zeit ging die ganze Familie gemeinsam hin – einschließlich der Großeltern, der Farmer und Holzfäller, des Schullehrers und des Geschäftsinhabers. Wir tanzten zu Liedern wie »Golden Slippers« und »Red Wing« und ebenfalls zu modernen wie »Red Sails in the Sunset« und »It's a Sin to Tell a Lie«.

Die kleineren Kinder hatten, wenn sie müde wurden, unter den Mänteln immer sofort einen Platz zum Schlafen. Es war eine Familienangelegenheit, eine von wenigen Unterhaltungen in einer kleinen Bergstadt, die langsam ihren Weg aus der wirtschaftlichen Depression der Zwanzigerjahre herausfand.

Dar war 17 und ich war 12, als wir das erste Mal zusammen tanzten. Er war einer der besten Tänzer im Saal, genauso wie ich. Wir tanzten den Jitterbug. Langsame Tänze gehörten nicht in unser Programm, nichts, was im Entferntesten nach Romantik aussah. Unsere Väter standen an der Wand und beobachteten die Szene. Sie waren keine Freunde. Sie sprachen nicht miteinander, nicht einmal gelegentlich. Sie waren beide gute Tänzer und waren stolz auf ihre Kinder. Ab und zu lächelte Dars Vater, schüttelte den Kopf und sagte an niemand Bestimmten gewandt, doch so, dass mein Vater es hören konnte: »Junge, Junge, mein Kind kann wirklich tanzen.«

Mein Vater zuckte nie mit der Wimper. Er gab immer vor, es nicht zu hören. Doch nach einer Weile sagte er an niemand Bestimmten gerichtet: »Mein Mädchen, das kann wirklich tanzen.« Da sie von der alten Schule waren, erzählten sie uns nie, dass wir so gut tanzten oder dass wir diesen klitzekleinen Anflug von prahlerischer Rivalität unter den Zuschauern an der Wand hervorriefen.

Unser gemeinsames Tanzvergnügen wurde für fünf Jahre unterbrochen, als Dar im Zweiten Weltkrieg im Südpazifik war. Während dieser fünf Jahre wuchs ich heran. Als wir uns wieder trafen, war Dar 22 und ich fast 18. Wir begannen, zusammen auszugehen – und wieder zu tanzen.

Dieses Mal tanzten wir für uns – wir fanden unsere Bewegungen, unsere Drehungen, unseren Rhythmus –, wir passten uns einander an und stellten uns aufeinander ein, wir genossen den Tanz. Wir waren zusammen so gut, wie wir es in Erinnerung hatten, und dieses Mal nahmen wir auch die langsamen Tänze in unser Repertoire auf.

Auf uns trifft die Metapher zu: Das Leben ist ein Tanz, eine Bewegung bestehend aus Rhythmus, Richtung, Stolpern, Fehltritten, manchmal langsam und präzise oder schnell, wild und voller Freude. Wir tanzten all diese Schritte.

Zwei Abende bevor Dar starb, waren wir von der Familie umgeben. Sie waren seit mehreren Tagen da – zwei Söhne und ihre Ehefrauen und vier unserer acht Enkelkinder. Wir aßen alle zusammen zu Abend, und Dar saß bei uns. Er konnte seit mehreren

Wochen nicht mehr essen, doch er genoss alles – erzählte Witze, zog die Jungen mit ihrem Kartenspiel auf und spielte mit Jacob, dem Zweijährigen.

Nachher, als die Frauen in der Küche abspülten, legte ich ein Band von Nat King Cole, *Unforgettable*, ein. Dar nahm mich in seine Arme, so schwach wie er war, und wir tanzten.

Wir hielten einander, tanzten und lachten. Tränen gehörten nicht in unser Programm. Wir taten das, was wir mehr als 50 Jahre lang liebend gern getan hatten und noch 50 Jahre länger liebend gern täten, wenn das Schicksal es so bestimmt hätte. Es war unser letzter Tanz – für immer unvergesslich. Ich hätte ihn um alles in der Welt nicht missen mögen.

Thelda Bevens

Sarahs letzter Wunsch

> Ich mag das größte Wissen haben und alle Geheimnisse verstehen; ich mag den nötigen Glauben haben, um Steine zu versetzen – doch wenn ich keine Liebe habe, bin ich nichts.
>
> *1. Kor. 13,2*

Der Tod lastete schwer auf Sarah. Ihr Arzt, einer der wenigen, die Hausbesuche machten, hatte gerade ihren Raum verlassen, als er Frank, ihrem Ehemann, die unumstößliche Nachricht verkündete: »Sarah hat nur noch ein paar Stunden zu leben. Wenn ihre Kinder sie noch ein letztes Mal sehen wollen, müssen sie so schnell wie möglich kommen. Frank, lassen Sie es mich noch einmal sagen. Es bleiben nur noch ein paar Stunden. Es tut mir so Leid. Rufen Sie mich an, wenn Sie mich brauchen.« Diese Worte brannten in Franks Gemüt, als er dem Arzt kraftlos seine Hand entgegenstreckte. »Danke, Doktor. Ich werde Sie anrufen.«

»Ein paar Stunden«, echote es abgrundtief in Franks Gehirn, als er zuschaute, wie der freundliche Arzt davonfuhr. Die Nacht brach herein, als Frank rasch allein in den Hinterhof ging. Dort weinte er mit hochgezogenen Schultern und gesenktem Kopf aus der Tiefe seines gebrochenen Herzens. Wie würde er ohne Sarah leben können? Wie würde er es ohne seine Gefährtin schaffen? Sie war solch eine hervorragende Ehefrau und Mutter gewesen. Sarah hatte die Kinder mit in die Kirche genommen. Sarah war in Krisenzeiten der Fels in der Brandung gewesen. Sarah hatte sich um die kleinen Verletzungen der Kinder gekümmert, die Kratzer, die verstauchten Knöchel und die gebrochenen Herzen. Ihre mütterlichen Küsse hatten viele Krankheiten der Kinder gelindert. Sarah hatte aus ihm einen besseren Mann gemacht. Als es ihm gelang, seine Tränen zurückzuhalten, ging er zurück ins Haus und bat seine Tochter, die anderen Kinder herbeizurufen, die nicht sehr weit entfernt wohnten. Nach kurzer Zeit waren sie alle versammelt, drei Töchter und zwei Söhne. »Sie sind hier, Sarah«, sagte Frank zu ihr. »Sie sind alle hier.«

Sarah atmete mühsamer. Durch ihr Krebsleiden war die liebenswerte, gesunde Frau bis auf die Knochen abgemagert, doch ihr kämpferischer Geist war immer noch zu spüren. »Frank, ich möchte jedes Einzelne der Kinder ein paar Minuten lang allein sehen«, ließ sie schwach verlauten. Frank wandte sich rasch zur Tür und antwortete: »Ich werde sie jetzt holen, Sarah.«

Frank versammelte die Kinder, die alle zwischen 20 und Mitte 30 waren, in dem großen Flur vor Sarahs Zimmer. Jedes einzelne Kind ging hinein und schloss die Tür, um eine Weile mit Mama allein zu sein. Sarah hatte für jedes ihrer Kinder liebevolle Worte und sagte jedem von ihnen, wie einzigartig er oder sie ihr als Sohn oder Tochter gewesen war. Jeder Sohn und jede Tochter verbrachte wenige, wertvolle Minuten mit dieser liebenden Mutter, als ihr Leben rasch entschwand.

Als Sarah das letzte Kind gesehen hatte, traf der Geistliche ein.

Frank begrüßte ihn an der Tür und geleitete ihn an Sarahs Krankenbett. Sarah und der Pfarrer sprachen einige Minuten über ihre Familie, das Himmelreich, ihren Glauben und ihre Furchtlosigkeit. Sie war bereit, in den Himmel einzugehen, doch sie litt darunter, ihre Familie verlassen zu müssen – besonders Frank. Sarah, Frank, der Geistliche und die Kinder hielten einander bei den Händen und beteten. Frank begleitete den Pfarrer zur Tür und sagte zu ihm: »Es wird noch eine kleine Weile dauern, Herr Pfarrer. Der Arzt sagte, es dauert jetzt nur noch ein paar Stunden – wenige Stunden, nehme ich an.«

Als der Pfarrer gegangen war, flüsterte Sarah ihren Kindern im Raum zu: »Holt Daddy. Ich habe mit jedem gesprochen außer mit ihm.« Augenblicklich verließen die Kinder das Schlafzimmer, und Frank kam zurück. Als sie mit ihrem liebenden Ehemann allein war, äußerte Sarah langsam, bestimmt und ernsthaft ihren letzten Wunsch. »Frank, du bist ein guter Ehemann und Vater gewesen. Du bist diese letzten, leidvollen Monate immer an meiner Seite geblieben, und dafür liebe ich dich umso mehr. Doch da ist eine Sache, die mich schrecklich beunruhigt. Ich weiß, dass du ein guter Mann bist. Ich habe jedes der Kinder gebeten, dass wir uns im Himmel wieder sehen, weil ich möchte, dass wir wieder als Familie zusammen sind. Du bist der Einzige, um den ich mir Sorgen mache. Frank, ich kann nicht sterben, ohne die Gewissheit, dass du deinen Frieden mit Gott gemacht hast.« Heiße Tränen der Liebe und des Mitgefühls strömten über Sarahs Wangen.

Frank war ein Mann Marke Eigenbau, der sein eigenes kleines Geschäft führte. Er war ein ernsthafter Mensch und arbeitete viele Stunden lang. Frank hatte seine mageren Besitztümer durch harte Arbeit erlangt. Mit fünf Kindern, die er unterstützen und ausbilden musste, hatten er und Sarah kaum weltliche Güter angehäuft. Frank hatte auch wenig Sinn für eine große Zurschaustellung der Gefühle, und manchmal war ihm der Gottesdienst etwas zu pathetisch. In Wahrheit hatte er sich nie viel Zeit für Gott genommen.

»Frank«, fuhr Sarah fort, »sag mir bitte, dass du mit mir und den Kindern im Himmel sein wirst. Frank, schließ bitte deinen Frieden mit Gott.« Franks Herz schmolz bei Sarahs lieben Worten, und der große Mann mit den rauen Händen kniete sich rasch mit tränenüberströmtem Gesicht neben ihrem Bett nieder. Frank streckte seine Hand aus und nahm Sarahs zerbrechliche Hand in die seine, dann betete er in einer Weise um Vergebung und Liebe, dass es Gottes Herz erbarmte.

Frank erhob sich von seinen Knien und setzte sich auf die Bettkante. Er nahm vorsichtig den zerbrechlichen, kleinen Körper seiner kostbaren Frau in seine Arme und hielt sie noch einmal. Sie weinten zusammen, und Frank sagte aus tiefster Seele: »Ich werde dort sein, Sarah. Ich werde dich im Himmel treffen. Ich verspreche es, Sarah. Ich verspreche es dir.«

»Jetzt kann ich in Frieden sterben«, flüsterte Sarah ihm zu. Langsam und vorsichtig legte er sie zurück auf das Bett und rief die Kinder ins Zimmer. Frank ging allein in den Hinterhof zu der Stelle, die er in traurigen Stunden immer aufsuchte, und noch einmal wurde seine Seele durch Tränen geläutert. Danach ging er zurück in Sarahs Zimmer, um mit den Kindern zusammen bei ihr Totenwache zu halten.

Sarahs Atemzüge wurden schwächer und schwächer, und als sie im Sterben lag, flüsterte Frank ihr ins Ohr: »Ich liebe dich, Sarah, und ich werde dort sein.« Engel der Gnade kamen und trugen sie fort. Als Sarah die Erde verließ und in den Himmel einging, lächelte sie.

Der Tod lastete schwer auf Sarah, doch sie ruhte in Frieden, weil der Mann, den sie seit so vielen Jahren liebte, ihr versprochen hatte: »Ich werde dort sein, Sarah. Ich werde dort sein.«

Ray L. Lundy

Ein letzter Kuss von Rose

> Nur von der Liebe können wir nie genug bekommen, und nur von der Liebe geben wir nie genug.
>
> *Henry Miller*

Mr. Kenney kam häufig auf unsere Station in der Klinik zurück. Er war in einer leitenden Position tätig gewesen, nun im Ruhestand und Witwer, und ein Krebsleiden hatte ihn in den letzten drei Jahren arg mitgenommen. Der Krebs hatte von seinem Dickdarm aus Metastasen gebildet und sich auf alle seine lebenswichtigen Organe ausgeweitet. Es handelte sich höchstwahrscheinlich um seine letzte Aufnahme, und ich glaube, er wusste das.

Einige Patienten sind als Problemfälle bekannt, was auf eine Verhaltensänderung zurückzuführen ist, die oft mit ernsteren Krankheiten einhergeht. Wenn Menschen leiden, sind sie sich dessen nicht bewusst, was sie anderen Menschen sagen oder antun. Häufig fahren sie die erste Person an, die ihren Raum betritt.

Alles in allem kann jede Krankenschwester davon ein Lied singen. Die erfahreneren unter ihnen haben für sich eine Strategie entwickelt, wie sie mit solchen Fällen umgehen. Hier muss ich natürlich auf der Bildfläche erscheinen – die Neue im Bunde. Seit Tagen war Mr. Kenney das Thema aller Krankenschwestern und ihrer Berichte. Es wurden spezielle Personaltreffen abgehalten, um zu entscheiden, wie seinem unmöglichen Verhalten begegnet werden sollte. Jeder versuchte, sich so wenig wie möglich in seinem Zimmer aufzuhalten. Manchmal warf er Gegenstände nach Krankenschwestern und anderem Personal, wenn sie ihn nur irgendwie schräg anschauten.

An einem Abend während einer besonders hektischen Schicht hatten wir in der ohnehin bereits überbelegten medizinischen

Chirurgie mehr Notfallzugänge als üblich. Mr. Kenney suchte sich ebendiesen Abend aus, um die Einnahme seiner Medikamente zu verweigern. Außerdem kam es ihm in den Kopf, jedes größere Objekt innerhalb seiner Reichweite durch die Gegend zu schleudern und dabei lauthals zu fluchen. Ich konnte es kaum fassen, dass ein todkranker Mann im Alter von 81 Jahren so laut schreien und solch ein Unheil anrichten konnte.

Als ich vorsichtig seinen Raum betrat, begann ich, auf ihn einzureden. »Was kann ich für Sie tun, Mr. Kenney? Gibt es irgendein Problem? Hier ist solch ein Lärm, dass sogar die Besucher erschreckt und gestört werden. Ich weiß nicht, was ich davon halten soll. Die anderen Patienten versuchen zu schlafen.«

Ein verärgerter Mr. Kenney senkte den Arm mit seinem nächsten Projektil und bat mich, für eine Minute auf dem Stuhl neben seinem Bett Platz zu nehmen. Ich wusste, dass dafür eigentlich keine Zeit war, sagte aber trotzdem: »In Ordnung.«

Als ich auf der Stuhlkante saß, erzählte Mr. Kenney mir von seinem Leben. Er begann mit den Worten: »Niemand versteht, wie schwer es ist. Wie lange es her ist, seitdem ich mich wohl gefühlt habe. Es ist so lange her, seit … seit … sich irgendjemand richtig Zeit genommen hat, mich wirklich anzuschauen, mir zuzuhören … und sich um mich zu kümmern.«

Es folgte eine lange Pause, und ich fragte mich, ob dies nicht die beste Zeit war, um höflich den Raum zu verlassen, doch ich brachte es nicht übers Herz. Etwas veranlasste mich, bei diesem Mann zu bleiben.

Nach einer Weile, die mir wie eine Stunde erschien, sagte er schließlich: »Es ist so lange her, seitdem ich meine Rose bei mir hatte. Meine liebe, süße Rose. Wir gaben uns immer einen Gutenachtkuss, und das machte alles leichter. Egal, was an dem Tag passiert war, der Kuss von Rose machte im Leben alles leichter. Mein Gott, wie gern würde ich alles für einen letzten Kuss von Rose geben.« Dann fing Mr. Kenney an zu weinen.

Er hielt meine Hand fest und sagte: »Ich weiß, Sie müssen denken, ich sei verrückt, aber ich weiß, dass mein Leben fast vorbei ist. Ich werde bald wieder mit Rose vereint sein. Mein Leben ist auf diese Art die Hölle. Ich schätze es sehr, dass Sie sich die Zeit genommen haben, zuzuhören – mir wirklich zuzuhören. Ich weiß, dass Sie schrecklich viel Arbeit haben. Ich weiß, dass Sie sich wirklich um mich kümmern.«

»Das macht gar nichts. Kann ich noch irgendetwas für Sie tun, während ich Ihre Medikation vorbereite?«

»Bitte – nennen Sie mich Joseph«, sagte er und rollte sich kooperativ auf die Seite. Ich gab ihm seine Injektionen, und er dachte einen kurzen Moment lang nach, bevor er meine Frage beantwortete. Als ich fast fertig war, sagte er schließlich: »Es gibt einen letzten Gefallen, den Sie mir tun könnten.«

»Was für einen Gefallen, Joseph?«, fragte ich.

Dann lehnte er sich über die Bettkante und sagte mit gedämpfter Stimme: »Könnten Sie mir einfach einen Gutenachtkuss geben? Die Küsse von Rose machten immer alles leichter. Könnten Sie mir einfach einen Kuss als ›Gute Nacht‹ geben? Ich bitte Sie. Mein Gott, wie gern ich alles für einen letzten Kuss von Rose geben würde.«

Also tat ich ihm den Gefallen – ich ging hinüber und drückte ihm einen dicken Kuss auf seine Wange. Ich fühlte, dass es richtig war, einem sterbenden Mann an Stelle seiner »Rose« einen Kuss zu geben!

Am nächsten Tag berichteten die Krankenschwestern, dass Mr. Kenney in der Nacht friedlich entschlafen war. Es ist wunderbar zu wissen, wie stark wahre Liebe sein kann – sogar nach dem Tod unzertrennlich zu sein! Ich fühlte mich sehr geehrt, dass Mr. Kenney mich um einen letzten Kuss von Rose gebeten hatte.

Laura Lagana

Leben ohne Michael

Die Erinnerung ist ein Geschenk Gottes, das der Tod nicht vernichten kann.

Kahlil Gibran

Ich lernte von Michael Landon eine Menge. Heute bin ich davon überzeugt, dass ich ihm meine Kraft verdanke. Wochen bevor er starb, schrieb er seinen Rat, den er mir zum Abschied gab, in ein Buch mit guten Wünschen zum Muttertag. Dieser Rat ist für mich sehr wertvoll, und ich lese ihn oft. Er schrieb: »Sei stark. Sei zuverlässig. Lebe das Leben, liebe es und sei glücklich.« Michael sagte einmal zu mir: »Trauere nicht zu lange.« Ich versuche es, doch jemanden wie Michael zu verlieren bleibt immer an dir haften.

Wenn du jemanden, den du liebst, verlierst, hast du jeden Tag damit zu kämpfen. Am Anfang war es für unseren Fünfjährigen, Sean, sehr schwer, über seinen Vater zu sprechen. Erst kürzlich begann er, sich wieder Filme mit Michael im Fernsehen anzusehen, und gab zu, wie sehr er ihn vermisste. Auch heute Morgen erzählte er mir, dass er seinen Daddy so sehr vermisse, dass sein Magen schmerze. Jennifer ist acht. Für sie war es auch hart. Wir sind alle drei in Therapie. Wir leben nur von einem Tag zum anderen.

Die Kinder und ich gehen oft zum Friedhof. Wir bringen Michael Briefe, meistens erzählen wir ihm nur, was wir fühlen und was wir jeden Tag erleben. Doch dort fühle ich mich ihm nicht so nahe wie zu Hause, wo in jedem Zimmer Fotos von ihm hängen. Seine Kleider hängen immer noch so in seinem Schrank, wie er sie dort zurückgelassen hat. Hier war Michael am liebsten. Ich rechne damit, ihn jeden Augenblick zur Tür hereinspazieren zu sehen. Manchmal, vor allem, wenn ich abends zum Schlafen hinaufgehe, wünsche ich mir, dass er oben warten würde und wir die Ereignisse des Tages zusammen erörtern könnten.

Ich traf Michael das erste Mal, als ich 19 und als Zweitbesetzung für *Unsere kleine Farm* engagiert war. Als ich sah, wie er mit Menschen umging, verliebte ich mich Hals über Kopf in ihn. An einem Abend, zwei Jahre nachdem ich zu der Serie gekommen war, kam er nach einer Party im Studio mit in meine Wohnung. Ab dem Zeitpunkt waren wir wahnsinnig ineinander verliebt.

Michael und ich wurden am Valentinstag 1983 getraut. Als Ehemann war er einfach Spitze – er war stark und fürsorgend, unterstützend und klug, und es war immer lustig, ihn um sich zu haben. Michael war auch ein häuslicher Mensch. Jeden Tag, bevor er das Studio verließ, rief er an und fragte, was wir noch brauchten. Dann kam er mit einer Tüte voller leckerer Sachen heim. Michael kochte liebend gern, und abends verwöhnte er uns oft mit seiner Kochkunst. Seine Spezialität waren italienische Gerichte wie Spaghetti mit Würstchen und Huhn al Cacciatore.

Er war ein genauso guter Vater wie Ehemann. Ich liebte es, ihn und die Kinder zu beobachten, besonders im Urlaub. In Hawaii zeigte er ihnen, wie sie Steine über das Wasser werfen konnten, sodass sie zwei-, dreimal aufschlugen. Wenn die Kinder in helle Aufregung gerieten, weil sie eine schöne Muschel oder einen kleinen Einsiedlerkrebs fanden, freute er sich genauso wie sie. Er verbrachte Stunden, wirklich Stunden damit, mit Sean und Jennifer im Meer zu spielen. Es war einfach alles perfekt. Michael liebte unser Leben und seine Arbeit. Er war immer unglaublich gesund gewesen. Wir sahen uns gemeinsam alt werden.

Dann bekam er im Februar 1991 Unterleibsschmerzen. Es war immer schwierig, Michael zu einem Arztbesuch zu bewegen. Schließlich machte ich einen Termin aus, und er wurde auf ein Geschwür hin untersucht. Es wurde nichts gefunden, und sie gaben ihm einige Medikamente, die ihm für einige Zeit halfen.

Anfang April trat der Schmerz erneut auf. Vier Tage später – am

5. April – bekamen wir die Ergebnisse der Biopsie: Bauchspeicheldrüsenkrebs, der sich auf die Leber ausgeweitet hatte.

Wenn ich zurückblicke, glaube ich, dass Michael bereits zu der Zeit wusste, dass er es nicht schaffen würde. Bauchspeicheldrüsenkrebs breitet sich rasch aus und ist tödlich, mit einer fünfjährigen Überlebensrate von nur drei Prozent. Ich war ärgerlich, wie gelähmt und fragte mich, warum so etwas geschah. Michael betrachtete es von der pragmatischen Seite, wie er es in seinem Leben immer tat. Von dem Augenblick an, als er die Diagnose erfuhr, bis zu dem Tag seines Todes war er niemals ärgerlich. Einmal sagte er zu mir: »Es ist nicht Gott, der das tut. Es ist die Krankheit. Gott gibt dir keinen Krebs.« Für Michael war der Tod nichts, was er fürchtete, aber er wollte nicht sterben. Er wollte nicht all jene verlassen, die er liebte.

Wir sagten den Kindern von Anfang an die Wahrheit. Michael und ich riefen seine älteren Kinder an, um sie davon zu unterrichten, wie es um ihn stand. Dann setzten wir uns mit unseren beiden Kleinen zusammen hin. Wir sagten ihnen, dass Daddy eine sehr schwere Art von Krebs habe, dass Daddy sein Bestes tun würde, um dagegen anzukämpfen, doch dass es keine Garantie gäbe, dass er es schaffen würde. Sean war sehr ruhig. Ich weiß nicht, ob er das alles richtig verstanden hatte. Jennifer schien es auch gut aufzunehmen, doch später gab es Anzeichen, dass sie innerlich litt – Bauchschmerzen, Kopfschmerzen und Angstattacken.

Das war in der kurzen Zeit vor dem Sturm, dem hurrikanartigen Medienrummel, der uns umgab, sobald die Neuigkeit in der Presse bekannt wurde. Fotografen umlagerten unser Zuhause und das Krankenhaus. Sie kletterten über unsere Mauern und schauten durch unsere Fenster. Die Zeitschriften veröffentlichten äußerst bizarre Geschichten. Fast jede Woche wurde alles in neuer Version aufgemacht. Einmal hieß es, Michael habe nur noch vier Wochen zu leben. Ein anderes Mal wurde behauptet, der Krebs hätte sich nun auf seinen Dickdarm ausgedehnt. Nichts davon entsprach der Wahrheit. Zur selben Zeit reagierte die Öffentlichkeit mit Liebe und Mitgefühl. Wir bekamen eine Flut von Briefen – 12 000 pro Woche. Michael war tief bewegt, und er sagte mir: »Mir wird zum ersten Mal bewusst, wie viele Leben ich berührt habe.«

In weniger als einem Monat verdoppelte sich die Größe des Krebsgeschwürs. Ich glaube, dass uns beiden zum ersten Mal klar wurde, dass Michael wahrscheinlich sterben würde. An dem Nachmittag hielten wir einander in den Armen. Ich legte meinen Kopf auf seinen Schoß und weinte. Michael strich mir über das Haar und flüsterte: »Ich weiß, ich weiß.«

Obwohl er am Anfang nicht wollte, unterzog er sich schließlich versuchsweise einer Chemotherapie. Er hasste den Gedanken, und ich glaube nicht, dass er es getan hätte, wenn es nicht für die Kinder und mich gewesen wäre. Er machte einen letzten Versuch zu überleben.

Michaels Gesundheit verschlechterte sich trotzdem weiter, und am Vatertag, am 16. Juni, war es für uns alle klar, dass wir ihn nicht sehr viel länger bei uns haben würden. In den letzten Jahren hatten wir Michael Tennisschläger und dergleichen zum Geburtstag geschenkt. Dieses Jahr bekam er Pyjamas und schöne, selbst gemachte Karten. Die ganze Familie kam, um ihn zu sehen.

Kurz nach diesem Vatertag sagte Michael mir, dass er nur noch eine Woche zu leben hätte. In jener letzten Woche verschlechterte sich seine Gesundheit weiter. Dann, am Sonntagmorgen, am 30. Juni, sagte die Krankenschwester zu mir, dass sie meinten, das Ende sei nahe, und ich rief die Kinder und Michaels beste Freunde zum Haus. Da die Ärzte die Morphiumdosis erhöht hatten, war Michael wie benebelt, manchmal war er bei Bewusstsein, dann wieder nicht. Während des letzten Tages verabschiedete sich jeder von uns auf seine eigene, private Art und ließ Michael wissen, dass alles in Ordnung war. Wenn er zum Sterben bereit war, war es richtig, ihn gehen zu lassen.

Am nächsten Morgen war Michael in einem traumartigen Zustand, und wir waren alle in seinem Schlafzimmer, als er sich plötzlich in seinem Bett aufsetzte und sagte: »Hi, ich liebe euch alle.« Etwas später bat Michael die anderen dann, den Raum zu verlassen, sodass wir allein waren. Wenn ich zurückblicke, so denke ich, dass er zum Sterben bereit war und dass er nicht wollte, dass es vor der ganzen Familie geschah.

Ich blieb bei Michael und wartete auf den unvermeidlichen Augenblick. Manchmal schwebte er in einem fast tranceartigen Zustand. An einem Punkt fragte ich ihn: »Weißt du, wer ich bin?« Er schaute mich an und antwortete: »Ja.« Ich sagte: »Ich liebe dich.« Er sagte: »Ich liebe dich auch.« Das waren seine letzten Worte. Einen Augenblick später hörte er auf zu atmen.

Ich war wie gelähmt und blieb eine Weile bei Michael, bevor ich nach unten ging und den anderen sagte, dass er gestorben war. Es blieb jedoch wenig Zeit zu ruhiger Kontemplation. Als hätten sie es irgendwie erfahren, hörten wir das Schwirren von Helikoptern über unseren Köpfen: Die Presse traf ein. Plötzlich hörten wir draußen ein Rufen. Jennifer war oben auf die Schaukel geklettert und rief: »Nicht mein Daddy. Nicht mein Daddy. Ich will nicht, dass mein Daddy stirbt.« Ich sagte den anderen, sie sollten sie gewähren lassen, weil ich wollte, dass sie es herauslassen konnte. Bald danach kletterte sie herunter und schluchzte in meinen Armen.

Eine Weile später traf der Leichenbestatter ein. Als sie Michaels Körper hinaustrugen, wusste ich, dass er nie zurückkehren würde. Das war das Endgültige daran – Michael war gegangen.

In der Nacht schliefen beide Kinder bei mir. Jennifer und ich trugen zwei von Michaels T-Shirts als Schlafanzug. Ich fühlte mich so, als gehörte ich nirgendwohin, als passte ich nirgendwo hinein. Ich war völlig verloren, einsam.

Zu verreisen war das Beste, was ich tun konnte. Also nahm ich die Kinder und fuhr mit ihnen nach Hawaii. Wir fuhren an einen

Ort, den Michael und ich liebten. Es war schwer, weil er nicht da war. Doch es war noch härter, zurück nach Hause zu kommen und zu wissen, dass er nicht auf uns warten würde.

Es geht uns langsam besser, aber es braucht alles viel Zeit. Die Kinder schlafen manchmal immer noch bei mir, doch nicht so häufig wie am Anfang. Sie müssen scheinbar einfach öfter umarmt werden. Ich habe streckenweise immer noch sehr schwierige Zeiten. Vor ein paar Tagen fuhr ich auf der Schnellstraße und nahm die falsche Ausfahrt. Ich kam schließlich beim Studio an. Dort besuchten die Kinder und ich Daddy ab und zu. Es war ein wesentlicher Teil unseres Lebens. Doch Michael ist weg, und unser ganzes Leben ändert sich.

Es ist komisch, doch bevor Michael starb, hatte ich Angst vor dem Tod. Gewöhnlich wurde ich durch Krankheit oder manchmal schon durch das Steigen in ein Flugzeug beunruhigt. Jetzt habe ich keine Angst mehr. Das Leben ist zu kurz. Du weißt nie, was passiert. Deshalb ist es besser, das Beste aus jedem Augenblick zu machen.

Wenn ich an Michael denke, erinnere ich mich hauptsächlich daran, wie er das Leben genoss und mit welcher rückhaltlosen Innigkeit er seine Familie liebte. Unsere Ehe war gut: Michael war immer für mich da, und ich war immer für ihn da. Er sagte mir einmal, als er die Diagnose bereits kannte, dass er mit allem zurechtkommen könne, ob er nun gewinnen oder verlieren würde. Er sagte: »Ich hatte ein unglaubliches Leben, große Freude.« Ich vermisse Michael jeden Tag, doch ich weiß, dass er glücklich ist und dass es ihm gut geht, wo immer er auch sein mag – und dass ich ihn eines Tages wieder sehen werde.

Cindy Landon
mit Kathryn Casey

Ein letztes Auf Wiedersehen

> Ich habe versucht, in deine Nähe zu kommen, mein ganzes Herz hat nach dir gerufen; und als ich hinaus zu dir kam, sah ich, wie du mir entgegenkamst.
>
> *Judah Halevi*

Das Zimmer im Krankenhaus, ruhig und abgedunkelt, schien mir irgendwie irreal geworden zu sein, als der Tag langsam vorüberging, so als wäre ich Zuschauer einer Bühnenszene in einem verdunkelten Theater. Doch die Situation war traurige Realität – mein Bruder, meine Schwester und ich, wir waren alle in unsere eigenen Gedanken versunken und schauten still vor uns hin, als unsere Mutter, die am Bett unseres Vaters saß und seine Hand hielt, leise zu ihm sprach, obwohl er nicht bei Bewusstsein war. Unser Vater war nach Jahren des geduldigen Widerstands gegen die Schmerzen und die Demütigung einer tödlichen Krankheit fast am Ende seines Kampfes angelangt. Er war am frühen Morgen friedlich in ein Koma gefallen. Wir wussten, dass die Stunde seines Todes in greibarer Nähe lag.

Mutter hörte auf, zu Dad zu sprechen, und ich bemerkte, dass sie auf ihre Hochzeitsringe schaute und zärtlich lächelte. Ich lächelte ebenfalls in dem Wissen, dass sie an das Ritual dachte, das während der 40 Jahre ihrer Ehe angehalten hatte. Bei Mutter, die energiegeladen war und nie still sein konnte, endete immer alles damit, dass sie ihren Verlobungs- und ihren Hochzeitsring verdrehte und verhedderte. Dad, der immer ruhig und ordentlich war, nahm dann ihre Hand und drehte die Ringe zärtlich und sorgfältig herum und brachte sie wieder in die richtige Ordnung. Obwohl er sehr einfühlsam und liebevoll war, kamen die Worte »Ich liebe dich« nicht einfach über seine Lippen, sodass er seine Gefühle im Lauf der Jahre in Form vieler kleiner Angewohnheiten wie ebendieser ausdrückte.

Nach einer langen Pause drehte Mutter sich nach uns um und sagte mit leiser, trauriger Stimme: »Ich wusste, dass euer Vater uns bald verlassen würde, doch er dämmerte so schnell dahin, dass ich ihm nicht noch ein letztes Mal ›Auf Wiedersehen‹ sagen und ihm zeigen konnte, dass ich ihn liebe.«

Ich senkte meinen Kopf und hätte so gern für ein Wunder gebetet, das es meinen Eltern erlaubte, noch ein letztes Mal ihre Liebe miteinander teilen zu können, doch mein Herz war so voll, dass die Worte nicht kamen.

Wir wussten jetzt, dass wir nur warten mussten. Während die Abendstunden verstrichen, waren wir einer nach dem anderen eingenickt, und im Zimmer war es still. Plötzlich wurden wir in unserem Schlaf gestört. Mutter hatte angefangen zu weinen. Mit den schlimmsten Befürchtungen standen wir auf, um sie in ihrem Leid zu trösten. Doch zu unserem Erstaunen stellten wir fest, dass sie Tränen der Freude weinte. Denn als wir ihrem Blick folgten, sahen wir, dass sie immer noch die Hand unseres Vaters hielt, doch irgendwie hatte sich seine andere Hand leicht bewegt und lag nun zärtlich auf Mutters Hand.

Durch ihre Tränen lächelnd, erklärte sie: »Für einen Augenblick lang schaute er mich direkt an.« Sie hielt inne und blickte zurück auf ihre Hand. »Dann«, flüsterte sie mit vor Bewegung erstickter Stimme, »drehte er meine Ringe herum.«

Vater starb eine Stunde später. Doch Gott hatte in seiner unermesslichen Weisheit den Wunsch in unseren Herzen erkannt, bevor einer von uns ihn darum bitten konnte. Unser Gebet wurde auf eine Art beantwortet, der wir alle für den Rest unseres Lebens ehrfürchtig gedenken.

Mutter hatte ihr Auf Wiedersehen erhalten.

Karen Corkern Babb

Durch die Jahre
werde ich mit dir gehen
in tiefen, grünen Wäldern;
über Sandstrände:
und wenn unsere Zeit
auf der Erde abgelaufen ist,
gehört dir
auch im Himmel
meine Hand.

Robert Sexton

Danksagung

Das Schreiben, Zusammenstellen und Herausgeben von *Hühnersuppe für die Seele – Für Partner* dauerte länger als drei Jahre. Manchmal glich es einem Marathon, dann wieder einem Sprint. Doch zu jeder Zeit haben wir mit viel Liebe und Freude daran gearbeitet. Dabei entwickelten sich starke Beziehungen, und das Projekt profitierte unerwartet von bereits bestehenden Freundschaften. Vor allem aber war es eine Arbeit, die wir ohne die liebevolle Unterstützung vieler Menschen nicht hätten fertig stellen können. Folgenden Personen möchten wir danken: Kim Kirberger, ihren hervorragenden Fähigkeiten, Verbindungen herzustellen, verdankt dieses Projekt sein Bestehen über die entscheidende Phase hinaus. Kim, du warst unser Engel, und für deine Freundschaft und Liebe werden wir immer dankbar sein.

Patty Hansen, mit deren Hilfe wir wieder zum Kern der Dinge gelangten und die uns daran erinnerte, worum es in *Hühnersuppe* ursprünglich geht. Elisabeth und Melanie, vielen Dank für eure Liebe und euer Einverständnis.

Georgia Noble, vielen Dank für deine offene Gastfreundlichkeit und deine herzliche, liebevolle Unterstützung. Christopher Canfield, vielen Dank dafür, dass du deinen Dad mit uns geteilt hast.

Bob Proctor danken wir für die fruchtbare, kreative Atmosphäre, die uns beim Ausarbeiten der ursprünglichen Idee half. Ohne dich wäre (buchstäblich) eine andere Geschichte entstanden!

John Assaraf danken wir für seine Eigenschaft als Stamm des Erfolgsbaumes, der uns zu all den anderen Zweigen führte.

Phyllis und Don Garsham, vielen Dank dafür, dass ihr stets eine

Quelle der bedingungslosen Liebe, Inspiration und der beständigen Unterstützung wart.

Bob und Jan Donnelly, danke, dass ihr immer da wart, wenn wir euch brauchten, und dass ihr großartige Eltern und gute Freunde seid.

Jeanne Neale danken wir dafür, dass sie eine wunderbare Mutter ist. Bei ihr suchten wir häufig nach Resonanz und bekamen sie auch. Du bist die Beste!

Hilda Markstaller danken wir dafür, dass sie die Quelle der Weisheit ist, die sie ist.

Mac Markstaller danken wir für seine unermüdliche Unterstützung bei dem Forschen nach Geschichten, für seinen nie versiegenden Optimismus und seine unerschütterliche Überzeugung, dass Träume wahr werden können und es auch werden.

Alison Betts danken wir dafür, dass sie ihre ganze Kraft eingesetzt hat, um die einzelnen Teile des Manuskriptes zusammenzufügen und die erforderlichen Genehmigungen einzuholen, und dafür, dass sie während der Dauer des gesamten Projekts als unsere Kommunikationsbrücke fungierte.

Patty Aubery, deine Unterstützung und deine Freundschaft gaben uns die Stärke und die Inspiration, um dieses Projekt zu vollenden. Du bist ein geborenes Multitalent, und das Rezept der Hühnersuppe wird auch aufgrund deiner Existenz in Ehren gehalten. Jeff Aubery, J. T. und Chandler, danke für eure Freundschaft und eure Unterstützung!

Nancy Mitchell, vielen Dank für deine Ermutigung und deine Führung vom Start bis zum Ziel. Danke auch dafür, dass du uns durch die unbekannten Gewässer der Genehmigungsprozedur geführt hast.

Heather McNamara danken wir für die fachkundige Unterstützung, mit der sie uns vom Manuskript zum fertigen Buch führte. Danke, dass du es für uns unter unglaublichem Zeitdruck geschafft hast – du bist die Beste!

Leslie Forbes danken wir für ihr Einspringen, wann immer wir ihre Hilfe benötigten, und für all den Stress, den sie hatte, wenn Genehmigungen bereits am Vortag vorliegen sollten.

Veronica Romero, Teresa Esparza und Robin Yerian danken wir für die professionelle Arbeit bei der Durchführung der Seminare zur Entwicklung der eigenen Persönlichkeit.

Ro Miller danken wir für seine Rolle als letzter Mann. Wer von uns passt auf Chandler auf, wenn Patty den Raum verlässt?!

Lisa Williams und Laurie Hartman aus Mark Victor Hansens Büro danken wir für ihre Unterstützung des Projekts und dafür, dass sie uns durch das Labyrinth führten.

Allen bei Health Communications, unserem Verlag, danken wir für die angenehme Zusammenarbeit und für den Enthusiasmus in Bezug auf unser Projekt. Peter Vegso, Tom Sand und Terry Burke danken wir dafür, dass sie so ein wunderbares Team zusammenstellten und leiteten.

Christine Belleris, Matthew Diener, Lisa Drucker und Allison Janse danken wir für die ausgezeichnete Arbeit bei der Herausgabe des Buchs. Larissa Hise danken wir für ihre kreative Hilfe bei dem Design des Covers.

Diana Chapman, deine unermüdliche Unterstützung und dein Glaube vom ersten Tag an waren von unschätzbarem Wert. Deine Freundschaft und deine Einsichten hielten uns auf dem richtigen Weg und unterstützten uns während jener unvermeidbaren, einsamen Wegstrecken. Vielen Dank.

Matt Eggers, Marty Rauch, Chris McDevitt, Amy und Neal Fanelli, James und Sherry Sandford, Lillian und Frank Kew und DeJais Collel, die von Anfang an aufrichtig an uns glaubten. Eure Herzen sind so groß und so weit offen für andere, dass eure guten Taten sicherlich in vielfacher Weise zu euch zurückkommen werden.

Arielle Ford danken wir dafür, dass sie solch eine eiserne Verfechterin dieses Buches ist. Vielen Dank sagen wir auch dir, Brian Hilliard!

Marci Shimoff und Jennifer Hawthorne, ganz außergewöhnliche Koautoren, die uns entscheidend führten und uns an ihrer gewaltigen Erfahrung und positiven Energie teilhaben ließen. Wir sind froh darüber, im selben Team zu sein.

Jann Mitchell danken wir dafür, dass er den Ball vor drei Jahren mit seinem Artikel in *The Oregonian* ins Rollen brachte.

Ein ganz spezielles Dankeschön möchten wir all jenen Menschen zukommen lassen, die Stunden damit verbrachten, unsere 200 besten Geschichten zu lesen und Noten für sie zu vergeben, sodass wir ein Feedback für die endgültige Auswahl der Geschichten hatten: Bonnie Block, Christine Clifford, Lisa Drucker, Beverly Kirkhart, Peggy Larson, Inga Mahoney, Lillian Wagner, Nancy Mitchell, Robbin O'Neill, Krista Buckner, Diana Chapman, Patrick Collins, Yvonne Fedderson, Dionne Fedderson, Tom Krause, Cristi Leahs, Heather McNamara, Jeanne Neale, Annie Slawik, Jilian West, Lynne Cain, Nance Dheifetz, Cindy Dadonna, Sherry Grimes, Tom Lagana, Laura Lagana, Barbara LaMonaco, Linda Mitchell, Ron Nielsen, Robin Stephens, Karen Lisko, Jean Soberick, Bud Grossmann, Rabbi Avi Magid, Robert Shapard, Ph.D., Dr. Ian MacMillan, Robert P. Barclay, Elizabeth Reveley, Connie Fueyo, Shore Slocum, Randy Heller, Lisa Molina, Barbara Rosenthal, Amy Rosenthal, Debbie Robins, Hubert La Bouillerie, Sharon Dupont und Jean Nero.

Wir möchten auch den hunderten und aberhunderten von Menschen danken, die Geschichten, Briefe, Gedichte und Zitate für eine mögliche Veröffentlichung in *Hühnersuppe für die Seele – Für Partner* vorgelegt haben. Obwohl es nicht möglich war, alle Einsendungen unterzubringen, waren wir alle tief bewegt, derart treffende und bewegende Beiträge von Ihnen zu erhalten. Ihre Gefühle und Ansichten in Bezug auf Liebe und Partnerschaft waren eine stetige Quelle der Inspiration für uns alle. Vielen Dank!

Infolge des großen Umfangs und der langen Dauer dieses Projekts haben wir möglicherweise einige Menschen, die uns auf unserem Weg geholfen haben, unerwähnt gelassen. Falls das so sein sollte, entschuldigen wir uns dafür und bitten, diese Entschuldigung in dem Wissen anzunehmen, dass jede Hilfe geschätzt wurde.

Wir stehen in tiefer Schuld all jener helfenden Hände und herzlichen Absichten, die dieses Projekt begleiteten. Ohne euch wäre es nicht möglich gewesen. Wir lieben euch alle!

Schreiben Sie uns

Wir würden gerne wissen, wie Ihnen die Geschichten in diesem Buch gefallen haben. Bitte schreiben Sie uns, welches Ihre Lieblingsgeschichten waren und welche Wirkung sie auf Sie hatten.

Wir möchten Sie auch dazu ermutigen, uns Geschichten für die Veröffentlichung in einer zukünftigen Ausgabe der *Hühnersuppe für die Seele – Für Partner* zuzusenden. Sie können uns entweder Geschichten senden, die Sie selbst geschrieben haben, oder von anderen geschriebene Geschichten, die Ihnen gefallen haben. Schicken Sie Ihre Beiträge an:

Chicken Soup for the Couple's Soul
P.O.Box 30880
Santa Barbara, CA 93130
Fax: 001/805-563-2945
E-Mail: *storys@canfieldgroup.com*

Sie können uns auch im Internet auf der *Chicken-Soup-for-the-Soul*-Seite in America Online unter *www.chickensoup.com* besuchen.

Wir hoffen, dass Sie beim Lesen dieses Buches ebenso viel Freude haben, wie wir sie hatten, als wir es zusammenstellten, herausgaben und schrieben.

Wer ist Jack Canfield?

Jack Canfield ist einer der führenden amerikanischen Experten im Bereich der Entwicklung des menschlichen Potenzials und des persönlichen Wachstums. Er ist sowohl ein dynamischer, unterhaltsamer Redner als auch ein hoch geschätzter Trainer. Jack kann seine Zuhörer auf wunderbare Weise informieren und inspirieren und sie dadurch zu höherer Selbsteinschätzung und Spitzenleistung bringen.

Er gab eine Reihe von Audio- und Videokassetten heraus, die Rekordverkaufszahlen erzielten, darunter *Self-Esteem and Peak Performance* (Selbstwert und Spitzenleistung), *How to Build High Self-Esteem* (Entwicklung eines höheren Selbstwertes), *Self-Esteem in the Classroom* (Selbstwert im Klassenzimmer) und *Chicken Soup for the Soul – Live* »Hühnersuppe für die Seele – Live). Er ist regelmäßig in Fernsehshows wie *Good Morning America* (Guten Morgen, Amerika), *20/20* und *NBC Nightly News* (NBC Spätnachrichten) zu sehen. Jack ist Koautor zahlreicher Bücher, einschließlich der *Hühnersuppe-für-die-Seele*-Reihe, *Dare to Win* (Wage es, zu gewinnen) und *The Aladdin Factor* (Der Aladdin-Faktor) (alle mit Mark Victor Hansen), *100 Ways to Build Self-Concept in the Classroom* (100 Arten, sein Selbst-Konzept im Klassenzimmer zu behaupten) (mit Harold C. Wells) und *Heart at Work* (Geben wir der Arbeit Herz und Seele zurück, Ueberreuter Verlag) (mit Jacqueline Miller).

Jack wird als Redner regelmäßig von Berufsvereinigungen, Schulbehörden, Regierungseinrichtungen, Kirchen, Krankenhäusern, Handelsorganisationen und großen Firmen eingeladen.

Seine Auftraggeber waren unter anderem der amerikanische Verband der Zahnärzte (American Dental Association), der amerikanische Verband der Manager (American Management Association), die Firmen AT&T, Campbell Soup, Clairol, Domino's Pizza, GE, ITT, Hartford Insurance, Johnson & Johnson, Million Dollar Round Table, NCR, New England Telephone, Re/Max, Scott Paper, TRW und Virgin Records. Jack ist auch Fakultätsmitglied der Income Builders International, einer Schule für Unternehmer.

Jack hält jährlich ein acht Tage dauerndes Seminar, »Training für Trainer«, in den Bereichen Selbsteinschätzung und Spitzenleistung ab. Zu den Teilnehmern gehören unter anderem Erzieher, Berater, Trainer für Eltern, Trainer für Unternehmen, professionelle Redner und Minister, die an der Ausbildung ihrer rhetorischen Fähigkeiten interessiert sind und lernen möchten, wie sie ohne Stressreaktionen ein Seminar leiten können.

Weitere Informationen zu Jacks Büchern, Kassetten und Seminaren oder darüber, wie Sie ihn für einen Vortrag engagieren können, erhalten Sie unter:

Self-Esteem Seminars
P.O. Box 30880 · Santa Barbara, CA 93130
Telefon: 001/805-563-2935 · Fax: 001/805-563-2945
Webseite: *http:/www.chickensoup.com*

Wer ist Mark Victor Hansen?

Mark Victor Hansen ist Karriereberater und hielt in den letzten 20 Jahren auf über 4 000 Veranstaltungen vor mehr als 2 Millionen Menschen in 32 Ländern Vorträge. Seine Veranstaltungen behandeln Themen wie Verkaufsexpertise und Verkaufsstrategien, persönliche Kraftentfaltung und Entwicklung sowie Verdreifachung des Einkommens bei Verdoppelung der Freizeit.

Mark widmet sein Leben der Absicht, eine tief greifende und positive Veränderung im Leben der Menschen in Gang zu setzen. Im Laufe seiner Karriere inspirierte er hunderttausende Menschen dazu, sich ihre Zukunft kraft- und sinnvoller zu gestalten, und regte den Verkauf von Waren und Dienstleistungen im Wert von mehreren Milliarden Dollar an.

Mark ist ein sehr produktiver Schriftsteller und Autor von *Future Diary* (Tagebuch der Zukunft), *How to Achieve Total Prosperity* (Wie Sie vollkommenen Reichtum erlangen) und *The Miracle of Tithing* (Das Wunder der Abgabe des Zehnten). Er ist Koautor der Hühnersuppe-für-die-Seele-Reihe, *Dare to Win* (Wage es, zu gewinnen), *The Aladdin Factor* (Der Aladdin-Faktor) (alle mit Jack Canfield) und *The Master Motivator* (Die Kunst der Motivation) (mit Joe Batten).

Mark brachte auch eine vollständige Reihe von Audio- und Vidiokassetten zum Thema persönliche Kraftentfaltung heraus, die seinen Zuhörern zeigt, wie sie ihre angeborenen Fähigkeiten erkennen und sie im Beruf und im privaten Bereich nutzen können. Seine Botschaft machte ihn zu einer beliebten Persönlichkeit im Fernsehen und im Rundfunk.

Mark ist ein großartiger Mann mit einem Herz und einem Geist, die ihresgleichen suchen – eine Inspiration für alle, die sich selbst verbessern möchten.

Um weitere Informationen über Mark zu erhalten, schreiben Sie bitte an:

MVH & Associates
P.O. Box 7665
Newport Beach, CA 92658
Telefon: 001/714-759-9304 oder 001/800-433-2314
Fax: 001/714-722-6912
Webseite: *http:/www.chickensoup.com*

Wer ist Barbara De Angelis, Ph.D.?

Barbara De Angelis, Ph.D., ist international als eine der führenden Expertinnen im Bereich zwischenmenschlicher Beziehungen und persönlichen Wachstums anerkannt. Als Bestsellerautorin, beliebte Persönlichkeit aus dem Fernsehen und gefragte Motivationsrednerin erreichte sie mit ihren positiven Botschaften über Liebe, Freude und die Suche nach Sinn in unserem Leben weltweit tausende von Menschen.

Barbara ist Autorin von neun Bestsellern, die in 20 Sprachen veröffentlicht und von denen über 4 Millionen Exemplare verkauft wurden. Ihr erstes Buch *How to Make Love all the Time* (Wie du die ganze Zeit liebst) war in den USA ein Bestseller. Ihre nächsten zwei Bücher, *Secrets About Men Every Woman Should Know* (Männer. Die geheimen Wünsche des anderen Geschlechts, Heyne Verlag) und *Are You the One for Me?* (Wie viele Frösche muss ich küssen? So finden Sie den richtigen Mann, Heyne Verlag), waren monatelang die Nummer eins auf der Bestsellerliste der New York Times. Ihr viertes Buch, *Real Moments* (Wirkliche Augenblicke), wurde ebenfalls über Nacht ein New-York-Times-Bestseller, es folgte *Real Moments vor Lovers* (Wirkliche Augenblicke für Liebende). Ihre letzten Buchveröffentlichungen sind *Passion* (Leidenschaft), *Confidence* (Vertrauen), *Ask Barbara* (Frag Barbara) und *The Real Rules* (Die wahren Gesetze).

Barbara war zwei Jahre lang wöchentlich auf CNN als Newsnight Expertin in Beziehungsfragen zu hören und gab über Satellit in der ganzen Welt Ratschläge. Sie war Moderatorin ihrer eigenen täglichen Fernsehsendung für CBS TV und ihrer eigenen, populären Radio-Talksendung in Los Angeles. Darüber hinaus war sie häufiger Gast bei *Oprah, Leeza, Geraldo* und *Politically Incorrect*.

Barbaras erstes Infomercial im Fernsehen, *Making Love Work* (Wie Liebe funktioniert), das sie selbst schrieb und produzierte, gewann zahlreiche Preise und ist das erfolgreichste Programm seiner Art über Beziehungen. Eine halbe Million Menschen auf der ganzen Welt machen davon Gebrauch.

Vor 12 Jahren gründete und leitete Barbara in Los Angeles das Zentrum für Persönliches Wachstum (Personal Growth Center). Ihr Diplom in Psychologie erlangte sie an der Sierra University in Los Angeles, und ihren Doktor in Psychologie erwarb sie an der Columbia Pacific University in San Francisco. Barbara ist dafür bekannt, dass sie ihre Vitalität, Wärme, ihren Humor und ihre inspirierende Anwesenheit mit ihrer Zuhörerschaft teilt.

Um weitere Informationen über Barbaras Bücher und Kassetten zu erhalten oder um sie für eine Veranstaltung zu engagieren, wenden Sie sich bitte an:

Shakti Communications
12021 Wilshire Boulevard, Suite 607
Los Angeles, CA 90025
Telefon: 001/800-682-LOVE
E-Mail: *shakti97@aol.com*

Wer sind Mark und Chrissy Donnelly?

Als Ehemann und Ehefrau, die das in den *Hühnersuppe*-Geschichten dargestellte liebende Ehepaar verkörpern, haben Mark und Chrissy Donnelly zu Beginn ihrer Ehe den Entschluss gefasst, so viel Zeit wie möglich zusammen zu verbringen – sowohl im Beruf als auch in der Freizeit. Mark berichtet im Einzelnen, wie sie während ihrer Flitterwochen in Hawaii auf unzählige Weisen planten, ihre beiden unterschiedlichen Jobs aufzugeben, damit sie zusammen an einem sinnvollen Projekt arbeiten konnten. Die Zusammenstellung und Herausgabe eines Buches mit Geschichten über sich liebende Ehepaare war nur eine dieser Ideen.

Über das hier vorliegende Projekt *Hühnersuppe für die Seele – Für Partner* sagen Mark und Chrissy, dass es sie sogar noch enger zusammenbrachte. Das war das Resultat der Erfahrung, die sie durch die Begegnung mit anderen sich liebenden Ehepaaren und durch das Lesen ihrer Geschichten machten. Sogar jene hunderte von Geschichten trugen dazu bei, die letztendlich nicht zur Veröffentlichung ausgewählt wurden. Die Donnellys streben nun danach, die Zeit, die sie getrennt verbringen, noch weiter zu minimieren und weiter nach neuen Wegen zu suchen, durch die Liebe und Verantwortung in ihrem täglichen Leben praktiziert werden kann.

Als aktiv zum Erfolg der *Hühnersuppe*-Serie Beitragende bereiten Mark und Chrissy zurzeit vier weitere *Hühnersuppe*-Titel vor: *Chickensoup for the Golfer's Soul, Chicken Soup for the Father's Soul, Chicken Soup for the Family Soul* und *Chickensoup for the Friend's Soul.* Mark fungiert darüber hinaus als

Präsident der Donnelly-Marketinggruppe, die die Botschaft der *Hühnersuppe* in Form von besonderen Projekten an Menschen in der ganzen Welt weitergibt. Mark ist der ehemalige Vizepräsident des Marketingbereichs im erfolgreichen familieneigenen Handel mit Baumaterialien. Chrissy war früher als Wirtschaftsprüferin bei Price Waterhouse tätig.

Das Paar lebt in Paradise Valley in Arizona. Mark und Chrissy sind unter folgender Adresse zu erreichen:

3104 E. Camelback Rd., Suite 531 · Phoenix, AZ 85016
Telefon: 001/602-604-4422 · Fax: 001/602-508-8912
E-Mail: *soup4soul@home.com*

Über die Autorinnen und Autoren

Viele der in diesem Buch wiedergegebenen Geschichten stammen aus bereits veröffentlichten Büchern, Zeitschriften oder Zeitungen. Die Quellen werden ab Seite 250 aufgeführt. Die meisten Geschichten wurden von Humoristen, Komödiendichtern, professionellen Rednern und Workshop-Veranstaltern geschrieben. Wenn Sie weitere Informationen über ihre Bücher, Audio- und Videobänder, Seminare und Workshops erhalten möchten, können Sie sie unter den unten angegebenen Adressen und Telefonnummern erreichen.

Die übrigen Geschichten sind Beiträge von Lesern der vorherigen Ausgabe der Reihe *Hühnersuppe für die Seele*, die auf unsere Aufforderung zur Einsendung von Geschichten reagierten. Auch über sie sind hier weitere Informationen aufgeführt.

Susan Ager schreibt unter der Kolumne Lifestyle für die *Detroit Free Press* über Entscheidungen, die Menschen treffen müssen. Sie ist seit 13 Jahren mit demselben Mann verheiratet und war Zeugin vieler Kämpfe im Zusammenleben und bei der Trennung zahlreicher Paare im Freundes- und Familienkreis. Sie kann unter der folgenden Adresse erreicht werden: 600 W. Fort, Detroit, MI 48266 oder E-Mail: *ager@freepress.com.*

»Keep-Smiling« ist das Motto von **Laura Jeanne Allen.** Sie studiert Journalismus an der Universität von Missouri in Columbia und wohnt in Rochester, New York. »Shmily« ist ihrer Großmutter, Alice McAndrews, gewidmet und all jenen, deren Geschichten nicht erzählt wurden. Einen ganz besonderen Dank an ihre »Nr. eins und zwei Freunde« und jenes eine besondere männliche Wesen, mit dem sie die Partnerschaftsseele teilt. Laura kann per E-Mail erreicht werden unter *laurabeans@hotmail.com.*

Karen Corkern Babb lebt mit ihrem Ehemann Barry und ihrem fünf Jahre alten Sohn Collin Gabriel in Baton Rouge in Louisiana. Sie ist die geschäftsführende Direktorin des Verbandes der Museen in Louisiana. Karen hat an der philosophischen Fakultät der Universität von Louisiana in Kunstgeschichte ihr Diplom und an der Tech Universität von Texas den Magisterabschluss in Museumswissenschaften mit Schwerpunkt in Administration erlangt. Im Laufe ihrer Karriere arbeitete sie immer wieder für verschiedene Museen, und ihre letzte Stelle war die der hauptamtlichen Direktorin des West Baton Rouge Museums. Die letzten fünf Jahre waren sehr ereignisreiche Jahre für sie, und sie machte viele lehrreiche Erfahrungen, als ihre Familie gegen das Krebsleiden ihres Ehemannes ankämpfte. Der Kampf war erfolgreich, und die Geschichte über die Krankheit ihres Vaters und den endgültigen Abschied ihrer Eltern riefen ihr immer wieder die Dankbarkeit für den Aufschub des endgültigen Abschieds in ihrer eigenen Familie ins Gedächtnis.

Maggie Bedrosian ist Geschäftsinhaberin und leitende Trainerin. Sie ist darauf spezialisiert, Menschen zu zeigen, wie sie mit natürlicher Leichtigkeit gezielt Resultate hervorbringen können. Maggie ist Autorin dreier Bücher, darunter *Life Is More Than Your To-Do List: Blending Business Success with Personal Satisfaction* (Das Leben ist mehr als Ihre Aufgabenliste: Erfolg im Geschäft verbunden mit persönlicher Zufriedenheit). Sie war Vorsitzende der amerikanischen Gesellschaft für Training und Entwicklung der Ortsgruppe in Washington, D. C., und leitete auch die Sparte der Schriftsteller/Herausgeber der National Speakers Association. Sie ist unter der Telefonnummer 001/301-460-4308 zu erreichen.

Carole Bellaceras Arbeiten erschienen in Zeitschriften und Zeitungen wie *Woman's World, Endless Vacation* und *The Washington Post*. Ihr erster Roman, *Border Crossings* (Grenzübergänge), erschien im Mai 1999 als Hardcover im *Forge Books* Verlag.

Thelda Bevens ist eine 70-jährige Oberstufenlehrerin im Ruhestand, die in Bend in Oregon lebt. Sie ist Mutter zweier Söhne und Großmutter von fünf Enkeln. Ihr Mann, Darwin, ist 1993 nach 47-jähriger Ehe an Krebs gestorben. Thelda hat sich schreibend einen Weg durch ihre leidvollen Erinnerungen gekämpft. Nach vielen Jahren des Leidens und der Trauer ist Thelda dankbar und glücklich über den Anfang eines neuen Lebens mit ihrem Ehemann Wayne Wiggins.

Don Buehner führt seinen eigenen Betrieb und lebt mit seiner Frau Susan und ihrem sechs Monate alten Sohn Teancum in Salt Lake City in Utah. Don hat einen Magisterabschluss in Betriebsverwaltung. Seine Geschichte ist seiner Tochter gewidmet, Cesca Alice, 1994–1997. Don kann per E-Mail: *donbuehner@allwest.net* oder unter folgender Adresse erreicht werden: 2548 N. SR. 32, Marion, UT 84036.

Katharine Byrne ist Witwe des Superintendenten einer Schule von Chicago, Mutter von fünf Kindern und Großmutter von neun Enkelkindern. Sie hat über 50 Essays geschrieben, die in Zeitungen und Zeitschriften veröffentlicht wurden. Zurzeit ist sie die Rechtsberaterin einer ihrer Töchter.

Diana Chapman war 14 Jahre lang Journalistin und arbeitete bei der *San Diego Union*, den *Los-Angeles-Copley*-Zeitungen und der *Los Angeles Times*. Sie spezialisierte sich auf Geschichten über menschliche Angelegenheiten und arbeitet zurzeit an einem Buch über Gesundheitsfragen, da bei ihr 1992 multiple Sklerose diagnostiziert wurde. Sie ist seit neun Jahren verheiratet und hat einen Sohn, Herbert »Ryan« Hart. Ihre Adresse lautet: P.O. Box 414, San Pedro, CA 90733.

Shari Cohen hat 11 Bücher über Kinder und junge Menschen veröffentlicht und schreibt auch über das Familienleben. Ihre Artikel erscheinen in vielen Frauenzeitschriften und in Zeitungen im ganzen Land. Shari veröffentlichte vor kurzem eine Geschichte in *Hühnersuppe für die Seele – Für Mütter.* Sie lebt mit ihrem Ehemann Paul und ihren drei Teenagern Barry, Adam und Stephanie in Woodland Hills in Kalifornien. Ihre Adresse lautet: P.O. Box 6593, Woodland Hills, CA 91365.

Ann W. Compton ist Buchhalterin bei der Pulliam Investment Company, Inc. Nach dem Tod ihres Ehemanns meldete sie sich auf dem College an, wo sie am Unterricht für kreatives Schreiben teilnahm und die Campuszeitschrift mit herausgab. Danach begann sie, Beiträge für das Mitteilungsblatt einer örtlichen Sterbeklinik zu verfassen. »Warten« schrieb sie, um die Bedeutung zu unterstreichen, die der Hilfe von Angehörigen wie auch von Patienten zukommt. Sie kann unter folgender Adresse kontaktiert werden: 116 Compton Dr., Wellford, SC 29385.

Karen Culver ist Autorin zahlreicher Romanzen. Ihre Fähigkeit, über liebevolle, umsorgende Beziehungen zu schreiben, haben ihr ihre Eltern mit auf den Weg gegeben. Ihre E-Mail-Adresse lautet: *KayCee101@juno.com.*

Maxine M. Davis wurde in Salem in Oregon geboren. 1953 schloss sie ihre Ausbildung an der Krankenschwesternausbildungsstätte Good Samaritan Hospital ab und war von 1953 bis 1954 für die Raumbelegung im Blue-Mountain-Krankenhaus zuständig. Maxine heiratete 1954 Harold und bekam zwei Kinder, Jacqueline und Julie. Sie blieb zehn Jahre zu Hause bei den Kindern und nahm ihre Arbeit als Krankenschwester 1965 wieder auf. Sie arbeitete als Operationsschwester im Southern Oregon Medical Center und ging im Juni 1994 als Direktorin für chirurgische Dienste in Rente. Maxine gehörte folgenden Organisationen an: der Vereinigung der Operationsschwestern, der Koalition für Kinder, dem Revisionsausschuss der Bürger, dem Rotary International und den Northwest Medical Teams. Sie hat fünf Enkelkinder.

T. Suzanne Eller ist die Mutter von Leslie, Ryan und Melissa, die nun alle Teenager sind. Sie und Richard feierten 1998 ihren 19. Hochzeitstag. Sie hat ein Brustkrebsleiden nun schon sieben Jahre überlebt und gab ihren Traum von der freien Schriftstellerei nie auf, wobei Artikel von ihr von mehreren Zeitschriften und Illustrierten angenommen und veröffentlicht wurden.

Bonnie Furman ist eine Geschäftsfrau, die für eine Versicherungsagentur arbeitete, und Inhaberin eines Haustierhorts. Zurzeit ist sie Beraterin für Arbeitnehmer. Sie lebt am wunderschönen nordwestlichen Pazifischen Ozean und liebt das Wandern, fährt gerne Fahrrad und arbeitet mit Vorliebe im Garten. Ihre Leidenschaft für die Natur und für Tiere hilft ihr dabei, mit dem in Verbindung zu bleiben, was wirklich wichtig im Leben ist. Bonnie kann erreicht werden unter: 2446 1st Ave. W, Seattle, WA 98119 oder per E-Mail unter: *Bfurman@seanet.com.*

Ken Grote ist 48 Jahre alt und stammt aus Florida. Mit seiner Frau Joan ist er seit 29 Jahren verheiratet. Sie haben zwei erwachsene Kinder. Er schrieb schon immer gern und liebt es, sich mit anderen Menschen zu unterhalten. Er hält das für eine gute Sache, denn viele Menschen, die ihn zum ersten Mal trafen, schienen einfach mit ihm ins Gespräch zu kommen. Ken hörte die Geschichten der unterschiedlichsten Menschen, angefangen von ihrem ersten Schultag bis hin zu einem missglückten Selbstmordversuch. Er sagt, wenn er für jedes »Ich kann gar nicht glauben, dass ich Ihnen das alles erzähle« einen Dollar erhielte, dann könnte er sich bereits zur Ruhe setzen… aber das würde er nicht tun. Ken genießt es, ihre Geschichten zu hören und sie aufzuschreiben.

Nick Harrison ist Schriftsteller und Redakteur und lebt mit seiner Frau Beverly in Eureka in Kalifornien. Zu seinen Büchern gehören: *Promises to Keep: Daily Devotions for Men Seeking Integrity* (Versprechen, die eingehalten werden müssen: Tägliche Ratschläge für Menschen auf der Suche nach mehr Integrität) und *365 WWJD? Daily Answers to »What Would Jesus Do?«* (365 Antworten auf die tägliche Frage »Was würde Jesus tun?«). Im Kühlschrank der Harrisons steht sowohl Best-Foods-Mayonnaise als auch Miracle Whip von Kraft.

Justin R. Haskin ist 20 Jahre alt und absolviert sein erstes Jahr auf dem Macalester College in St. Paul, Minnesota, wo er Baseball spielt und für die Collegezeitung schreibt. Später möchte er Jura studieren. Außerdem beabsichtigt er, einmal ein Buch zu schreiben, und glaubt fest an die Kraft des menschlichen Geistes und den Willen des Entschlossenen. Er möchte seine bedingungslose Liebe zu seiner Mutter zum Ausdruck bringen, »der stärksten Persönlichkeit, der er jemals begegnet ist«, und all jenen besonderen Menschen danken, die eine wichtige Rolle in seinem Leben gespielt haben. Die Botschaft an seinen Vater lautet: »Ich vermisse dich.« Seine Adresse: 1600 Grand Ave., St. Paul, MN 55105.

Thom Hunter ist ein auf Familienangelegenheiten spezialisierter Autor, Redner und freier Schriftsteller, der die humorvolle Seite des Lebens in Augenschein nimmt. Die Titel seiner Bücher lauten unter anderem *Those Not-So-Still Small Voices* (Jene nicht so leisen, kleinen Stimmen) und *Like Father, Like Sons… and Daugh-*

ters, Too (Väter, Söhne … und auch Töchter). Thom und Lisa haben fünf Kinder: Zach, Russell, Donovan, Patrick und Lauren. Sie leben in Norman in Oklahoma. Telefon: 001/405-329-6773, Fax: 001/405-278-4628 oder E-Mail: *TH2950@sbc.com.*

Patsy Keech erfreut sich als Connors Mutter weiterhin des Lebens. Sie ist eine Motivationsrednerin, fördert als Lehrerin die Kreativität und liebt das Leben. Nach dem Tod von Derian gründeten Patsy und ihr Ehemann Robb die *Spare Key Foundation,* die Eltern mit schwer kranken Kindern Hilfe und Unterstützung anbietet. Die gemeinsame Arbeit und die Hilfestellung für andere Familien kanalisierte und verwandelte die einsame Trauer von Patsy und Robb und schweißte die beiden in leidenschaftlicher Verfolgung ihres Ziels zusammen. Mehr über *Spare Key* können Sie unter *www.SpareKey.org.* erfahren. »Derians Vermächtnis der Liebe« ist ein Auszug aus Patsys Buch *Mothering an Angel* (Mütterliche Sorge für einen Engel), das in Kürze erscheinen wird. Patsy kann unter folgender Adresse erreicht werden: P.O. Box 612, S. St. Paul, MN 55075 oder per E-Mail: *Pkeech@SpareKey.org.*

Lilian Kew ist Analystin mit Magisterabschluss auf dem Gebiet des internationalen Finanzwesens. Sie betreut außerdem Seminare über die Entwicklung persönlicher Fähigkeiten und beteiligt sich an örtlichen Wohltätigkeitsveranstaltungen, weil sie von ihrer Verpflichtung gegenüber der Gemeinschaft überzeugt ist.

Laura Lagana ist eine speziell in Orthopädie ausgebildete Krankenschwester, außerdem ist sie Schriftstellerin, professionelle Rednerin und Beraterin. Sie ist Mitglied des landesweiten Verbandes der Redner, der Liberty Bell Speakers Association, des Verbandes der amerikanischen Krankenschwestern, des Verbandes der Krankenschwestern von Pennsylvania und des landesweiten Verbandes der orthopädischen Krankenschwestern. Laura arbeitet mit Menschen, die sich besser fühlen wollen, und mit Organisationen, die sich um hervorragende Arbeitnehmer bemühen. Sie kann erreicht werden unter Success Solutions, P.O. Box 7816, Wilmington, DE 19810. Ihre E-Mail-Adresse lautet: *Nurseangel@juno.com,* ihre Webseite erreichen Sie unter *http:/www.angelfire.com/de/llagana.*

Lorraine Lengkeek wuchs auf einer Farm in Süddakota auf und zog nach Michigan, als sie heiratete. Sie hat 5 Kinder, 15 Enkelkinder und ein großes Urenkelkind und eins, das unterwegs ist. Lorraine versorgte zu Hause ihre Kinder und war dann Babysitter für alle ihre 15 Enkelkinder, die sie sehr auf Trab hielten.

Jacklyn Lee Lindstrom kommt aus der freundlichen Stadt Savage in Minnesota und schied vor nicht langer Zeit mit dem Erlangen ihres Rentenalters aus dem harten Konkurrenzkampf im Arbeitsleben aus. Endlich kann sie sich auf ihre zwei Vorlieben – das Schreiben und das Malen – konzentrieren. Beiträge von ihr erschienen in *Hühnersuppe für die Seele – Für Mütter* und im ersten Band der *Hühnersuppe für die Seele – Für Frauen.* Sie schreibt gern über die leichteren Seiten des Familienlebens, denn nach dem Aufziehen von Kindern, Pferden und Hunden hält ein Lächeln ihrer Meinung nach länger an als Tränen und lässt auch schönere Fakten zurück. Kontakt zur ihr kann unter der folgenden Adresse aufgenommen werden: 13533 Lynn Ave. S, Savage, MN 55378.

Ray L. Lundy ist ein Prediger, Dichter und inspirierender Redner, der Zeitschriftenartikel schreibt und Kolumnist bei einer örtlichen Zeitung ist. Er hat ebenfalls ein inspirierendes Buch mit dem Titel *Special Heroes* (Besondere Helden) geschrieben. Ray kann unter P. O. Box 217, Fair Bluff, NC 28439 erreicht werden.

David A. Manzi ist Rechtsanwalt in Charlotte in North Carolina. Er ist mit Patricia Mary Manzi verheiratet, die im Kreis Mecklenburg für Personalfragen im Rahmen des Europäischen Währungssystems zuständig ist. Ihre Tochter, Marisa Lyn Manzi macht ihren Ph. D. an der Universität von Alabama. David kann unter 1216 Greylyn Dr., Weddington, NC 28104 erreicht werden.

Jann Mitchell ist Kolumnistin und schreibt Features für die Zeitung *The Oregonian* in Portland. Sie ist für die Kolumnen »Beziehungen«, »Einfach leben« und »Wie mache ich einen Heiratsantrag« zuständig. Darüber hinaus ist sie Autorin der bei Beyond Words erschienenen Serie *Sweet Simplicity* (Süß und Unkompliziert), unter anderem mit den Titeln *Love Sweeter Love: Creating Relationships of Simplicity and Spirit* (Liebe süßer als die Liebe: unkomplizierte und geistreiche Beziehungen) und *Home Sweeter Home: Creating a Heaven of Simplicity and Spirit* (Das schöne Zuhause: ein unkompliziertes und geistreiches Himmelreich auf Erden). Sie ist eine beliebte Lehrerin, die für ihren Humor und ihren Durchblick bekannt ist; einer ihrer bekanntesten Workshops behandelt das Thema »Unkompliziertes Leben«. Telefonisch ist sie unter 001/503-221-8516 zu erreichen.

Cynthia C. Muchnick studierte an der Stanford-Universität, als sie ihren jetzigen Ehemann Adam kennen lernte. Im Frühling verbrachten sie ihren Urlaub einmal in Paris. Dort hielt Adam um ihre Hand an, was bei Cynthia einen Funken auslöste: Sie sammelte eifrig verschiedene Erzählungen über Heiratsanträge und schrieb die Bücher *Will You Marry Me? The World's Most Romantic Proposals* (Willst du mich heiraten? Romantische Heiratsanträge aus der ganzen Welt) und *101 Ways to Pop the Question* (Heiratsanträge einmal anders). Sie ist Expertin und Trainerin in Verlobungsfragen und arbeitet als Kolumnistin und Pressesprecherin für die Zeitschrift *Honeymoon*. Ihr letztes Buch *The Best*

College Admission Essays (Die besten Aufsätze über die Zulassung zum College) ist ein Ratgeber für Absolventen der High-School, die sich auf dem College einschreiben möchten. Sie können weitere Informationen über ihre Bücher oder über ein Engagement für Redebeiträge erhalten unter *MarryMe123@aol.com.* oder Telefon: 001/949-644-4135.

Marquerite Murer ist eine professionelle Rednerin, Lehrerin und die Assistentin des Vorsitzenden des Texas Rangers Baseball Clubs. Sie verband ihre erzieherischen Fähigkeiten mit ihren hervorragenden Kenntnissen im Bereich des Baseball und feuert ihre Zuhörer so energiegeladen an, dass sie Höchstleistungen erzielen. Marquerite ist unter folgender Adresse zu erreichen: 5515 Ridgetown Cir., Dallas, TX 75230 oder E-Mail: *mmurer@texasrangers.com.*

Margie Parker lebt seit 40 Jahren in Florida – ohne Schimmel anzusetzen –, was sicherlich einen Rekord darstellt. Sie hat drei erwachsene Kinder, die alle bezaubernd und geistreich sind und arbeiten. Der Parker-Haushalt besteht zur Zeit aus der Autorin, einer leicht reizbaren Katze, einem nach hinten hinaus gelegenen schwarzen Labor, zahlreichen ständig schwangeren Guppys und Ehemann Jim, für den *»Unausgesprochene Liebe«* geschrieben wurde.

Daphna Renan besucht zurzeit das Yale College. Bevor sie in die sechste Klasse kam, zog sie sechs Mal um. Während dieser frühen Jahre lernte sie die Bedeutung von tiefen und andauernden Freundschaften kennen. Daphna möchte sich bei all jenen bedanken, die Liebe, Lachen und neues Wissen in ihr Leben brachten.

Joanna Slan ist eine professionelle, aufbauende und motivierende Rednerin. Ihre Arbeiten erschienen in vier anderen *Hühnersuppe-*

für-die-Seele-Büchern. Als meisterhafte Geschichtenerzählerin hebt Slan das Heilige am alltäglichen Leben hervor. Sie schrieb *Using Stories and Humor: Grab Your Audience* (Packen Sie Ihre Zuhörer mit Witz und dem Erzählen von Geschichten) und *I'm Too Blessed to be Depressed* (Ich bin zu sehr gesegnet, um in Depressionen zu verfallen). Fordern Sie einen Katalog an oder engagieren Sie Joanna für einen Vortrag unter Telefon 001/888-BLESSED (253-7733) oder E-Mail: *JoannaSlan@aol.com.*

Bryan Smith ist Reporter bei der *Chicago Sun-Times* und schreibt häufig Beiträge für die Zeitschrift *Reader's Digest.* 1989 machte er sein Examen an der Universität von Maryland. Mr. Smith wurde mit zahlreichen Preisen für Schriftstellerei ausgezeichnet, für das Schreiben von Features befanden sich darunter Preise von der *American Association of Sunday and Feature Editors,* der *Amy Foundation,* der *Virginia Press Association* und der *Oregon Newspaper Press Association.* Die *Sun-Times* nominierte seine Arbeiten für den Pulitzer Preis.

Roxanne Willems Snopek lebt in Abbotsford in British Columbia. Ihr Leben dreht sich um drei fabelhafte, zu Hause unterrichtete Töchter, ihren Veterinärehemann, drei Katzen, zwei Cockerspaniel und einen Windhund. Sie unterrichtet Studenten der Veterinärberufe, schreibt, wenn es die Zeit erlaubt, und mag gute Liebesgeschichten! Roxanne ist unter folgender E-Mail-Adresse zu erreichen: *5alive@bc.sympatico.ca.*

Elizabeth Songster war 18 Jahre lang mit ihrem Bruder zusammen Besitzerin des Geschäftes »Allied Micro-Graphics«, einem Dienstleistungsbetrieb für Informationsmanagement und die Abbildung von Dokumenten. Sie besuchte die Universität von New Hampshire und ist zur Lehrerin in der Elternberatung ausgebildet. Ihr Ehemann Daniel, sein Sohn Chris und ihre drei Söhne

Clint, Richard und Jeb sind ihr zahlenmäßig zwar überlegen, doch sie war schon immer der »Boss«. Elizabeth schreibt seit der High-School und hat bereits eine Kinderbuchserie verfasst. Sie arbeitet momentan mit ihrer Schwester zusammen an einem Kochbuch über griechische Familienrezepte. Die Erfahrung ihres Ehemanns im Canyon, »In seinem Herzen eingraviert«, war für alle ihre Söhne das unglaubliche Beispiel einer selbstlosen, liebenden und auch romantischen Handlung. Die Songsters sind zu erreichen unter: 23522 Cavanaugh Rd., Lake Forest, CA 92630.

Barbara D. Starkey ist 62 Jahre alt, verwitwet, Mutter von zwei Töchtern und zwei Söhnen und Großmutter von sieben Enkelkindern. Sie ist Managerin bei der Union County Advocate in Morganfield, Kentucky. Ihre Hobbys sind unter anderem das Dekorieren von Torten, Schreiben, Kunsthandwerk, Nähen und die Beschäftigung mit ihren Enkelkindern. In der Vergangenheit besaß Barbara einen Kinderhort und auch eine Bäckerei; sie ist auch ehemalige Grundstücksmaklerin, Auktionarin und Versicherungsagentin.

LeAnn Thieman ist Schriftstellerin und eine landesweit umjubelte Rednerin. Sie ist Mitglied der National Speaker Association, des landesweiten Verbands der Redner, und inspiriert ihre Zuhörer dahingehend, dass sie ihr Leben an ihren wahren Prioritäten ausrichten und es physisch, mental und spirituell ausbalancieren, um einen eigenen Beitrag zum Weltgeschehen zu leisten. Sie ist Koautorin des Buches *This Must Be My Brother* (Dies muss mein Bruder sein), das ihre Rolle bei der riskanten Rettung von 300 Kleinkindern während der Luftbrücke für Waisenkinder in Vietnam verdeutlicht. Um mehr über ihre Bücher, Bänder und Präsentationen zu erfahren, kann sie unter folgender Adresse kontaktiert werden: 112 N. College, Fort Collins, CO 80524; online: *www.LeAnnThieman.com.*

Kim Lonette Trabucco und ihre Familie leben in Maine. Sie ist gut bekannt als »Ms. Kim« und ist häufig bei unentgeltlichen Veranstaltungen in Schulen anzutreffen, oder sie schreibt Kinderbücher. Zurzeit wartet sie gerade auf den »großen Durchbruch«, nach dem sich fast alle Schriftsteller sehnen, die noch nicht etabliert sind. Schreiben Sie ihr unter folgender Adresse: P. O. Box 260, Portland, ME 04114.

Dorothy Walker wurde in Dover, New Hampshire geboren. Sie heiratete Harold Bean Walker und blickt feierlich auf 52 Jahre Eheleben zurück. Sie wurden beide mit neun Kindern und Dorothy außerdem mit zwei wundervollen Stiefsöhnen gesegnet, David und Burton Walker. Ihre Kinder heißen Pam, Harold jr., Judy, John, Kerry, Steve, Richard, Syrene und Doretta. Dorothy zog ihre Enkelin Sally auf, nachdem ihre Tochter Pam bei einem Autounfall starb. Dorothy lebt von Sozialhilfe, und wenn Freunde und ihre Familie sich darüber wundern, wie sie von den wöchentlichen Zahlungen leben kann, lächelt sie und erinnert daran, dass sie, als sie verheiratet war, alle von 35 Dollar pro Woche lebten – und zwar nicht allzu schlecht!

David L. Weatherford, Ph.D., ist Kinderpsychologe und freier Schriftsteller. Er schreibt Gedichte, Lieder und Aufsätze über Liebe, Beziehungen, überwundene Abneigung und spirituelle Themen. Zurzeit arbeitet er an seinem zweiten Buch, in dem er die Rolle des Leidens im Leben untersucht. Beim Schreiben greift er auf viele verschiedene Quellen zurück, doch seine romantischen Gedichte wurden durch die Verbindung zu seiner Freundin und Seelenpartnerin Laura inspiriert. David ist unter folgender Adresse zu erreichen: 1658 Doubletree Ln., Nashville, TN 37217.

Bob Welch verfasst Features bei der Zeitung *The Register-Guard* in Eugene, Oregon und ist Autor von *A Father for All Seasons* (Ein

Vater für alle Jahreszeiten; Harvest House). Seine Arbeiten wurden in *Reader's Digest, Sports Illustrated* und *Focus on the Family* veröffentlicht. Bob kann angeschrieben werden unter: 409 Sunshine Acres Dr., Eugene, OR 97401 oder unter E-Mail: *bwelch1@concentric.net.*

Jeannie S. Williams leistete viele Beiträge zur *Hühnersuppe*-Reihe. Sie ist eine inspirierende Schriftstellerin, eine Motivationsrednerin und eine professionelle Magierin. Sie bietet Kurse für dynamische Personalentwicklung, Elternberatung und studentische Präsentationen an, wobei sie »Magie« als Werkzeug für den Unterricht einsetzt. Jeannie gründete und leitet unter dem Motto »Entfaltung der Magie« Workshops zur Entwicklung von kreativem Schreiben und unterhält ihr Publikum seit Jahren mit ihrer eigenen, speziellen Mischung aus Kreativität und Humor. In ihrem letzten Buch *What Time is Recess?* (Ferienzeit) beschreibt sie die Magie der Arbeit mit Kindern. Ihre drei Enkelinnen Tate, Kalli und Jayci füllen ihr Leben jeden Tag auf wunderbare Weise mit Magie. Jeannie kann angeschrieben werden unter: P. O. Box 1476, Sikeston, MO 63801.

Abdruckgenehmigungen

Wir möchten den Herausgebern und Autoren für die Erlaubnis danken, das folgende Material abzudrucken. (Die Geschichten, die anonym verfasst sind, für die das Copyright abgelaufen ist oder die von Jack Canfield, Mark Victor Hansen, Barbara De Angelis, Mark Donnelly oder Chrissy Donnelly geschrieben wurden, sind nicht in diesem Verzeichnis enthalten).

In Gedanken bei dir. Abgedruckt mit Genehmigung von Alicia von Stamwitz. © 1998 Alicia von Stamwitz.

Jemand, der auf mich Acht gibt. Abgedruckt mit Genehmigung von Sharon M. Wajda. © Sharon M. Wajda.

Ich sehne mich nach deiner Liebe. Abgedruckt mit Genehmigung von Herman und Roma Rosenblat. ©1998 Herman und Roma Rosenblat.

Shmily. Abgedruckt mit Genehmigung von Laura Jeanne Allen ©1998 Laura Jeanne Allen.

Eine irische Liebesgeschichte. Abgedruckt mit Genehmigung von George Target. © 1998 George Target.

Zartes Lila oder weiches Rot? Abgedruckt mit Genehmigung von T. Suzanne Eller. © 1998 T. Suzanne Eller.

Eine zarte Liebkosung. Abgedruckt mit Genehmigung von Daphna Renan. © 1998 Daphna Renan.

Eine Glaubensprüfung. Abgedruckt mit Genehmigung von Bryan Smith. © 1998 Bryan Smith.

Minderwertige Ware. Abgedruckt mit Genehmigung von Joanna Slan. © 1998 Joanna Slan.

Die Prophezeiung der Glücksbringer. Abgedruckt mit Genehmigung von Don Buehner. © 1998 Don Buehner.

Provokation aus Liebe: Nackt in der Öffentlichkeit. Abgedruckt mit Genehmigung von Carole Bellacera. © 1998 Carole Bellacera.

Limonade und eine Liebesgeschichte. Abgedruckt mit Genehmigung von Justin R. Haskin. © 1998 Justin R. Haskin.

Eine zweite Chance, Wo die Liebe hinfällt, Gibt es einen Märchenprinzen? Abgedruckt mit Genehmigung von Diana Chapman. © 1998 Diana Chapman.

Wie ich meinem Ehemann das Leben rettete. Abgedruckt mit Genehmigung von Lorraine Lengkeck. © 1998 Lorraine Lengkeck.

Wähle nur 911. Auszug aus *101 Ways to Pop the Question* und *Will You Marry Me? The World's Most Romantic Proposals.* Abgedruckt mit Genehmigung von Cynthia C. Muchnick und Marie und Michael Pope. © 1998 Cynthia C. Muchnick und Marie und Michael Pope.

Wie liebe ich dich? Abgedruckt mit Genehmigung von Lilian Kew. © 1998 Lilian Kew.

Die Gratulantin. Abgedruckt mit Genehmigung von Katharine Byrne und America Press, Inc., 106 West 56th St., New York, NY 10019. Ursprünglich in Amerika erschienen.

Unausgesprochene Liebe. Abgedruckt mit Genehmigung von Margie Parker. © 1998 Margie Parker.

Unzertrennlich. Abgedruckt mit Genehmigung von Susan Ager. © 1998 Susan Ager.

Die Strichliste. Abgedruckt mit Genehmigung von Marquerite Murer. © 1998 Marquerite Murer.

Verbunden werden. Abgedruckt mit Genehmigung von Thom Hunter. Diese Geschichte ist ein Auszug aus seinem Buch *Those Not-So-Still Small Voices.* © 1995 Thom Hunter.

Vertauschte Rollen und *Hinter jedem bedeutenden Mann steht eine bedeutende Frau* sind Auszüge aus *The Best of Bits & Pieces.* Abgedruckt mit Genehmigung von The Economics Press, Inc. 1-800-526-2554

Unangenehm eng. Abgedruckt mit Genehmigung von Barbara D. Starkey. © 1998 Barbara D. Starkey.

Der Krieg um Mayonnaise. Abgedruckt mit Genehmigung von Nick Harrison. © Nick Harrison.

Derians Vermächtnis der Liebe. Abgedruckt mit Genehmigung von Patsy Keech. © 1998 Patsy Keech.

In seinem Herzen eingraviert. Abgedruckt mit Genehmigung von Elizabeth Songster. © 1998 Elizabeth Songster.

Neue Leinentuchschuhe. Abgedruckt mit Genehmigung von Kim Lonette Trabucco. © 1998 Kim Lonette Trabucco.

Love me tender. Abgedruckt mit Genehmigung von Jacklyn Lee Lindstrom. © 1998 Jacklyn Lee Lindstrom.

Eine Legende über die Liebe. Abgedruckt mit Genehmigung von LeAnn Thiemann. © 1998 LeAnn Thiemann.

Dazugehören. Abgedruckt mit Genehmigung von Maxine M. Davis. © 1998 Maxine M. Davis.

Jemanden für sich haben. Abgedruckt mit Genehmigung von Maxine M. Davis. © 1998 Maxine M. Davis.

Fotos machen. Abgedruckt mit Genehmigung von Ken Grote. © 1998 Ken Grote.

Das Zwinkern. Abgedruckt mit Genehmigung von Karen Culver. © 1998 Karen Culver.

Die kleinen roten Stiefel. Abgedruckt mit Genehmigung von Jeannie S. Williams. © 1998 Jeannie S. Williams.

Ein unzertrennliches Band. Abgedruckt mit Genehmigung von Jann Mitchell. © 1998 Jann Mitchell.

Mittwochs. Abgedruckt mit Genehmigung von David A. Manzi. © 1998 David A. Manzi.

Ewig jung. Abgedruckt mit Genehmigung von Shari Cohen. © 1998 Shari Cohen.

Ich liebe dich immer noch. Abgedruckt mit Genehmigung von Geoffrey Douglas. © 1998 Geoffrey Douglas.

Nur ein ganz gewöhnlicher Dienstag. Abgedruckt mit Genehmigung von Dorothy Walker. © 1993 Dorothy Walker.

Schatz, du bist... Abgedruckt mit Genehmigung von David L. Weatherford. © 1998 David L. Weatherford.

Unser 20. Hochzeitstag. Abgedruckt mit Genehmigung von Maggie Bedrosian. © 1998 Maggie Bedrosian.

Strahlt die an, die ihr liebt. Abgedruckt mit Genehmigung von Eileen Egan. Auszug aus *Such a Vision of the Street* (Doubleday). © 1998 Eileen Egan.

Reisauflauf. Abgedruckt mit Genehmigung von Roxanne Willems Snopek. © 1998 Roxanne Willems Snopek.

Ein Zeichen seiner Liebe. Abgedruckt mit Genehmigung von Patricia Forbes. © 1998 Patricia Forbes.

Warten. Abgedruckt mit Genehmigung von Ann W. Compton. © 1998 Ann W. Compton.

Liebe nach der Scheidung. Abgedruckt mit Genehmigung von Bonnie Furman. © 1998 Bonnie Furman.

Der Tanz. Abgedruckt mit Genehmigung von Thelda Bevens. © 1997 Thelda Bevens.

Sarahs letzter Wunsch. Abgedruckt mit Genehmigung von Ray L. Lundy. © 1998 Ray L. Lundy.

Ein letzter Kuss von Rose. Abgedruckt mit Genehmigung von Laura Lagana. © 1998 Laura Lagana.

Leben ohne Michael. Abgedruckt mit Genehmigung von Kathryn Casey. © 1998 Kathryn Casey.

Ein letztes Auf Wiedersehen. Abgedruckt mit Genehmigung von Karen Corkern Babb. © 1998 Karen Corkern Babb.